Waldtraut Lewin

Nordische Göttersagen

Noch weitere Titel in dieser Reihe:

Nordische Göttersagen
Die schönsten Sagen des klassischen Altertums
Griechische Sagen
Deutsche Heldensagen

Nordische Göttersagen

Ausgewählt und neu erzählt von Waldtraut Lewin

Loewe

FSC
www.fsc.org
MIX
Papier aus verantwortungsvollen Quellen
FSC® C014496

ISBN 978-3-7855-8301-2
2. Auflage 2016 als Loewe-Taschenbuch

Umschlaggestaltung: Michael Dietrich unter Verwendung
einer Originalillustration von Markus Lovadina
Printed in Germany

www.loewe-verlag.de

INHALT

DAS WERDEN DER WELTEN

Wie die Welt entstand

In der Urzeit war an der Stelle, wo später die Welt entstehen sollte, nur ein riesig gähnender Abgrund, die Urschlucht. Es gab weder Himmel noch Erde. Alles war leer und tot. Nirgendwo war Leben.

Nördlich dieser Schlucht befand sich Niflheim, das war das Land des ewigen Eises. Kalt und dunkel war es dort, und die Nebel wallten und umschleierten die Gletscher. Aber aus den Nebeln tropfte Wasser und sammelte sich zu Quellen, und über Zeiten und Zeiten hinweg vereinigten sich die Wasser in einem riesigen brausenden Kessel. Als der Kessel gefüllt war, begann er überzuströmen. Elf Flüsse entstanden da, und sie alle bewegten sich auf die Urschlucht zu. Aber die Kälte war zu groß. Nicht weit von dem Kessel ihres Ursprungs entfernt, erstarrten sie bereits wieder zu Eis, und Gischt und Reif stürzten unterm Heulen des Sturmwinds wie riesige Lawinen in den Abgrund.

Im Süden der Urschlucht dagegen lag Muspelheim, die Stätte des unauslöschlichen Feuers. Von dort stob ein Funkenregen nordwärts, begleitet von glühend heißen Winden. Feuer und Eis prallten nun aufeinander, es zischte und sprühte, Dampf wallte auf, das Wasser kochte und brodelte.

Aus der vereinten Kraft von Feuer und Wasser, aus Widerstreit und Miteinander entstand ein Urwesen, ein Ungeheuer mit Namen Ymir. Dies Wesen war Mann und Frau zugleich.

Die Riesengestalt war nicht mit Vernunft begabt, Geist oder Klugheit gehörten nicht zu ihrem Wesen; Nahrung und Schlaf war alles, was sie wollte und brauchte. Aber während sie so vor sich hindämmerte, erwuchs neues Leben aus ihr, denn sie war fruchtbar. Aus dem Schweiß ihrer Achselhöhlen entstanden ein Mann und eine Frau, und ihre beiden Füße zeugten einen Sohn miteinander. Von diesen Erstgeborenen der Schöpfung, Mann und Frau, von Achselschweiß und Sohn der Füße, stammten alle Riesen ab, Frostriesen und Bergriesen.

Doch der Zusammenprall der Elemente brachte nicht nur das Ungeheuer Ymir hervor. Die Feuersäulen und Nebelbänke, das zischende, brausende Gemisch von Eis und Glut gebar alsbald ein zweites Wesen: Eine Kuh ohne Hörner mit Namen Audumla entstand.

Es gab ja noch kein Gras, und so ernährte sich diese Kuh von dem Salz der Eisblöcke, die sie umgaben. Aus ihrem Euter strömten milchreiche fette Ströme. Und Ymir, das gewaltige Urwesen, trank davon und wuchs und wuchs immer weiter.

Und die Kuh leckte das salzige Eis, und eines Tages, nach Zeiten und Zeiten, berührte ihre Zunge eine Haarflechte. Was war da eingeschlossen in den uralten Blöcken? Am zweiten Tag leckte Audumla einen Kopf frei und am dritten den ganzen Mann. Der war schön und ansehnlich, nicht so ein Ungeheuer wie Ymir vordem, und sah sich sehr bald nach einer Frau um in dieser Welt aus Feuer und Eis. Es gab aber nur Riesen und Riesinnen, und so nahm der Mann aus dem Eis eine Riesin zur Gattin.

Sie gebar den ersten jener Götter, die die Asen genannt wurden, der hieß Odin und hatte zwei Brüder, Vili und Ve. Nun gab es bereits Riesen und Götter.

Und noch einmal gebar das Chaos: Aus glänzenden Nebeln traten drei schöne, geheimnisvolle Frauengestalten hervor. Keiner weiß, woher sie kamen und wohin sie gehen würden. Es sind dies die drei Nornen, die Lenkerinnen des Geschicks von Göttern und Menschen, die Schicksalsfrauen, die über Vergangenheit, Gegenwart und Zukunft Bescheid wissen. Sie sind älter als die Götter, denn sie kamen aus einer Tiefe, die den Göttern nicht bewusst war, und ihre Weisheit hält die Welt zusammen. Ihre Weissagungen sind unfehlbar. Sie stammen aus jener Urzeit, dem gähnenden Abgrund, bevor die Welt entstand und ihren ersten Atemzug tat.

Die drei jungen Götter, Odin, Vili und Ve, sie wuchsen heran so schnell wie der Wind. Nun wollten sie sich erproben und Neues schaffen, neue Welten erbauen. Aber die Frostriesen standen ihnen überall im Weg. Sie stapelten Eisblöcke auf den Pfaden der drei Brüder auf, ließen Gletscher entstehen und Flüsse gefrieren. Und Ymirs mächtiger Leib, genährt von der Kuh Audumla, wuchs und wuchs, er engte die Brüder ein und hemmte sie.

Da erschlugen sie kurzerhand den Ur-Riesen.

Aus seinen Wunden strömten unendliche Bäche Blut, die

zu einer Sintflut anschwollen. In dieser Blutflut ertranken die ersten Riesen alle – bis auf einen einzigen. Der bestieg mit seiner Frau und seinem Hausgesinde einen ausgehöhlten Baumstamm und entkam der Vernichtung. Er wurde der Stammvater des neuen Riesengeschlechts, und dessen Hass gegen die Götter stammt aus dieser Zeit, denn hätten die drei Brüder Ymir nicht umgebracht, so würde das alte Riesengeschlecht das All beherrschen.

Die göttlichen Brüder indes warfen die Leiche Ymirs in die Urschlucht. Nun endlich hatten sie die Stoffe, die sie brauchten. Aus Ymir bauten sie die Welt. Sein Fleisch wurde die Erde, sein Blut die Ozeane, die wie ein Ring um die Erde liegen. Ymirs Schädel wurde die Wölbung des Himmels, an allen vier Ecken von Zwergen bewacht, deren Namen Osten, Westen, Süden und Norden waren.

Und die Götter formten und arbeiteten weiter: Ymirs Gebeine mussten zu Bergen werden, seine Kinnbacken und Zähne zu Steinen. Die Bäume wurden aus seinem Haar geschaffen, die Wolken aus seinem Hirn.

Dann schufen sie in der Mitte der tosenden ozeanischen Wasser Midgard, die bewohnte Welt der Menschen, und Odin umgab sie mit einem mächtigen Schutzwall aus den Augenbrauen und Wimpern des toten Ungetüms.

Alles, was außerhalb von Midgard liegt, heißt Utgard und ist eisig und unbewohnbar für Menschen und Götter, mit alles verschlingenden Sümpfen und baumlosen Gebirgen. Hier hausen die Nachkommen des Riesen, welcher der Sintflut entkam, dazu Trolle und andere Unholde.

Odin jedoch, der Machtvollste, der Schöpfergott, hauchte

seinen Leben spendenden Atem über Midgard hin. Da begann das Gras zu sprießen, allerlei Pflanzen und Bäume schossen aus dem Boden empor, die Ähren wogten im Wind. Vögel sangen in den Bäumen, Tiere sprangen im Wald herum, und das klare Wasser bevölkerten Fische.

Und um die Nacht zu beleben, griff der Gott die Funken Muspelheims und besäte damit den dunklen Himmel. So entstanden die Gestirne.

Nachdem die Götter die Welt für die künftigen Menschen bewohnbar gemacht hatten, dachten sie auch an sich. In der Mitte der Erde, auf einem hohen Berg, errichteten sie ihren eigenen Wohnsitz, eine befestigte Stätte, die hoch in die Wolken ragt. Und weil sie das Geschlecht der Asen genannt wurden, erhielt ihr Wohnsitz den Namen Asgard.

Midgard für die Menschen, Utgard für die Riesen und Trolle, jene Ungetüme aus Stein, die beim Anblick der Sonne auf ewig erstarrten, Asgard für die Götter: Diese drei Reiche hielten die Unsterblichen für ewig. Da wussten sie noch nicht, dass sie selbst ebenso wenig unsterblich waren wie diese Orte ewig.

ASEN UND VANEN

Das Göttergeschlecht der Asen

Die Asen, von denen es bald mehr geben wird als nur jene drei – sie waren weiterhin voll unbändigen Tatendrangs und voller Einfälle. Noch hatten sie sich nicht angewöhnt, den lieben langen Tag in der Halle zu sitzen, zu spielen und Met zu trinken, wie sie das später gern taten. Sie erbauten ihren Wohnsitz mit eigenen Händen. Sie brachen Steine und fällten Bäume, gruben Erz, bauten Öfen mit Blasebälgen und schmolzen aus taubem Gestein edle Metalle. Sie erfanden Amboss, Hammer, Zangen und andere Werkzeuge, stellten Hausgerät her und Speere, Äxte und Bögen, um das Wild zu jagen. Sie förderten auch Gold und fertigten kunstreichen Schmuck und Tafelgeschirr.

Und all diese Künste lehrten sie auch die Menschen, die sie nun ebenfalls geschaffen hatten, die immer zahlreicher wurden und mit denen sie in Freundschaft zusammenlebten.

Außerdem waren sie zauber- und sangeskundig, und vor allem Odin verstand es, Runen zu schnitzen, magische Schrift- und Symbolzeichen, die dem, der sie kannte, Macht über die Natur und über andere Lebewesen verliehen.

Die Asen schufen sich eine Versammlungshalle, wo sie

auf erhöhten Sitzen zusammenkommen konnten, Bier, Wein und Met aus goldenen Gefäßen tranken bis zum Umfallen, ein Brettspiel mit goldenen Figuren spielten und sich vergnügten. Die Halle glänzte von edlen Steinen und kostbarem Metall.

Gleich daneben befindet sich Walhall, der Ort, wo sich die verstorbenen Krieger versammeln.

Jeder Gott besitzt außerdem seine gesonderte Wohnung, und in Odins Haus gibt es einen hohen Aussichtsturm, von dem aus er alles beobachten kann, was in der Welt geschieht.

Eine wunderbare Brücke, die Midgard und Asgard verbindet und auf der die Götter zu den Menschen gelangen, trägt den Namen Bifröst. Wenn es geregnet hat, kann jeder Sterbliche sie sehen: Es ist der Regenbogen.

Wenn die Götter jedoch Rat halten wollen, versammeln sie sich beim Weltenbaum, der Esche Yggdrasil. Das ist der Lebensbaum aller drei Welten, auch der von Utgard. Seine Krone stützt den Himmel, und seine Zweige geben weithin Schatten. Yggdrasil kann niemals welken, denn sie ist ein Heiligtum. Verdorrt ein Zweig, sprießen sofort neue hervor. Und wenn die Hirsche mit gebogenem Hals Blätter und Knospen abbeißen von diesem Baum – so wachsen sie sofort wieder nach, noch üppiger als vorher.

Mit drei starken Wurzeln ist die Weltesche besonders verankert: Eine reicht zu den Göttern und Menschen, die zweite zu den in Utgard hausenden Riesen, die dritte zum eisigen Norden, nach Niflheim. Und unter jeder Wurzel entspringt eine Quelle. Vielerlei Geheimnisse verbinden sich mit diesen Quellen oder Brunnen – von ihnen wird noch zu hören sein.

Vielerlei wundersame Tiere haben sich Yggdrasil als Wohnung ausgesucht: darunter ein Hahn, der auf der Spitze wacht, ein Adler, der Ausschau nach Feinden hält, und ein Habicht, der macht das Wetter.

Ein geschwätziges Eichhörnchen mit listigem Geist läuft am Stamm auf und nieder. Es erzählt den drei Wesen, die oben auf der Esche hausen, was unten geschieht, und umgekehrt. Dabei verdreht es häufig die Wahrheit, und so kommt Streit auf zwischen den Bewohnern Yggdrasils.

Unter der Wurzel, die nach Niflheim hinabführt wie ein gewaltiger Pfahl, wohnen unzählige Schlangen. Sie nagen an den zarteren Wurzeln des Baums, und mitten unter ihnen sitzt ein Drache namens Nidhögg, der sich bemüht, jene Pfahlwurzel zu zerbeißen. Aber die Weltesche, scheinbar unzerstörbar, senkt unermüdlich neue starke Wurzeln in die Erde.

Unter jener Wurzel, die zu den Riesen führt, liegt der Brunnen des Mimir. Das ist ein Wesen von unerschöpflicher Weisheit, und die Weisheit rührt daher, dass es täglich aus diesem geheimnisvollen Brunnen trinkt. Das Wasser des Brunnens verleiht die Gabe, das dunkelste Rätsel der Welt zu durchschauen.

Die dritte Wurzel aber, die zur Menschenwelt reicht, wölbt sich über dem Brunnen und dem Wohnsitz der drei Nornen. Jene weisen Schicksalsfrauen, von deren Ursprung nichts bekannt ist, sind älter als die Götter – und auch mächtiger. Sie sind diejenigen, die alles wissen, Gedeih und

Verderb der Welt liegt in ihren Händen. Eine ist für die Vergangenheit, die zweite für die Gegenwart, die dritte für die Zukunft wissend. Die Nornen sitzen dort unten, tief in der Erde, und tränken die Weltesche mit heiligem Wasser und nähren sie mit Lehm. Und außerdem spinnen sie die Schicksalsfäden aller Wesen der Welt. Nur sie wissen, was einst geschieht.

Die Asengötter, deren Geschichten hier erzählt werden, sind so vielfältig und in ihrem Wesen so unterschiedlich, wie es nur geht. Die wichtigsten sind folgende:

Der oberste der Götter ist Odin. Er ist hochgewachsen und stattlich und liebt es, sich mit einem wallenden Mantel und einem großen Hut zu vermummen und in unterschiedlicher Gestalt aufzutreten. Als Meister der Zauberkunde kann er Runen schneiden und Krankheiten heilen, er ist fähig, dem einen Kraft und Verstand zu rauben und sie dem anderen zu verleihen. Von seinem Hochsitz aus überblickt er die ganze Welt und kann in die Geschicke der Menschen eingreifen, wann immer er es will. Niemand vermag ihn zu durchschauen.

Auf seiner Schulter sitzen zwei Raben, die sendet er jeden Tag zur Erkundung in die Welt hinaus. Wenn sie abends zurückkommen, flüstern sie ihm alles ins Ohr, was sie erfahren haben. Munin ist der, der die Erinnerung wachhält, Hugin regt den Gott zu neuen Entschlüssen an. Immer forscht Odin nach den Urgründen der Dinge, und ständig quält ihn ein Gedanke: Das ist die Götterdämmerung, Ragnarök genannt, von der er erfahren hat, ein Weltenbrand, in dem Menschen und Asen untergehen werden. Was er dagegen unternimmt, wird noch erzählt werden – ebenso, wie er zu einem berühmten und gefürchteten Speer gekommen ist und seinem Ross, und auch, warum er nur ein Auge hat, soll noch berichtet werden.

Odin liebt und beschützt die Menschen, vor allem Könige und Krieger, aber er ist auch den Freuden der Liebe nicht abgeneigt. Wenn er in Midgard unterwegs ist, können die Wissenden ihn an seinem dunkelblauen Mantel und seinem großen Schlapphut erkennen.

Auf seinen Hochsitz darf ihn nur seine Gattin Frigg begleiten, weil Odin behauptet, den anderen Göttern würde die Weisheit und der Überblick fehlen, das zu deuten, was sie sehen. Ansonsten schützt Frigg die Ehe und den häuslichen Herd. Oft hat Frigg Grund zur Eifersucht, denn Odin wirft gern einen Blick auf die schönen Töchter der Menschen.

Frigg hat die Gabe der Weissagung und wird oft befragt von den Menschen, wenn es darum geht, eine dunkle Zukunft durchschaubar zu machen. Mit einem Falkengewand kann sie sich in die Lüfte erheben.

Sie trägt ein Schlüsselbund am Gürtel wie eine gute Hausfrau und hat die Menschenweiber das Spinnen und Weben gelehrt. In der festlichen Halle der Götter, bei ihren Gelagen, darf sie auf dem Ehrenplatz an Odins Seite sein.

Bevor Frigg seine Gattin wurde, hatte Odin schon einmal eine Gefährtin, eine Erdgöttin namens Jörd. Mit ihr zeugte er den Donnergott Thor, den Zweitwichtigsten im Kreis der Asengötter. Er ist rothaarig und hat einen gewaltigen

Bart. Wenn er auf seinem Gespann von Ziegenböcken daherkommt, rollt der Donner durch den Himmel. Er hat einen Kraftgürtel, der ihn nahezu unbesiegbar macht. Sein Hammer Mjöllnir zerschmettert nicht nur die Feinde, sondern ist auch ein Mittel des Segens. Mit ihm weiht man die Braut, damit die Ehe fruchtbar werde, man heiligt das Haus, mit seinem Wurf steckt man die Grenzen der Felder ab und segnet schließlich den Scheiterhaufen, auf dem die Toten nach Walhall fahren oder zur Hel hinab, die das Reich der ruhmlos Gestorbenen regiert.

Thor ist aufbrausend und jähzornig, aber auch schnell wieder zur Freundlichkeit geneigt. Er beschützt vor allem die Bauern, deren Freund er ist, und bekämpft für sie die mächtigen Bergriesen von Utgard, denen das fruchtbare Land nach und nach erst abgerungen werden muss, und die steinernen Ungetüme, die boshaften und menschenfeindlichen Trolle. Für Könige und stolze Krieger hat er nicht viel übrig.

Seine Gattin Sif ist berühmt wegen ihres goldenen Haares, das ihr aber auch ein Missgeschick einbringt (auch dies soll später erzählt werden).

Odins Frau Frigg indessen hat den schönen und freundlichen Lichtgott Balder geboren; ihm zur Seite steht sein Freund und Bruder, der blinde Höd. Mit ihm sitzt Balder bei den üppigen Gelagen zusammen, er reicht ihm die Speisen und füllt ihm das Trinkhorn. Auch führt er ihn spazieren oder besucht mit ihm die anderen Asen in ihren Wohnungen. Die beiden sind unzertrennlich, so gegensätzlich sie sind, denn Höd ist der froststarrende Winter, während Balder die aufgehende Sonne und den Frühling verkörpert.

In einem Lied wird Balder so beschrieben: »Er ist von allen der Beste, und alle Wesen loben ihn. Er ist schön von Angesicht und so herrlich, dass ein großer Glanz von ihm ausgeht. Seine Wimpern, Brauen und sein Haar sind fast weiß. Er ist der wohltätigste der Asen, redet wider den Streit, versöhnt die Kämpfer, verbreitet Milde. An ihm ist nichts Unreines, nichts Böses.«

Balder ist auch ein Freund der Elben, jener Lichtwesen, die ungekannt neben den Menschen in Midgard leben und die zu keiner Übeltat fähig sind.

Gern kehren Balder und Höd bei der blühenden Idun ein.

Sie ist die Bewahrerin der goldschimmernden Äpfel, von denen die Asen jeden Tag essen und die ihnen ewige Jugend verleihen. Diese Äpfel trägt sie in einem Korb mit sich, und jeden Tag ist der Korb mit neuen frischen Früchten gefüllt. Sie selbst strahlt ebenfalls vor Gesundheit und Kraft, und man bittet sie gern um Hilfe, wenn man erkrankt ist.

Ihr Mann heißt Bragi, er trägt einen langen Bart, und auf seiner Zunge sind Runen eingeritzt. Deshalb ist er redegewandt und sangeskundig. Von Schlachten versteht er nichts, und von Kämpfen hält er sich fern. Er kennt alle Geschichten aus grauer Vorzeit, und keiner kann sie vortragen wie er. So lauschen die Asen ihm gern, wenn sie feiernd in der Halle sitzen.

Tyr dagegen ist der Gott des Krieges und ein Bruder von

Thor. Seinem Schwert kann nichts widerstehen. Aber er ist kein blindwütender Kämpfer, sondern gleichzeitig der Gott, der in der Welt für Recht und Gerechtigkeit steht. Wenn er seine Schwurhand, die Rechte, hebt zu einem feierlichen Eid, steht die Wahrheit stets auf seiner Seite. Darum rufen die Menschen ihn bei Kämpfen an, damit er dem Richtigen zum Siege verhilft, aber auch vor einer Schlacht, damit er unsichtbar in den Reihen der Erdensöhne mitkämpft und denen zum Sieg verhilft, auf deren Seite das Recht ist. Er ist auch auf dem Thingplatz zugegen, dem Ort, wo man sich versammelt, um Streitigkeiten zu schlichten und Gericht zu halten. Zornig straft er Meineidige und Verräter.

Forseti ist ein Sohn Balders, den er mit seiner frühlingshellen Frau Nanna zusammen hat. Auch Forseti hat mit der Rechtsprechung zu tun, er sorgt dafür, dass die Formen gewahrt werden und die Richter das rechte Wort finden, und nachdem Tyr, wie noch zu hören sein wird, seine Schwurhand verloren hat, muss er die Eidschwüre heiligen. Genau wie Hönir wacht er über die Formen der Gerechtigkeit, wobei Hönir sehr gern zwischen Menschen und Göttern vermittelt.

Dann gibt es da noch Heimdall. Er ist der scharfäugige Wächter an der gewaltigen regenbogenfarbigen Asenbrücke, er behütet Asgard, die Welt der Götter, und warnt vor Feinden – Riesen und Trollen und anderen Unholden, von deren Gefährlichkeit noch erzählt werden soll. Heimdall hört das Gras am Boden und die Wolle auf den Schafen wachsen, so scharf ist sein Gehör, seine Augen blicken Tag und Nacht gleich weit, und er braucht weniger Schlaf als ein Vogel im Fluge. Er ist der Klügste unter den Göttern.

Auch Heimdall ist strahlend schön und besitzt die Kraft, in die Zukunft zu schauen.

Loki hingegen ist wohl die zwiespältigste Gestalt im Reigen der Asengötter. Er ist das unstete Feuer, und seine Lust an Abenteuern, Streichen und tollkühnen Unternehmungen ist den Göttern bald lieb, bald leid. Boshaft kann er sein und voller Ränke; dabei ist er ebenfalls schön von Angesicht. Durch Blutsbrüderschaft ist er Odin verbunden. Loki ist zauberkundig, und er besitzt ein paar schnelle Schuhe, mit denen ihm die Flucht leicht gemacht ist, wenn er jemanden beleidigt oder verletzt hat.

Auch Loki ist verheiratet und hat zwei Söhne mit seiner Frau Sigyn, die treu zu ihm steht in guten und bösen Stunden.

Dann gibt es noch das Geschwisterpaar Frey und Freyja. Sie gehören ursprünglich dem Göttergeschlecht der Vanen an, sind aber jetzt ebenfalls Bewohner des Asensitzes Asgard.

Frey stammt von dem Beherrscher der Meere, dem obersten Vanen Njörd, ab. Er ist der Gott der Fruchtbarkeit, segnet die Felder der Bauern, aber auch den Schoß der Frau, auf dass sie viele Kinder gebären kann. Er ist stets friedfertig und heiter, und nach den harten und eisigen Wintern fährt er auf einem mit Kühen bespannten Wagen über das Land. Wo immer er auftaucht, ergrünen die Weiden und sprießt die Saat, und willig geben sich die Töchter der Menschen dem schönen, sinnenfrohen Gott hin.

Seine Schwester Freyja ist ebenfalls von großer Schönheit – kein Wunder, denn sie gilt als die Göttin der Liebe. Sie ist nicht wählerisch, was Menschen oder Götter betrifft, mit denen sie sich einlässt, aber das darf eine Liebesgöttin wohl auch gar nicht sein.

Freyja fährt über Land in einem Katzengespann, und wie Katzen kann sie fauchen und zornig werden, wenn man ihr zu nahe tritt und sie beleidigt. Nie trennt sie sich von ihrem berühmten Halsschmuck aus schwerem getriebenem Gold und riesigen Edelsteinen, gefertigt von den in allen Schmiedekünsten meisterhaften Zwergen.

Wegen ihrer Schönheit und ihrer Liebesfähigkeit wollen alle Freyja besitzen, nicht nur für eine Nacht, sondern für immer. Aber dafür ist die Schöne nicht geschaffen.

Wie die Göttermutter Frigg besitzt auch sie ein Falkengewand, wenn sie das anzieht, kann sie sich in die Lüfte aufschwingen, fliegen, wohin sie will, und allen entfliehen.

Freyja ist zauberkundig und lehrt die Asengöttinnen diese Künste, als sie selbst nach Asgard kommt. Außerdem ist sie die Mundschenkin der Asen und führt das Heer der Walküren an – Odins Kämpferinnen, die die toten Helden vom Schlachtfeld holen.

Odin erwirbt Wissen

Lange schon quälte es den obersten der Asen, dass er zwar von seinem Hochsitz aus die ganze Welt überblicken konnte, dass er die Weltmeere und den Himmel anschauen und den Lauf der Gestirne voraussagen konnte – aber das allertiefste Wissen, das Wissen um den Urgrund der Dinge, das fehlte ihm.

Aber er wusste, wo diese Weisheit zu erlangen war: Eine der Wurzeln jener Weltesche Yggdrasil führte zum Brunnen des Mimir – dem Geist, der alles wusste, denn die Urwelt war seine Amme gewesen.

Also beschloss Odin, diesen Geist aufzusuchen und ihn zu befragen.

Wild krächzend umkreisten ihn Hugin und Munin, seine beide Raben, und warnten ihn: »Unheil beschwörst du herauf, wenn du Dinge erfahren willst, die seit Urzeiten verborgen sind! Lass ab von deinem Vorhaben!«

Aber der Gott hörte nicht auf die Stimmen der Vögel und ließ sie zurück, während er weiter entschlossen zum Brunnen hinabstieg.

Tiefe Stille herrschte an Mimirs Brunnen. Es war, als würde die ganze Welt schlafen, kein Lüftchen regte sich, das Wasser plätscherte nicht.

Beklommen von der unendlichen Ruhe an diesem besonderen Ort stand der Gott ganz still und wagte nicht, sich bemerkbar zu machen. Aber da teilte sich lautlos der Spiegel des Brunnenbeckens, und obwohl niemand zu sehen war, fragte eine fahle Greisenstimme aus der Mitte des Wassers bestimmt: »Was willst du, Gott? Kommst du, weil du den Riesen zürnst, zu deren Stamm ich auch gehöre? Hier gibt es weder Hass noch Feindschaft. Kehre um. Mein Reich beginnt, wo deines endet.«

»Ich bin nur ein Wanderer«, erwiderte da Odin, der es

liebte, sich als jemand anderer auszugeben. »Auf einer langen Reise bin ich hier vorbeigekommen und bin durstig vom Weg. Gönne mir einen erfrischenden Trunk aus deiner Quelle.«

»Ich erkenne dich«, antwortete Mimir. »Du kannst dich vor mir nicht verstellen. Du bist Odin. Und den Trunk aus meiner Quelle willst du nicht, weil du durstig bist, sondern weil du Wissen erlangen willst – mehr, als dir zusteht. Du bist der Gott, der oben im Licht wohnt. Ich wohne hier an den Wurzeln, und die Erkenntnis aus dieser Quelle steht dir nicht zu.«

»Ich will und muss dies Wissen erlangen!«, sagte Odin.

»So ohne Weiteres kannst du es nicht bekommen«, erwiderte Mimir. »Was bist du bereit, dafür zu geben?«

»Alles, was du willst!«

»Nun«, sagte das Urwesen, »dann reiß dir ein Auge heraus, und gib es mir. Versenke es im Brunnen, damit ich einen Schein vom Sonnenlicht bei mir habe. Dann darfst du dem lauschen, was die Quelle flüstert.«

Und Odin, getrieben vom heißen Drang nach Wissen, riss sich, wie verlangt, ein Auge heraus und sah es im stillen Wasser versinken, das nun bis zum Grunde heraus erhellt schien. Dann neigte er sein Ohr der Quelle entgegen und hörte zu.

Aber was ihm da zugeraunt wurde, davon hat nie jemand etwas zu erfahren bekommen. Finster und bedrückt verließ der Gott die Stätte, wo er erfahren hatte, was allen verborgen war – Anfang und Ende der Welt.

Seitdem ist Odin einäugig.

Odins Runenlied

Odin tut alles, um Wissen und Weisheit zu erlangen. Um die Kunst der Runen zu beherrschen, der geheimnisvollen Symbole der Macht über Natur und Menschen, ist er sogar bereit, sich selbst zu opfern. Die Zauberkunst der Runen geht ihm über alles, nicht nur, um selbst der Mächtigste von allen Wesen zu sein, sondern auch, um diese Kenntnisse an die Erdensöhne, die Bewohner Midgards, weiterzugeben.

Und so berichtet er den Menschen von seinem Leiden und dem erlangten Wissen mit eigenem Munde:

Neun lange Nächte hing ich am windigen Baum, von einem Speer durchbohrt, ein Opfer, Odin dem Odin geweiht, weder Brot noch Met gab man mir, und ich sann auf Rettung, sann auf die Weisheit der Runen, bis ich zur Erde fiel.

Da begann ich zu wachsen und zu gedeihen, fühlte mich wohl und fand, wonach ich suchte.

Stark sind die Ratestäbe, die Runenstäbe, große Macht verleihen sie. Götter schufen sie, einige ersann ich selbst und schnitzte sie ins Holz.

So frage ich dich, Erdensohn: Weißt du zu ritzen? Weißt du zu erraten? Weißt du zu finden und zu erforschen? Weißt du Opfer zu bringen?

Wer die Runen kennt, der hat Macht über die Dinge. Worte sind es, Zeichen sind es. Zauberkraft verleihen sie.

Runenlieder kenne ich, die weder Könige noch gewöhnliche Menschen wissen.

Hilfe verheißt das erste in Not und Nachstellung.

Ein zweites hilft heilen, alle brauchen es, die Wunden und Schmerzen vertreiben wollen.

Ein drittes fesselt die Feinde, macht stumpf ihre Waffen.

Ein viertes weiß ich, falls man mich fängt: Sobald ich es singe, fallen die Bande von mir ab.

Ein fünftes: Fliegt ein feindlicher Pfeil oder Speer in der Schlacht, so kann ich ihn hemmen, indem ich ihn nur ansehe.

Ein sechstes: Will jemand mir schaden mit Zauberwurzel, wendet der Zauber sich gegen ihn selbst.

Ein siebentes hemmt die Lohe des Feuers. Selbst wenn der Saal schon brennt, rette ich alle.

Ein achtes ist allen sehr nützlich: Wenn unter den Kämpfern ein Streit entsteht, kann ich ihn schlichten.

Ein neuntes hilft mir, den Sturm zu stillen, wenn ich auf hoher See bin – ich besänftige die Wellen.

Ein zehntes hilft gegen fliegende Zauberinnen.

Ein elftes kann ich, wenn ich Freunde zum Kampf führe. Ich raune in ihre Schilde, und heil kommen sie aus dem Gefecht zurück.

Ein zwölftes kann ich, wenn ich einen Gehängten treffe: Ich ritze die Runen, und der Tote spricht mit mir.

Ein dreizehntes macht einen Knaben, der das erste Mal in den Kampf zieht, gefeit gegen Schwerter und Speere.

Ein vierzehntes: Ich kann dem Menschenvolk die Namen aller Asen und Elben aufzählen, keiner, den ich nicht kenne. Wenige sind so weise wie ich.

Ein fünfzehntes verleiht Asen und Elben Stärke.

Ein sechzehntes schwächt den Willen von Frauen und wendet ihn, alle mache ich mir gefügig.

Mit dem siebzehnten mache ich mir auch jedes Mädchen geneigt, alle lieben mich.

Ein achtzehntes aber verrate ich nicht. Es ist besser, ich behalte diese Weisheit für mich, sage sie niemandem.

Zum Nutzen den Erdensöhnen und zum Verderben dem Riesenvolk habe ich dies Lied gesungen.

Wohl dem, der es kennt. Lange lebt, wer es erlernt, in die Stäbe zu ritzen, und es anzuwenden versteht.

Frey und Gerd

Im frühen Zeitalter der Welten, das man das Goldene nennt, gab es nicht nur das Göttergeschlecht der Asen, sondern ein zweites: die Vanen. Über ihre Herkunft herrscht Dunkel. Beide Göttergeschlechter waren miteinander befreundet.

Häufig besuchten sie sich gegenseitig, und weil die Vanen fröhlich und begabt für Spiele waren und es liebten, gut zu essen und zu trinken, waren sie gern gesehene Gäste in Asgard, der Wohnstätte der Asen. Oft gaben sich die sinnenfrohen Götter gemeinsam gewaltigen Trinkgelagen hin und vergaßen darüber ihre eigentlichen Aufgaben – Thor war übrigens der Trinkfreudigste unter den Asen.

Eines Tages war Njörd, der oberste der Vanen und Beschützer der Schifffahrt, gemeinsam mit seinem Sohn Frey zu Besuch in der Halle Odins, noch bevor Frey ein Bewohner Asgards wurde. Frey war der Gott der Fruchtbarkeit und Vermehrung und liebte die Frauen mehr als alles andere. Er kannte sich mit dem Genuss und der Liebesfreude aus, und nach den langen, harten Wintern fuhr er – wie schon berichtet – mit seinem Kuhgespann über das Land und brachte Fruchtbarkeit für die Saaten und die Weiden, und alle Mädchen, die er traf, gaben sich ihm bereitwillig hin.

Als sie nun bei Odin saßen, gemeinsam mit anderen Gästen, und reichlich Wein getrunken hatten, fing der Göttervater Odin an, eine Rede in Versen zu halten. Der junge Frey langweilte sich bei dem hochtönenden Gesang und verließ, unbemerkt von den anderen, das Fest. Er gelangte an Odins Hochsitz, jenen Ort, den nur der oberste der Götter selbst und dessen Frau besteigen durften. Von hier aus überblickte man die ganze Welt.

Frey trieb die Neugier. Obwohl er wusste, dass es verboten war, kletterte er hinauf und überblickte voller Staunen Osten, Westen, Süden und Norden. Weithin sah er über Land und Meer, sah, wie sich die Menschen am Pflug mit Ochsengespannen bemühten und ihre Langhäuser bauten, und er sah viele Riesen, manche boshaft und ungeheuerlich, andere wieder fast so gesittet wie die Menschen. In Utgard, dem Riesenheim im Norden, erblickte er ein prächtig umzäuntes Gehöft. Es gehörte dem Riesen Gymir. Ein Sonnenstrahl fiel auf den Hof, und im Licht der Sonne ging ein Mädchen von einem Gebäude zum anderen – ein Mädchen, wie Frey es noch nie gesehen hatte. Für ihn schien sie die schönste Frau der Welt zu sein.

An diesem Tag nun stieg Frey von Odins Hochsitz herab, kehrte zurück zu den Feiernden und sagte kein Wort mehr. Sogar den angebotenen Met wies er zurück.

Sein Vater Njörd machte sich Sorgen um seinen sonst so lebensfrohen Sohn. Er rief dessen Freund und Gefährten Skirnir zu sich und bat ihn, Frey auszuforschen, warum er so traurig und stumm herumhockte.

Dem Freund öffnete Frey sein Herz. Er sagte: »Keiner kennt meinen Schmerz! Die Sonne scheint auf jedes Grasbüschel, aber nicht auf meine Liebe!«

Skirnir lachte. »Frey, ich kenne doch deine Liebesabenteuer! Oft genug saßen wir beim Gelage beieinander, und du erzähltest mir von deinen Eroberungen.«

Aber Frey schwärmte weiter: »Als sie die Hand hob, um die Tür zu öffnen, leuchteten von ihren Armen Himmel und Meer, die Welt erstrahlte von ihrem Glanz. Des Riesen Gymir Tochter Gerd ist die schönste Frau der Welt. Wenn ich sie nicht bekommen kann, will ich nicht länger leben.«

Skirnir berichtete nun Njörd von der Liebeskrankheit seines Sohns, und der begriff, wie ernst es Frey war. So überlegte er sich, dass es vielleicht das Beste wäre, Skirnir als Brautwerber zu den Riesen zu schicken. Eine Heirat zwischen einem Vanen und einer Riesin würde für den Zusammenhalt der Welten ja auch förderlich sein.

Aber Skirnir wusste genau, wie heikel eine solche Aufgabe war. Mit den Riesen war nicht gut Kirschen essen! Und er wusste, dass es galt, gefährliche Abenteuer zu bestehen, um zu ihnen zu gelangen.

»Bitte, sei mein Brautwerber!«, flehte ihn Frey an. »Ich

schenke dir auch mein unbezwingbares Schwert, das von selbst kämpft.«

»Und wie soll ich durch den Feuerwall gelangen, der das Gehöft Gymirs umgibt?«, fragte der Freund zweifelnd.

»Ich gebe dir auch mein Wunderpferd, das bringt dich durch die Lohe! Skirnir, hilf mir, diese Frau zu erringen!«

Schließlich ließ sich Skirnir überreden. Wohlgerüstet und reich ausgestattet mit Geschenken und mit starken Zaubermächten – darunter Iduns wunderbaren Äpfeln der Verjüngung –, ritt er nach Riesenheim. Die Nacht war finster, und das Gebirge sah drohend aus. Was würde ihn wohl erwarten? Er redete mit Freys Pferd und sagte: »Hilf mir bei diesem Auftrag! Entweder wir führen Gerd heim – oder Gymir macht uns beiden den Garaus!« Denn er hatte davon gehört, dass Gymir boshaft und streitsüchtig sein sollte.

Nach langen Wegen über Stock und Stein, vorbei an Wasserfällen und Gletschern, durch finstere Wälder und öde Heide gelangte er schließlich nach Riesenheim.

Auf einem Hügel vor Gymirs Hof saß ein Wächter, der Ausschau hielt, umgeben von kläffenden Hunden.

Skirnir zügelte das Pferd und sagte zu dem Wachenden: »Lass mich durch! Ich habe eine Botschaft für Gerd, die Tochter des Hausherrn!«

»Eine Botschaft? Die behalte nur für dich!«, sagte der Wächter höhnisch. »Niemals wirst du Gerd zu Gesicht bekommen, solange du lebst! Oder sitzt schon ein Toter im Sattel?«

»Die letzte Stunde meines Lebens wird von den Schicksalsfrauen, den Nornen, bestimmt«, erwiderte Skirnir, unbeeindruckt durch diese Drohung. »Ich werde tun, was mir aufgetragen wurde.«

Und ungeachtet der kläffenden Meute spornte er Freys Pferd und ließ es den Feuerwall überspringen.

Auf dem Hof lief ihm sogleich Gerds Bruder über den Weg, der die Schwester hütete, denn sein Vater war abwesend. Skirnir wollte ihn schonen, um durch seinen Tod nicht die Schwester zu erschrecken, aber der Riese drang brüllend mit solcher Gewalt auf ihn ein, dass ihm nichts anderes übrig blieb, als das Zauberschwert zu ziehen. Die Klinge suchte von allein die Blößen des Gegners und fällte den Bergriesen in kürzester Zeit.

Das Klirren der Waffen war bis in die Halle Gerds gedrungen. So fragte sie ihre Magd: »Was bedeutet dieser Lärm? Der ganze Hof scheint ja zu beben.«

Die Magd spähte hinaus, und da sie den toten Riesen nicht sehen konnte, sagte sie: »Da draußen steht ein Mann mit einem Schwert in der Hand, er lässt sein Pferd grasen und wirkt sehr kühn.«

»So lass ihn in die Halle treten, und biete ihm Met als Willkommenstrunk«, sagte Gerd. Und Skirnir betrat den Saal und begrüßte die schöne Riesin.

»Du bist durch den Feuerwall gelangt«, redete ihn Gerd an. »Bist du ein Vane oder ein Ase, dass du dergleichen kannst?«

»Nein«, erwiderte Skirnir. »Ich bin nur ein Bote. Frey, der Vane, schickt mich und wirbt um dich. Als Zeichen seiner Liebe schickt er dir diese goldenen Äpfel der Verjüngung.

Wenn du ihn zum Mann nimmst, kannst du jeden Tag davon essen und wirst unsterblich sein.«

»Nie beuge ich mich einem Werber, der vom Göttergeschlecht stammt!«, rief die Riesin zornig. »Behalte dein Geschenk!«

Da bot ihr Skirnir einen kostbaren Ring, wie ihn Frigg, Odins Frau, nicht schöner hatte. Aber Gerd wies auch diese Gabe zurück: »Mir fehlen keine Geschmeide und Juwelen. Drei Höhlen voll Schätze hat mein Vater gehortet für mich!«

Als Skirnir merkte, dass er im Guten nicht weiterkam, entschloss er sich, zur Gewalt zu schreiten. Er zog das Schwert und drohte: »Ich brenne dir die Schrift dieser Klinge ein! Den schönen Kopf schlag ich dir ab, wenn du nicht mit mir kommst!«

Doch Gerd lachte nur. »Was nützt Frey eine tote Braut? Warte nur, bald kommt mein Vater nach Haus. Er wird in die Halle stürmen und dir den Garaus machen.«

»Dies Schwert fällt jeden!«, rief der Bote. Aber Gerd blieb kalt wie Eis.

Nun half nur das Äußerste: Zauberei und Verwünschungen.

Er holte ein Zauberreis aus der Tasche und zog einen Kreis um die schöne Riesin.

»Zähmen wird dich mein Wille, Weib!«, beschwor er sie. »Hocken sollst du auf einer Felsklippe, nur Adler sollen dich besuchen. Alle Speise soll dir zum Ekel gereichen, aber der Hunger soll dich plagen, dass du schlapp und krank wirst. Trolle sollen dich quälen. Bei dreiköpfigen Ungeheuern sollst du hausen, alt und krumm, ohne je die Liebe eines Mannes genossen zu haben. Begierde soll dich quälen und Sehnsucht versengen. Verdorre wie eine Distel am Wegesrand. Nie wirst du einen anderen Mann bekommen!«

Verstört sah Gerd um sich, aber da war niemand, der sie aus dem Zauberkreis lösen konnte. Und Skirnir fuhr fort, sie zu verwünschen und mit harten Worten, wie es der Brauch war, zu sprechen: »Am Tor zum Totenreich sollst du hocken, und die scheußlichsten Ungeheuer sollen dir täglich zwischen die Schenkel gehen. Ziegenpisse sollst du trinken statt Met. Jetzt ritze ich die Zauberrunen, und dann wirst du für alle Zeit verurteilt sein, zu leben zwischen Liebesraserei und Geilheit und mit schmerzlicher Gewalt!«

Schon setzte er das Messer an, um die unfehlbaren Runen einzuschnitzen, da griff Gerd schnell den Pokal und rief: »Brautwerber, trinke den Met als Versöhnungstrunk! Gern will ich die Frau des schönen Frey werden!«

Danach gab sie ihm eine Botschaft für den künftigen Gemahl mit.

Skirnir machte sich auf den beschwerlichen Rückweg, über Stock und Stein, vorbei an Wasserfällen und Gletschern, durch finstere Wälder und über öde Heide, bis er zu Frey kam.

Frey stand schon vor der Tür und drängte auf eine Antwort, noch bevor der Freund den Sattel vom Pferd abgenommen hatte.

»Das war harte Arbeit«, sagte Skirnir, »und ich denke, ich habe mir dein Schwert verdient. In neun Nächten will die schöne Riesin mit dir in einem Kornfeld Hochzeit halten.«

»Wie soll ich neun Nächte des Wartens überstehen?«, rief der ungeduldige Gott. »Oft vergeht ein Mondumlauf rascher als eine Nacht der Sehnsucht.«

Aber was blieb ihm übrig? Er musste sich der Forderung der schönen Riesin beugen und ausharren.

Und Gerd hielt ihr Wort und wurde Freys Weib.

Skirnir aber behielt das Zauberschwert des Vanen. Später sollte der es sehr vermissen.

Loki wird ein Gott

Seltsames weiß die Geschichte zu berichten von Loki, der als der Gott des Feuers gilt.

Loki war ursprünglich ein Riesensohn, doch es gefiel ihm nicht zu Haus in Riesenheim. Deshalb trennte er sich von Vater und Mutter und verließ ihr Haus für immer, und so schweifte er in der Welt umher. Als er nach Asgard, dem Göttersitz, kam, fand er, dass es nichts Erstrebenswerteres gab, als ein Ase zu sein. Er erregte die Aufmerksamkeit des Göttervaters, denn er sah sehr hübsch aus mit seinem rotgoldenen Haar und seinen blitzenden Augen und seiner schlanken hohen Gestalt.

Keck und ohne Scheu beobachtete er alles im Haus Odins und hielt mit seiner Meinung über die Götter nicht hinter dem Berg. Getraute sich sogar, seine Zunge an Thor und Frigg zu wetzen: Thor sei tollpatschig und grob und Frigg eifersüchtig und eitel.

Zuerst verbaten sich die Asen die Einmischung des frechen Jungen. Aber bald merkten sie, dass Loki ihnen wichtige und gescheite Ratschläge gab und ihnen mit seinen Hinweisen auf Anschläge von Riesen, die ja eigentlich seine Verwandten waren, eine große Hilfe war. Da er einst in Riesenheim ein und aus gegangen war, wusste er alles über die Vorhaben und Pläne, die da geschmiedet wurden – ein Abtrünniger, ein Übergetretener.

Trotzdem betrachteten einige der Götter den Eindringling mit Misstrauen.

Odin jedoch, der oberste der Götter, war ganz vernarrt in den schönen jungen Riesen. Wie redegewandt und klug er war – und nie um eine Ausrede verlegen! Odin nahm ihn gern mit, wenn er die Menschenwelt, Midgard, durchstreifte, und freute sich an Lokis frecher Zunge und seinem Witz.

Er fand sogar, dass er und Loki seelenverwandt waren, denn Loki hatte ebenso wie Odin Lust daran, in den Lauf der Dinge einzugreifen, und wie er war er wendig, hatte den Kopf voller Ideen und war immer tätig. Daher stimmte er zu, als Loki ihm den Vorschlag machte, sein Wahlsohn zu werden. Damit würde er zu den Asen gehören und wie sie ein Gott sein.

Die Angelegenheit wurde vor den Rat der Götter gebracht.

Erstaunt hörten sich die Asen den Vorschlag des ersten aller Götter an. Ein Riese in ihren Reihen? Dabei vergaßen sie ganz und gar, dass sie wahrscheinlich selbst einmal aus dem Riesengeschlecht hervorgegangen waren, denn schließlich hatte der Mann, den die Ur-Kuh aus dem Eis freigeleckt hatte, eine Riesin zur Frau genommen.

Als Erster sprach Thor, Odins Sohn, der Zweitmächtigste in Asgard. »Loki ist ein lustiger Gesell, stets aufgelegt zu Streichen. So etwas gefällt mir. Ich würde gern mit ihm durch die Welt tollen! Ich bin dafür, ihn zu einem von uns zu machen!«

Die heitere Idun lachte: »Vielleicht will Loki nur wegen meiner goldenen Äpfel zum Asen werden? Schließlich möchte jeder gern von der Unsterblichkeit kosten!«

Frigg, die Göttermutter, enthielt sich der Stimme. Ihr war recht, was ihr Gemahl beschließen würde.

Heimdall, der weit vorausschauende Wächter, erhob eine warnende Stimme. »Dieser junge Riese ist listig, aber er ist auch hinterlistig. Er ist scharfsinnig, aber er ist auch tückisch. Er wird die Asengöttinnen durch Schmeicheleien verwirren und verführen und Unruhe schaffen. Ich bin gegen eine Aufnahme dieses Riesensohns in Asgard.«

Da stand der schöne Balder von seinem Sitz auf, glänzend von Angesicht, der Gott des Lichtes, der Sonne und der Gerechtigkeit. »Ich rate den Asen, Loki dennoch aufzunehmen. Vielleicht gelingt es uns mit ihm, einen dauerhaften Frieden zwischen Riesen und Göttern herzustellen. Loki wird uns stärken und uns und den Menschen helfen. Außerdem heißt es ja, dass er besondere Schuhe besitzt, die ihn überallhin tragen können. Auch das könnte uns nützlich sein.«

Balders Spruch gab den Ausschlag, denn alle Asen wussten, wie weise und weitblickend er war. Dass durch seinen Spruch Loki in die Reihen der Götter gelangte, das sollte ihm später jedoch übel bekommen.

So bereitete Odin das Zeremoniell vor. Er befahl, einen großen Kessel hervorzuholen und ihn mit Met zu füllen. Dann ritzten er und Loki ihre Arme, vermischten das hervorquellende Blut mit dem Met, tranken selbst und ließen dann die Trinkhörner mit dem Blut- und Metgemisch herumgehen. Alle nahmen davon, und so wurde Loki zum Asen.

Aus seiner Aufnahme in Asgard sollte später viel Unheil für Götter und Menschen erwachsen.

Loki und die Zwerge

Thor, der starke Gott des Gewitters und des Donners, hatte eine Lieblingsbeschäftigung: sich mit Riesen und Trollen herumzuschlagen.

Er wünschte sich, dass Loki bei seinen Kriegszügen nach Utgard sein Gefährte werde, und so geschah es. Die beiden, der Starke und der Wendige, erledigten viele Riesen, die den Göttern feindlich gesonnen waren. (So kämpfte Loki gegen das Volk, von dem er abstammte!) Auf diese Art waren sie fast Freunde geworden. Und immer, wenn Loki den jähzornigen, unbeherrschten anderen gereizt hatte mit irgendeinem Streich oder einer Neckerei, gelang es ihm doch, ihn bald wieder zu besänftigen.

Da die Bergriesen es trotz aller Angriffe auf sie nicht wagten, selbst gegen die Asen vorzugehen, hielten sie sich schadlos an den Menschen. Sie kippten Felsen in die Täler, verwüsteten die Äcker und zerstörten die Saaten. Thor und

Loki versuchten, die Menschen zu beschützen, aber es zeigte sich, dass Waffen, welche die Asen selbst geschmiedet hatten, schnell stumpf wurden oder sich verbogen. Sie waren eben nicht solche Meisterschmiede wie die Zwerge.

Wenn Loki nicht mit Thor unterwegs war, trieb er viel Schabernack. Immer fiel ihm etwas Neues ein, um die Asen zu necken und zu ärgern.

So kam Thor eines Tages mit zerbrochenen Waffen von einem Kampf mit den Riesen nach Haus und fand seine Frau Sif in Tränen. Während sie schlief, hatte sich Loki an sie herangeschlichen und ihr das lange goldene Haar abgeschnitten. (Was er ihr sonst noch angetan hatte, blieb verborgen.)

Bisher hatte Thor Lokis Neckereien und Schabernack immer wieder vergeben und vergessen. Aber nun war das Maß voll. Er packte den Gott des Feuers und hätte ihm sicher alle Knochen im Leib gebrochen, aber Loki bat: »Lass mich los, Freund! Ich gebe zu, das war kein besonders guter Spaß. Zürne mir nicht! Hoch und heilig verspreche ich: Ich werde für Sif rasch neues Haar herbeischaffen, noch schöner, als ihre Lockenpracht vorher gewesen war.«

Grollend ließ Thor ihn ziehen.

Also begab sich Loki zu den Zwergen.

Das Zwergengeschlecht verehrte in Loki seinen ganz besonderen Schutzpatron, denn ohne die Kraft des Feuers, dessen Gott er ja war, wären sie niemals so geschickte Schmiede geworden. So konnte er von ihnen verlangen, was er wollte.

Eine bedeutende Familie der Zwerge waren die Nachkommen Iwaldis. Die Söhne dieses Stammvaters wohnten in der Tiefe der Erde, in finsteren Höhlen. Aus den Spalten der Berge rauchte es, und es sprühten Funken, denn unten befanden sich die großen Schmiedeessen, an denen die Zwerge arbeiteten und wahre Wunderdinge erschufen.

Als Loki zu ihnen kam und seinen Wunsch vortrug, fühlten die kleinen Schmiede sich sehr geschmeichelt. Und tatsächlich machten sie sich gleich ans Werk und schufen für Sif ein Gespinst aus echtem Gold, das war üppiger und schöner als jedes natürliche Haar und hatte außerdem die Eigenschaft, sich der Haut anzupassen und nachzuwachsen, als sei es lebendig.

Während die Zwerge an der Arbeit waren, hatte Loki nachgedacht. Vielleicht gab es noch ein paar andere Dinge, die er den Asen von hier unten mitbringen konnte, um sich nicht nur bei Thor wieder lieb Kind zu machen! Ihm fielen die unzulänglichen Waffen der Götter ein, und er bat die Zwerge, Abhilfe zu schaffen.

Die Höhlenbewohner machten sich sofort ans Werk. So schufen sie einen Speer, den nichts aufhielt, und ein Schiff, das niemals sinken konnte. Außerdem wurde es winzig klein, wenn man es nicht mehr benötigte, und man konnte es in einem Lederbeutel über Land tragen.

Loki nahm die Gaben in Empfang und machte sich auf den Heimweg. Dabei traf er einen anderen Zwerg namens Brock, dessen Bruder Sindri ebenfalls ein geschickter Schmied war, und wie es so Lokis Art war, holte er die drei Gaben hervor, zeigte sie Brock und fing an, ihn zu verspotten: »Sieh dir einmal an, was Iwaldis Söhne für Kunstwerke geschaffen haben! Dein Bruder ist zwar kein schlechter Schmied, aber etwas Vergleichbares wie dies hier würde er doch nie und nimmer zustande bringen!«

Brock sah sich die drei Stücke an und verzog den Mund zu einem geringschätzigen Lächeln. »Schön und gut!«, sagte er. »Aber ich schwöre dir, mein Bruder könnte den Göttern mit weit besseren und nützlicheren Wunderwerken der Schmiedekunst dienen!«

Loki lachte. »Ich verwette meinen Kopf, dass er das nicht schafft!«

»Die Wette gilt!«, sagte der erzürnte Zwerg sogleich. »Und ich setze meinen Kopf dagegen. Odin selbst soll entscheiden, welche Gaben die besseren sind.«

Sie besiegelten die Wette mit Handschlag, und Brock ging sogleich zu seinem Bruder in dessen Werkstatt und berichtete ihm von der Abmachung.

Sindris Ehrgeiz war geweckt. »Hab keine Angst, Bruder!«, sagte er. »Ich werde es diesen hochmütigen Söhnen von Iwaldi schon zeigen, was ein wirklicher Meister kann!«

Sogleich begaben sich die beiden in die Schmiede.

Sindri hatte einen Blasebalg aus Schweinshaut. Den gab er seinem Bruder in die Hand und bat ihn, so lange Luft in die Glut zu blasen, bis er das Werkstück herausnehmen würde. Dann verließ er den Raum, um neue Metalle herbeizuschaffen.

Loki waren indes seine Zweifel gekommen, ob er bei dieser Wette vielleicht nicht doch seinen Mund zu voll genommen hatte. So überlegte er, wie er seinem Glück etwas nachhelfen könnte …

Als nun Brock heftig den Blasebalg bediente, setzte sich ihm eine Stechfliege auf den Arm und stach so heftig und schmerzhaft zu, dass Brock aufschrie. Aber er hielt den Schmerz aus und arbeitete weiter mit dem Blasebalg, bis Sindri zurückkam und das glühende Werkstück herauszog. Er bearbeitete es, und es entstand ein Eber aus edlem Metall, versehen mit goldenen Borsten.

Natürlich war die Stechfliege niemand anderes gewesen als Loki!

Als sich der kunstreiche Schmied Sindri nun an die zweite Arbeit aus Gold und edlem Metall machte, bat er seinen Bruder wieder, den Blasebalg zu bedienen.

Loki sagte sich: Ich muss ihm noch mehr Schmerz zufügen, damit er aufhört oder das Werkstück misslingt! Und er wurde wieder zur Stechfliege und setzte sich diesmal Brock auf den Hals, in der Nähe der Schlagader.

Brock verbiss auch diesmal den Schmerz, bis sein Bruder mit der Arbeit fertig war. Diesmal hatte er einen magischen Fingerring geschaffen.

Und nun ging es um die dritte Arbeit. Dazu legte Sindri ein Stück Eisen in die Esse, und er beschwor seinen Bruder, ja nicht aufzuhören, mit der Schweinshaut kraftvoll zu arbeiten. Wenn er nur einen Augenblick aufhören würde, wäre das Stück unbrauchbar.

Brock gab sein Bestes. Aber diese furchtbare »Stechfliege« setzte sich diesmal auf seine Augenlider und stach zu, dass das Blut floss!

Als ihm das Blut in die Augen troff und er nichts mehr sehen konnte, hob Brock schnell die Hand, um das scheußliche Vieh wegzuscheuchen. Aber dieser kleine Moment hatte schon genügt. Der Blasebalg sackte in sich zusammen, und wenn Sindri nicht genau in diesem Moment gekommen wäre, so gäbe es wohl das letzte Stück nicht: ein wundersamer Hammer, von dem nur der Stiel etwas zu kurz geraten war.

Nun sollten die Asen entscheiden, welche Schmiedearbeiten besser waren.

Brock brachte die Kunstwerke seines Bruders herbei. Loki kam mit den Wunderdingen, die Iwaldis Söhne geschmiedet hatten.

Odin, Thor und auch Frey, der gern bei den Asen zu Gast war, setzten sich auf die Richterstühle.

Als Erster kam Loki zu Wort.

Er breitete seine Schätze aus und sagte: »Hier, Vater der Götter! Für dich habe ich diesen Speer anfertigen lassen! Sein Name ist Gungnir. Mit ihm kannst du nie ein Ziel verfehlen, wie schnell und wie weit entfernt es auch sein mag.«

Dann wandte er sich an Thor und sagte demütig: »Sieh, Freund, ich entschuldige mich für den Unfug, den ich angerichtet habe! Die Zwerge haben für deine Frau Sif dies Goldgespinst gefertigt. Wenn sie es auf den Kopf legt, wird es sich sofort mit ihrer Haut verbinden, und Sif wird ein Goldhaar haben, das sogar nachwächst wie echtes Haar!«

Dann holte er den Beutel mit dem zusammenfaltbaren Schiff hervor. Er schenkte es Frey, dem Sohn des Meeresbeherrschers Njörd. »Dies Schiff hat immer günstigen Fahrtwind, wo auch immer man die Segel setzt!«, beteuerte er.

Mit diesen drei Gaben glaubte Loki klar den Sieg in der Tasche zu haben.

Aber nun trat Brock mit den Kunstwerken seines Bruders auf den Plan.

Zuerst schenkte er Odin den Ring. Von dem tropften alle neun Tage acht gleich schwere Ringe herab und machten den Besitzer zum Herrn über das Gold. Darum hieß er Draupnir, der Tropfende.

Brock gab Frey den Eber mit den goldenen Borsten und erklärte ihm: »Dies Tier läuft schneller als jedes Pferd, es fliegt über Land und Meer dahin, und wenn es Nacht wird, erleuchtet es die Dunkelheit mit seinen goldenen Borsten. So kannst du immer und jederzeit die Frauen finden, die du beglücken möchtest.«

Sodann wandte er sich an Thor. »Dieser Hammer, großer Donnergott, ist eine unfehlbare Waffe. Er heißt Mjöllnir. Du kannst damit zuschlagen, so hart du willst und gegen welchen Feind du willst. Er trifft unfehlbar, ist unzerstörbar, und wirfst du ihn nach einem Gegner, so wird er immer wieder in deine Hand zurückkehren. Dieser Hammer wird für die Menschen das Symbol sein, ihre Felder zu segnen und ihr Eheglück zu geloben, denn er gewährt ihnen sicheren Schutz. Und wenn du willst, kannst du ihn so klein werden lassen, dass er sich in deinem Hemd verbergen lässt. Leider hat er einen kleinen Fehler. Sein Stiel ist zu kurz. Wenn man ihn auffängt, muss man Eisenhandschuhe tragen, um sich selbst nicht zu verletzen.«

Loki konnte sich ein boshaftes Grinsen nicht verkneifen.

Nun setzten sich die drei göttlichen Preisrichter zusammen und berieten. Voll ängstlicher Spannung erwarteten die beiden Gegner den Spruch – schließlich ging es um ihren Kopf!

Odin verkündete das Urteil: »Mjöllnir, der Hammer Thors, ist durch nichts zu übertreffen. Hinter ihm bleiben alle anderen Gaben zurück. Mit dieser Waffe kann Thor die Eisriesen und Bergriesen auch aus der Ferne erledigen. Also ist Brock mit seinem Bruder Sindri der Sieger in diesem Wettkampf.«

Als Loki das hörte, wurde ihm angst und bange. Mit erhobenen Händen rief er: »Die Wette war doch nur ein Scherz! Brock, du wirst doch nie und nimmer meinen Kopf verlangen?!«

»Doch, das werde ich!«, erwiderte der Zwerg grimmig.

»Können wir nicht zu einem Vergleich kommen?«, schlug da der listige Feuergott vor. »Ich biete dir …«

»Ich will überhaupt nicht wissen, was du mir bietest! Du wirst mich ohnehin nur übers Ohr hauen!«, brüllte Brock und griff nach Loki. Aber der hatte seine schnellen Zauberschuhe an den Füßen und war im Nu auf und davon.

»Haltet ihn auf!«, schrie der Zwerg. Die Götter aber lächelten und taten nichts dergleichen; schließlich war Loki einer von ihnen.

Da wandte sich Brock an Thor: »Großer Donnerer, hilf du mir! Ich habe dir den Hammer Mjöllnir verehrt – und dass der Stiel dieser Waffe zu kurz geraten ist, das ist ganz allein Lokis Werk! Mit Hinterlist hat er die Arbeit in der Schmiede gestört!«

Das reichte aus, um Thors Zorn zu erregen. Er bestieg

sein Bocksgespann, brauste los und brachte den Entlaufenen zurück.

Brock und sein Bruder Sindri wollten nun das Urteil an Loki vollstrecken und ihm wirklich den Kopf abschlagen, aber der durchtriebene Gott schrie: »Brock, meinen Kopf kannst du haben, aber um den Hals wurde nicht gewettet! Wenn aus meinem Hals nur ein Tropfen Blut fließt, hast du nicht etwa den Gewinn deiner Wette eingefordert, sondern mich heimtückisch ermordet!«

»Göttervater, sprich du dein Urteil! Verkünde, dass so etwas nicht gilt!«, wandte sich Brock nun an Odin.

Doch der schüttelte den Kopf. »Ich glaube, Loki hat recht«, sagte er. Insgeheim war er stolz auf seinen Wahlsohn, der aus jeder Lage einen Ausweg wusste.

Die beiden Zwerge berieten sich. »Gut«, sagt Brock dann. »Wenn uns nur sein Kopf gehört, dann können wir mit dem ja machen, was wir wollen!«

Er nahm Sindris Ahle (eine feste Nadel, wie die Schmiede sie manchmal brauchen) und nähte damit Lokis Lippen zu. »So!«, sagte er befriedigt. »Nun musst du verhungern und verdursten!«

Aber Loki, der Gott des Feuers, wurde auch damit fertig. Er zündelte mit seiner Zunge, und nach kurzer Zeit sprengte er die Naht. Wieder war er frei, und die Zwerge verließen Asgard voller Zorn.

Nun probierten die Götter all die Meisterstücke aus, die Loki ihnen gebracht hatte, und waren sehr zufrieden.

Frey konnte auf dem Eber mit den goldenen Borsten jedes noch so schnelle Pferd überholen.

Odin warf den Speer Gungnir und erkannte seine Unfehlbarkeit.

Und auch Thor war besänftigt. Seine Frau freute sich an dem neuen Goldhaar, und ihm hatte Lokis Wette den wundersamen Hammer eingebracht. Er war so begeistert von der Waffe, dass er sie sogar nachts bei sich behielt. Allerdings musste er die eisernen Handschuhe tragen.

So verziehen die Asen schließlich Loki seinen Streich mit den Haaren der Sif. Auch Odin wusste, dass sie ohne die herausfordernden Streiche des Feuergotts niemals zu so wertvollen Gegenständen gekommen wären, denn die Zwerge hätten sie nie aus freien Stücken für sie hergestellt.

Odin wettet mit Wafthrudnir

Immer wieder quälten Odin die gleichen Fragen: Wie würden sich die Riesen in Zukunft verhalten? Waren einige von ihnen wirklich so weise, dass man mit ihrer Einsicht rechnen konnte, die Menschen in Frieden zu lassen? Er hatte gehört, dass einer der erfahrensten ein Riese namens Wafthrudnir sei, und nun gelüstete ihn, sich mit ihm im Wissen zu messen.

Seine Frau riet ihm ab. Mit Wafthrudnir solle er sich lieber nicht anlegen, meinte Frigg, denn nachdem, was sie vom Hochsitz aus gesehen habe, sei er wirklich kaum zu überbieten an Wissen und Weisheit.

Aber Odin ließ sich nicht davon abbringen.

»Ich habe viel erfahren und viel ausprobiert«, entgegnete

er. »Ich bin Herr über Runen und Zaubergesänge und bin nicht so leicht zu schlagen. Jetzt will ich wissen, wer von uns beiden der Weisere ist, er oder ich!«

»Gut denn«, sagte Frigg. »Fahre heil hin, und komme heil wieder. Und sei gewappnet! Nimm all deinen Verstand und deinen Witz zusammen, wenn du mit dem Riesen redest!«

Odin machte sich also auf ans andere Ende der Welt, Utgard, wo die Riesen wohnen, und gelangte zur Halle Wafthrudnirs. Wieder einmal hatte er sich verkleidet und kam als ärmlicher Wanderer daher. Er blieb an der Schwelle stehen, grüßte den Herrn des Hauses und sagte: »Ich bin gekommen, um herauszufinden, ob du wirklich so viel weißt, wie man überall von dir erzählt.«

Der Riese musterte ihn von Kopf bis Fuß. »Wer bist du, der du da an der Tür stehst?«, fragte er. »Hat man dir gesagt, dass niemand hier wieder herauskommt, wenn er nicht weiser ist als ich?«

Odin ging darauf nicht ein. »Gangrad heiße ich, Rätsellöser«, entgegnete er. »Ich kam so des Weges daher und bin müde und durstig.«

»So komm herein, und nimm Platz in meiner Halle«, sagte der Riese. »Wir werden ja sehen, wer von uns beiden kundiger ist.«

Aber darauf mochte Odin sich vorerst nicht einlassen. Er wollte zunächst herausfinden, ob er Wafthrudnir wirklich gewachsen war, ehe er sich in Gefahr begab. Also sagte Odin vorsichtig: »Wenn Armut beim Überfluss zu Gast ist, so wie jetzt, ist überlegtes Sprechen vonnöten oder Schweigen. Allzu viel Geschwätzigkeit tut nicht gut.«

»Nun denn!«, brummte der Riese. »Wenn du es denn nicht anders willst, so versuche dein Glück erst einmal außerhalb meiner Halle. – Wie heißt der Hengst, der den Tag heraufzieht über die Wohnungen der Menschen?«

»Der heißt Leuchtmähne«, erwiderte Odin schnell. »Er erhellt die Welten. Tagsüber fährt er über den Himmel.«

»Gut, Gangrad. Und wie heißt das Pferd, das die Nacht bringt?«

»Reifmähne heißt es. Schaum tropft ihm vom Maul und erfüllt die Täler mit Tau.«

»Und woher kamen Tag und Nacht?«, fragte Wafthrudnir.

Auch das war keine schwere Frage für den Göttervater. »Der Riese Narfi hat eine Tochter, sie heißt Nacht. Sie ist von dunklen Schleiern umhüllt und heiratete einen schönen Asen. Ihrer beider Sohn ist blond wie der Asenvater und heißt Tag.«

»Und wer lenkt Sonne und Mond, wenn sie am Himmel dahinfahren?«

»Mundilfari hat zwei Kinder, so leuchtend und schön, dass er den Sohn Mani, Mond, nannte und die Tochter Sol, Sonne. Die Götter fanden, dass sich so hochfahrende Namen nicht gehören, und versetzten die beiden an den Himmel. Fortan bestimmten beide Geschwister die Zeit, nach dem Willen der Götter. So lassen sie Mani schmal werden wie eine Nadel und dann wieder rund wie einen Apfel. Und Sol lenkt einen Wagen mit raschen Pferden. Denen setzten die Götter Blasebälge unter die Schulterblätter, um ihre Gelenke beim raschen Lauf zu kühlen.

Auch hat Sol einen mächtigen Schild um ihren Wagen, der die Erde vorm Verbrennen schützt.«

»Viel weißt du, Gangrad!«, knurrte der Riese. »Komm, ich lade dich in mein Haus! Setze dich zu mir, und trinke Wein mit mir. Jetzt bist du an der Reihe und kannst mich fragen. Wir wollen beide um unseren Kopf wetten, wer mehr weiß.«

Nachdem er die erste Runde so leicht bestanden hatte, glaubte sich Odin auf der sicheren Seite und ging auf die Bedingung ein. Er stärkte sich mit einem großen Schluck aus dem Kelch, den der Riese ihm reichte, und begann dann seinerseits mit Fragen.

»Sage mir, Wafthrudnir, woher kamen die Sterne?«

»Die Götter haben große Feuerfunken gefangen, die sich aus Muspelheim losgerissen hatten. Sie setzten sie an den Himmel und ordneten sie zu schönen Bildern, um damit Tage und Jahre zu zählen und um zu wissen, wie der Gang der Jahreszeiten ist.«

»Und wie kamen die Menschen auf die Welt?«

»Odin und seine Brüder fanden zwei Baumstämme am Meeresstrand, Treibholz. Daraus machten sie Menschen. Odin hauchte ihnen Atem und Leben ein, der Zweite Verstand und Bewegung, der Dritte gab ihnen Sprache, Gehör und Gesicht. Der Stamm, aus dem der Mann gemacht wurde, war Ask, eine Esche. Darum heißt der Mann Ask. Der andere war Embla, eine Ulme. Embla heißt die Frau. Von ihnen stammen alle Erdenkinder ab.«

»Vieles weißt du!«, sagte Odin bewundernd, aber bevor er weiterfragen konnte, fiel ihm der Riese ins Wort und fragte nun seinerseits: »Aber warum gaben die Götter den Menschen Midgard, den allerbesten Teil der Welt?«

»Allein die Menschen sind in der Lage, die fruchtbare Erde zum Besten zu nutzen. Sie bauen Getreide an, weiden ihr Vieh und roden die Wälder. Darum gebührt ihnen der Wohnsitz in Midgard«, erwiderte Odin.

»Und warum müssen die Riesen im unwirtlichen Utgard hausen, am äußersten Rand der bewohnten Welt?«

»Die Riesen verstehen nicht, das Land zu nutzen. Sie zertrampeln plump die Felder, jagen ihr eigenes Vieh, knicken die Bäume und werfen mit Felsbrocken um sich!«, entgegnete »Gangrad« streng.

Wafthrudnir seufzte. »Wir Riesen sind manchmal wie Kinder und voller Übermut. Wir lieben die Freiheit und tollen herum. Nicht immer ist es Bosheit, was uns zu wilden Spielen treibt.«

Darauf wusste Odin nichts zu sagen. Er trank einen weiteren Schluck Wein und sagte dann: »Lass mich weiterfragen. Wer bewacht den Eingang zu Muspelheim, der Stätte ewigen Feuers?«

»Surt steht dort und bewacht mit flammendem Schwert die Glut bis zum Ende der Welten.«

»Was wird in Zukunft sein? Wer verfolgt dereinst die Sonne und den Mond?«

»Zwei Wölfe werden kommen und Sonne und Mond jagen. Immer wieder versuchen sie, die Gestirne zu verschlingen. Eines Tages wird es ihnen ganz gelingen. Dann herrscht ewige Finsternis.«

»Woher kommen diese Wölfe?«, fragte Odin weiter.

»Ein Riesenweib gebiert sie in einem uralten Wald, dem Eisenwald. Der Schreckenswinter wird herrschen über der Erde, wenn Sonne und Mond tot sind.«

»Aber«, fragte Odin, der seine finstersten Ahnungen bestätigt sah in dem, was der Riese prophezeite, »warum geschieht das alles?«

Grollend sah Wafthrudnir in seinen Weinbecher. Dann blickte er den Frager an.

»Weil beide Geschlechter, das der Götter und das der Menschen, unaufhörlich Schuld auf sich laden. Sie brechen geschworene Eide, führen furchtbare Kriege, morden und wüten gegen sich selbst und gegen die anderen. Irgendwann wird ihre Zeit vorüber sein.«

»Viel habe ich erfahren, vieles erkundet, viele Wesen habe ich befragt«, sagte »Gangrad«. »Aber woher hast du dein Wissen, Wafthrudnir?«

»Ich lebte schon zu Beginn der Zeiten, noch bevor Asgard und Midgard entstanden. Ich fuhr durch die Welten, besuchte sogar das Reich der Hel. Zauberkundig bin ich, verstehe Runen zu ritzen. Als die jungen Götter Ymir erschlugen und die große Blutflut kam, saß ich in dem ausgehöhlten Baumstamm, der uns rettete. Ich und meine Familie waren die einzigen Überlebenden. So weiß ich mehr als viele andere.«

»Nun stelle ich dir die letzte Frage, Wafthrudnir: Was würde Odin seinem Sohn Balder ins Ohr flüstern, sollte er die Unsterblichkeit verlieren und tot auf dem Holzstoß liegen, bereit zur Reise in die Unterwelt?«

Der Riese stieß seinen Weinbecher um und sah den Gast

scharf an. »Das kann nur einer wissen, und zwar Odin selbst. Du bist nicht Gangrad. Odin bist du.«

Odin tat verwundert. »Woher soll ich wissen, was ich meinem toten Sohn auf dem Scheiterhaufen sagen würde? Woher soll ich so weit in die Zukunft blicken? Der Weise bist du.«

»Der Weise bist du«, erwiderte Wafthrudnir, »und mein Kopf ist verwettet. Nimm ihn hin.«

»Das wäre übel getan, wenn ich den weisesten aller sterblichen Riesen umbringen würde. Lebe lang und in Wohlstand!«

Und er erhob sich und schied aus der Halle.

Damals schien es noch möglich, dass trotz allen Streits und Zanks die Wesen in Frieden miteinander leben konnten und einander achteten.

Asen und Vanen streiten

In der goldenen Zeit des Anfangs herrschte Friede zwischen den beiden unterschiedlichen Göttergeschlechtern der Asen und der Vanen. Häufig besuchte man einander, trank gemeinsam Wein und Met aus schön gearbeiteten Trinkhörnern und spielte das Brettspiel mit den goldenen Steinen. Die Vanen hatten ihre prächtige Wohnung in Midgard errichtet. Sie hieß Vanenheim.

Die Vanen waren Götter der Fruchtbarkeit und des Überflusses. Ihr Stammvater war der Gott Njörd, er beherrschte die Meere, er lenkte die Winde und sorgte dafür, dass die

Menschen ungestört zur See fahren konnten, er stillte die Stürme und wandte Unheil ab. Wenn ein Fischer ihn um guten Fang bat, bescherte er ihm sogleich ein volles Netz, und wenn ein Bauer zu ihm um reiche Ernten betete, konnte er sicher sein, dass er im Herbst eine volle Scheune sein Eigen nennen würde.

Njörds Kinder, Freyja und Frey (der die Riesin Gerd geheiratet hatte), waren ebenfalls Götter der Fruchtbarkeit und der Schönheit, und Vanen verteilten ihre Güter stets freigebig in Midgard, dem Reich der Menschen.

Eines Tages nun saß Odin auf seinem Hochsitz und überblickte das Tun und Treiben der Welten. Da sah er, dass einige Menschen, die vorher friedlich miteinander umgegangen waren, plötzlich begonnen hatten, sich gegenseitig zu bestehlen oder gar um des Besitzes willen zu ermorden.

Der Grund dafür war, dass eine Vanin namens Gullveig, »die Goldgierige«, begonnen hatte, die Menschen mit schweren goldenen Armreifen und Spangen zu beschenken. Und diejenigen, die vorher nur Eisen und andere niedere Metalle besessen hatten, begannen nun, sich um den Besitz des Goldes zu streiten.

Die Asen stellten Gullveig zur Rede, aber die Vanin sagte: »Was tue ich denn Unrechtes? Ich will den Menschen nur Gutes tun. Wir sind so reich an Gold. Warum sollen sich nicht auch andere am Glanz des schönen Metalls erfreuen?«

Und sie fuhr fort, ihre Geschenke zu verteilen.

Odin war sehr besorgt, denn er sah, dass mit diesen Gaben zugleich Geiz und Habgier, Streitsucht und Hass in

Midgard einzogen, und er lud die Vanin nach Asgard ein, um sie zur Rede zu stellen.

Gullveig kam. Aber statt sich zu rechtfertigen, begann sie sofort, ihr Gold auch an die Asinnen zu verschenken, und Frigg und Idun und die anderen Frauen Asgards gefielen sich sogleich mit schönem goldenem Kopfputz und strahlenden Ketten, Armreifen und Spangen. Selbst die männlichen Asen verfielen dem Glanz des edlen Metalls. So streute Gullveig auch unter den Göttern Zwietracht aus. Menschen und Götter waren nun vom unstillbaren Hunger nach Gold erfasst worden.

Der Göttervater war in großer Sorge um das Schicksal der Welt. Er erklärte den Vanen, Midgard und die Menschen seien ganz allein unter seiner Obhut und das andere Göttergeschlecht solle sich nicht einmischen.

Aber die Vanen sagten: »Das sehen wir nicht ein. Wir sind reicher und mächtiger als ihr Asen, viele Sterbliche verehren uns. Wir können die Geschicke der Welt genauso gut leiten wie ihr.«

Odin rief die Versammlung der Asen bei der Weltesche ein. »Die Vanen machen uns die Herrschaft über Midgard streitig!«, sagte er. »Das können wir uns unmöglich bieten lassen. Wir müssen etwas gegen sie unternehmen.«

Balder, der friedfertige und sanftmütige Gott, erwiderte: »Warum können wir uns nicht mit den Vanen vertragen? Vielleicht ist es gar nicht so schlecht, die Last der Verantwortung auf zwei Göttergeschlechter zu verteilen!«

Sein blinder Bruder Höd stimmte ihm zu, und die Asinnen, ohnehin durch die Goldgeschenke günstig gestimmt den Vanen gegenüber, waren ebenfalls für eine friedliche Übereinkunft.

Aber der Göttervater wollte davon nichts hören. Er wandte sich an den Kriegsgott Tyr: »Nimm dein unbesiegbares Schwert in die Hand, und tritt den Vanen gegenüber! Wir werden ihnen zeigen, wer mächtiger ist!«

Tyr war damit natürlich sofort einverstanden. Auch Thor, Loki und Heimdall hielten einen Kampf gegen die Vanen für richtig. So waffneten sich die Asen.

Die Vanen aber, die von den Entscheidungen der Asen erfahren hatten, beschlossen, ihnen zuvorzukommen. Sie legten ihrerseits auch Waffen an und zogen vor Asgard, um ihre Macht zu zeigen.

So standen sich die beiden Götterstämme gerüstet gegenüber – aber noch war nichts geschehen. Da erhob Odin den unfehlbaren Speer Gungnir und schleuderte ihn als Erster auf den Feind. Schwere Schuld lud der Göttervater durch diesen Wurf auf sich, denn durch ihn kam der Krieg in die Welt.

Nun wüteten die Unsterblichen gegeneinander. Hin und her wogte das Kampfgeschehen, einmal fielen die Asen in Vanenheim ein und verwüsteten alles, ein anderes Mal überrollten die Vanen Asgard, und trotz Thors Hammer und Odins Speer, selbst trotz des Schwertes von Tyr, das jener mit der Kraft von neun Männern führte, gelang es ihnen, den Wall um den Göttersitz zu zerstören. Und da ja keiner von ihnen sterben konnte und ihre Wunden sich durch Zauberkraft wieder schlossen, drohte es ein Krieg ohne Ende zu werden.

Verzweifelt sahen die Menschen, wie ihre Helfer und Beschützer einander bekämpften, statt sich um sie zu kümmern, denn schon reckten die Berg- und Frostriesen hämisch ihre Häupter. Sie freuten sich über die Götterzwietracht und sahen ihre Zeit gekommen. Auch die Zwerge in den Felsenhöhlen rieben sich schadenfroh die Hände. Solange sich die Götter stritten, konnten sie tun und lassen, was sie wollten, und den Menschen schaden, wie es nur ging. Sie taten sich mit den Riesen zusammen, und gemeinsam brachten sie Lawinen und Schneestürme, Erdrutsche, Dürre und Not über die Welt.

Aber Njörd, der oberste Gott der Vanen, der freundliche Besänftiger des Meeres und Segenbringer, trat eines Tages zwischen die Fronten und breitete die Arme aus. Er stand da in seinem Gewand, grün wie die Meereswellen, Muscheln schmückten sein Haupt, und silberner Gischt war sein Bart.

»Vanen und Asen!«, rief er. »Haltet endlich ein! Was tut ihr? Soll Midgard, das Reich der Menschen, zuschanden werden, sollen die Unholde aus Riesenheim die Welt beherrschen, nur weil ihr euch gegenseitig zerfleischt? Lasst uns wieder einträchtig miteinander leben! Ich selbst mit meinen Kindern Freyja und Frey stelle mich als Geisel. Wir werden, um den Frieden zu besiegeln, nach Asgard gehen und dort leben, und die Asen mögen ebenfalls Geiseln stellen, die dann in Vanenheim bleiben sollen.«

Beide Parteien waren einverstanden.

So kamen Njörd und seine Kinder nach Asgard und wurden zu Asen.

Als die wunderschöne und zauberkräftige Liebesgöttin Freyja Einzug hielt in Asgard, da erbleichten Frigg und Idun vor Neid, denn sie fuhr in ihrem Katzengespann daher und trug um den Hals den kostbarsten Schmuck, den es auf der Welt gab. Die meisten der Asen lagen ihr zu Füßen. Ihr Einzug im Göttersitz hier sollte noch viel Verwirrung stiften.

Als Zeichen ihrer Versöhnung spuckten Vanen und Asen gemeinsam in einen Kessel und mischten den Speichel. Und der Speichel begann zu gären, und aus ihm entstand ein Mann von großer Weisheit und Dichterkraft. Er trug das Beste beider Götterstämme in sich. Man nannte ihn Kvasir.

Odin holt den Met der Dichtkunst

Von Kvasir hatten sich Asen und Vanen sehr viel versprochen. Sie hatten ihn in die Welt hinausgeschickt, damit er zwischen den Erdensöhnen, den Elben, Riesen und Zwergen, falls es Zwietracht geben sollte, durch seine Weisheit vermitteln und Eintracht stiften sollte.

Alles ließ sich gut an, und Kvasir wurde allüberall hoch geschätzt und geehrt. Aber natürlich gab es auch Neider und Feinde.

Zwei tückische Zwerge, die Brüder Fjalar und Galar, gönnten dem Göttersohn seinen Erfolg nicht. Sie beschlossen, ihn umzubringen. Also luden sie den Weisen zu sich ein. Sie setzten sich zum Mahl, sie aßen und tranken, und dann sagte Fjalar, er wolle Kvasir ein Geheimnis ins Ohr flüstern. Als Kvasir sich zu dem Zwerg hinunterbeugte, schlug ihm Galar den Kopf ab.

Die zauberkundigen Zwerge fingen Kvasirs Blut in drei großen Kesseln auf, vermischten es mit Honig und brauten einen Met daraus. Wer davon trank, wurde ein Dichter oder ein Weiser.

Als die Götter merkten, dass Kvasir verschwunden war, forschten sie überall nach, wo er sich zuletzt aufgehalten hatte. Sie fragten auch bei Fjalar und Galar nach, und die Zwerge erklärten unschuldsvoll, Kvasir sei in seiner eigenen Weisheit ertrunken.

Den Asen kam das merkwürdig vor, aber sie nahmen diese Nachricht erst einmal hin.

Eine Weile bewahrten die beiden Zwerge Stillschweigen über das kostbare Gut, das sie da in drei Kesseln in ihrem Haus aufbewahrten, aber dann lockerten sich ihre Zungen, und sie fingen an, vor ihren Freunden und Vertrauten damit zu prahlen, dass sie diesen Dichtermet besaßen.

Durch den ungestraften Mord an Kvasir hatten die beiden Zwergenbrüder mächtig Oberwasser. Sie beschlossen, sich auch noch derer zu entledigen, die sie als ihre Feinde ansahen. Dazu gehörten der Riese Gilling und seine Frau. Welchen Grund es für die Feindschaft mit ihnen gab, darüber ist nichts überliefert.

Mit falscher Freundlichkeit luden sie die beiden zu sich ein, bewirteten sie, gewährten ihnen Gastfreundschaft. Dann, am dritten Tag, stellten sie fest, dass ihnen die Fische für das Mahl ausgegangen waren.

»Gilling, du als Riese bist doch bestimmt viel eher imstande, reichlich Fisch aus dem Meer zu holen, als wir kleinen Wichte!«, sagten sie. »Komm, wir rudern dich hinaus, und du fischst.«

Der arglose Riese war einverstanden. Sie bestiegen zusammen das Boot, und die Zwerge ruderten. Angeblich, um ihm seltene Fische zum Fang zuzutreiben, ruderten sie geradenwegs auf ein Unterwasserriff zu – schließlich kannten sie das Meer vor ihrer Haustür! Dort brachten sie das Boot zum Kentern. Sie hielten sich am Bootsrand fest, verhinderten, dass der Riese sich ebenfalls anklammern konnte, und sahen in aller Ruhe zu, wie Gilling, der nicht schwimmen konnte, jämmerlich ertrank.

Danach richteten sie das Boot wieder auf und ruderten an Land.

Gillings Frau weinte und schrie, als die beiden Bösewichte ihr erklärten, ihr Mann sei aus dem Boot gefallen und sie seien leider viel zu schwach gewesen, ihn wieder hineinzuziehen.

»Dies Geheul ist ja wirklich unerträglich!«, sagte Fjalar zu Galar. »Wollen wir das Weib nicht auch gleich mit beseitigen?«

»Recht hast du!«, kicherte Galar. »Und ich weiß auch schon, wie!«

Scheinheilig wandte er sich an die Frau. »Würde es vielleicht helfen, deine Tränen zu stillen, wenn dir mein Bruder die Stelle auf dem Meer zeigt, wo dein Mann ertrunken ist? Dann kannst du seiner dort gedenken!«

Die Riesin willigte ein. Aber als sie aus der Haustür trat,

war das ihr Verderben. Galar hockte auf dem Dach mit einem großen Mühlstein. Den ließ er auf die Ahnungslose herunterrollen und brachte sie um.

Die beiden bösen Zwerge triumphierten. Konnten sie nicht jeden aus dem Weg schaffen, den sie nicht mochten? Sie prahlten überall mit ihren »Heldentaten« und erzählten sie herum und gaben auch preis, dass sie einen Met aus dem Blut Kvasirs besaßen.

Das wurde ihnen letztlich zum Verhängnis.

Der ermordete Gilling nämlich hatte einen erwachsenen Sohn namens Suttung. Als der erfuhr, was seinem Vater und seiner Mutter geschehen war, schwur er Rache. Mit seinen Riesenschritten marschierte er einfach los bis zum Haus der beiden Zwergenbrüder, ergriff sie, setzte sie ins Boot und fuhr mit ihnen zu dem Riff, wo sie seinen Vater hatten elend ertrinken lassen.

Bei Ebbe ragte das Riff aus dem Meer, und Suttung setzte die beiden gefesselten Zwerge genau dort aus. Dann fuhr er mit dem Boot weiter hinaus und wartete auf die Flut.

Und die Flut kam.

Das Wasser stieg immer höher und immer höher. Es reichte den Zwergen erst bis zur Brust, dann bis zum Hals, dann bis zum Kinn.

Sie schrien und bettelten um Gnade.

»Was für eine Buße wollt ihr geben für den Tod meiner Eltern?«, fragte Suttung finster.

»Alles, was du willst, nur lass uns am Leben!«, jaulten die Unholde, denen das Wasser schon um die Mundwinkel strudelte.

»So gebt mir den Met des Kvasir und bestätigt mir mit Eiden, dass ihr mich nicht betrügen werdet!«, forderte Suttung. Und die Zwerge in ihrer Todesangst beugten sich seiner Forderung.

Daraufhin band Suttung die Zwerge los, brachte sie nach Haus, nahm die Gefäße mit dem Met und zog davon.

Damit niemand an diese Kostbarkeit herankam, versteckte er sie tief in einer Berghöhle und setzte seine Tochter Gunnlöd als Hüterin ein.

Inzwischen hatten Odins Raben, Hugin und Munin, den wahren Grund von Kvasirs Tod erfahren und herausbekommen, wo sich der Met befand.

Die Asen hielten Rat und waren einstimmig der Meinung, dass der magische Trank nicht in der Hand der Riesen bleiben dürfte. Sonst würde schließlich das Riesenvolk weiser und sangeskundiger sein als die Götter und ihre Schützlinge, die Menschen. Es war eine Frage der Ehre, dass der Trank nach Asgard gebracht werden musste, und das konnte nur mit List und Zauberkunst geschehen. Keiner war für eine solche Tat so geeignet wie der Göttervater selbst.

So zog Odin also aus, sein Glück zu versuchen.

Da kam er an eine Wiese, die gehörte einem anderen Riesen namens Baugi – ein Bruder von Suttung. Dort waren Baugis Knechte, neun an der Zahl, gerade beim Mähen. Odin zog einen Wetzstein aus seinem Gürtel und fragte die Knechte, ob er ihnen die Sensen schärfen sollte, und als sie bejahten, machte er die Sensenblätter so scharf, dass sie eine Feder in der Luft zerschneiden konnten.

Nun wollte jeder diesen wundersamen Wetzstein haben. Damit hatte der listige Gott gerechnet. Er warf ihn in die Luft, und die neun Knechte gerieten in so einen furchtbaren Streit um den Stein, dass sie sich mit ihren scharfen Sensen gegenseitig allesamt umbrachten.

Am Abend ging Odin weiter zum Hause Baugis. Er nannte sich Bölverk (der Unruhestifter) und bat um ein Nachtlager. Der Riese gewährte ihm Gastfreundschaft, und als sie in der Halle beim Wein saßen, klagte er dem Besucher sein Leid: Mitten in der Ernte hätten seine Knechte sich zerstritten und sich umgebracht, und nun wisse er nicht, wo er neue herbekommen sollte.

»Bölverk« sagte: »Ich traue mir zu, deine Ernte allein einzubringen und die Arbeit von neun Männern zu verrichten, aber dafür erbitte ich mir einen ganz bestimmten Lohn. Ich will einen Schluck von dem Zaubermet trinken, den dein Bruder aufbewahrt.«

»Ob mein Bruder dir das gestattet, das weiß ich nicht«, antwortete Baugi. »Er hat diesen Met in einer tiefen Höhle verborgen, und seine einzige Tochter bewacht ihn. Aber wenn die Ernte eingebracht ist, will ich mit dir zu ihm gehen und ein gutes Wort für dich einlegen.«

Da begann Odin am nächsten Morgen mit der Arbeit von neun Männern und werkelte fortan Tag für Tag, den ganzen Sommer lang, auf Baugis Wiesen und Äckern, bis alle Arbeit getan war. Und als es Winter wurde, ging er zu Baugi und forderte seinen Lohn.

Wie versprochen, nahm der Riese ihn mit zu seinem Bruder Suttung.

Der empfing sie zwar mit Wohlwollen, aber als er von »Bölverks« Ansinnen hörte, lachte er nur. »Du hast deine Abmachung getroffen, ohne vorher mit mir zu reden, lieber Bruder. Meine Antwort ist nein! Niemand trinkt von diesem Met! Ich kann euch gern sagen, wo er verwahrt ist.« Und er zeigte auf einen nahen Felsen. »Dort, in dieser Höhle, die meine Tochter bewacht. Aber mehr erwartet nicht von mir. Nun macht euch wieder auf den Weg, und du, Bölverk, sei künftig klüger, und lass dir nicht etwas versprechen, was der andere gar nicht hat.«

Beschämt zog Baugi mit »Bölverk« ab, aber als sie den Hof des Riesen verlassen hatten, sagte Odin zu Baugi: »Wenn du mich schon nicht entlohnen kannst, wie es ausgemacht war, sei doch wenigstens so gut und bohre ein Loch in den Felsen hin bis zu dieser Höhle, damit ich einen Blick auf die Gefäße mit dem Met werfen kann.«

Und er zog einen gewundenen Eisenstab mit einer scharfen Spitze aus der Tasche und reichte ihn Baugi.

Baugi ging zum Schein darauf ein und fing an zu bohren. Dann sagte er: »Jetzt ist der Berg durchbrochen! Aber ich glaube, du kannst trotzdem nichts sehen.«

Odin blies in das Bohrloch, da stoben ihm die Späne ins Gesicht, und er merkte, dass Baugi ihn belogen hatte.

»Bohre weiter!«, forderte er. »Du bist nicht am Ziel! Oder willst du mich selbst um den Blick auf die Gefäße prellen?«

Notgedrungen musste Baugi weiterbohren.

Und als Odin diesmal in das Bohrloch blies, flogen die Späne nach innen – ein Zeichen dafür, dass der Berg durchbohrt war bis zur Höhle.

Blitzschnell verwandelte sich Odin in eine Schlange und schlüpfte durch das Loch. Der Riese versuchte, mit dem Bohrer nach ihm zu stechen, aber die Schlange war schon verschwunden.

So trollte sich Baugi nach Haus und sagte seinem Bruder Suttung nichts von dem Geschehen, weil er sich schämte und dessen Zorn fürchtete.

In der Höhle verwandelte sich die Schlange zum Erstaunen Gunnlöds plötzlich in einen Mann. Der vermied mit Absicht, nach dem Met zu schielen, sondern begann sofort, der Riesin schöne Augen zu machen. Er umgarnte, verführte sie mit Liebesschwüren und lag drei Nächte bei ihr.

Dann rüstete er zum Aufbruch.

»Warum willst du mich schon verlassen?«, fragte Gunnlöd. »Ich möchte noch viele weitere Nächte deine Umarmung genießen.«

»Diese drei Nächte haben mich geschwächt«, erwiderte »Bölverk«. »Wenn du mir drei Züge aus diesen Krügen gewährst, würde wohl meine Manneskraft zurückkehren, und ich könnte noch bleiben.«

Drei Züge – das wird mein Vater gar nicht merken, dachte sich Gunnlöd. Und sie gewährte ihrem Liebhaber seinen Wunsch.

Mit dem ersten Zug trank Odin den ersten Krug aus, mit dem zweiten leerte er den zweiten, und mit dem dritten war auch das dritte Gefäß bis auf den Grund ausgetrunken. Dann trat er zum Ausgang der Höhle, verwandelte sich in einen Adler und flog davon.

Die betrogene Gunnlöd rannte schreiend hinaus. Ihr Vater Suttung kam herbei, und als er einen Adler mit gewaltig dickem Bauch schwerfällig davonfliegen sah, wusste er, was die Glocke geschlagen hatte. Auch er verfügte über Zauberkräfte. Er zog sein Flügelkleid an und machte sich an die Verfolgung des Diebs.

Als die Asen die beiden riesigen Adler am Himmel erblickten, wurde ihnen sofort klar, dass einer davon Odin sein musste, den Bauch voll mit heiligem Met. Sie stellten alle Schüsseln und Fässer, die sie finden konnten, auf Odins Hof auf und eilten dann zu den Waffen, um notfalls den Verfolger vom Himmel zu schießen, denn Suttung, der ja weniger beschwert war als Odin, kam dem ersten »Adler« immer näher. Aber die Waffen waren durchaus unnötig, denn der gewitzte Odin wusste sich zu helfen. Als Suttung nahe genug heran war, ließ er einen Teil des Mets nach hinten fahren und holte ihn so vom Himmel. (Dieser Teil des Zaubertranks wird heutzutage von schlechten Poeten und windigen Schwätzern genossen.)

Den verbliebenen Met aber spie Odin im Anflug in die Gefäße, die in Asgard bereitstanden. Von ihm trinken seitdem die Dichter und die Weisen. Aber einen guten Teil von Kvasirs Blut-Met behielt Odin bei sich, als Lohn für seine Mühe. So wurde er der weiseste aller Asen und der Vater der Dichtkunst.

Am nächsten Tag aber kamen Frostriesen in Odins Halle und fragten ihn, ob er etwas von Suttung gehört habe oder ob er einen gewissen Bölverk kenne. Dieser Bölverk habe dem verschwundenen Suttung den Met geraubt, und die schöne Gunnlöd würde weinen und sich grämen.

Da schwor Odin einen heiligen Eid darauf, dass er nicht wisse, wer dieser Bölverk sei und wo er sich aufhalte.

Als die Riesen abgezogen waren, sagte Thor finster: »Das war übel getan von dir. Du hast einen Meineid geschworen. Selbst Riesen gegenüber muss der Schwur eines Gottes wahrhaftig sein. Worauf soll man bauen, wenn nicht auf heilige Eide?«

Odin aber lachte ihn aus.

Der betrogene Baumeister

Seit dem Krieg zwischen Vanen und Asen lag der Wall, der Asgard schon immer zu seinem Schutz umgeben hatte, in Trümmern. Balder hatte immer wieder gefordert, dass man die Reste der Befestigung abtragen lassen sollte, denn es herrschte ja Frieden. Aber nach dem Mord an Kvasir und nach dem Besuch der Frostriesen bei Odin machten sich die Götter Gedanken, ob es nicht doch besser wäre, hinter einer festen Mauer zu leben, denn das Goldene Zeitalter war endgültig vorbei.

Nur: Wer sollte die errichten? Die Götter selbst dachten gar nicht daran, solch eine Arbeit zu tun. Sie saßen lieber nachts bei ihren Gelagen und waren am Tag darauf zu nichts zu gebrauchen, außer ihren Rausch auszuschlafen.

Eines Tages kam ein gewaltig großer Mann nach Asgard – die Asen wussten nicht, ob das eine Riese oder ein Mensch war. Er erklärte, er sei Baumeister und könne ganz allein den Burgwall um den Göttersitz neu aufbauen, und zwar innerhalb eines einzigen Winters. Und so fest und hoch sollte dieser Burgwall sein, dass kein Frost- oder Bergriese in der Lage sein sollte einzudringen.

Als Lohn für seine Arbeit verlangte er Sonne und Mond und die schönste aller Göttinnen: Freyja.

Das waren unerfüllbare Forderungen – aber es war auch ein unmöglicher Vorschlag. Wie sollte ein einzelnes Wesen in einem Winter ganz Asgard mit einer Mauer umgeben?

Die Götter hielten Rat, und schließlich meinte Odin: »Was schadet es, wenn er anfängt zu bauen? Wir machen es so: Wenn am ersten Sommertag noch ein einziger Stein in der Mauer fehlt, ist der Vertrag hinfällig. Und bis dahin haben wir immerhin schon ein schönes Stück Wall bekommen. Da kann gar nichts fehlschlagen. Wir sind auf der sicheren Seite.«

Als sie die Abmachung aber mit einem gegenseitigen Eid bekräftigen wollten, stellte sich heraus, dass der Baumeister doch einen Gehilfen benötigte, nämlich sein Pferd.

Schon wollten die Asen vom Vertrag zurücktreten, da sagte Loki: »Seien wir nicht so zaghaft! Auch mit einem Pferd kann dieser Mann unmöglich schaffen, was er sich vorgenommen hat.«

Daraufhin beschworen alle Götter den Vertrag mit bindenden Eiden, und Tyr hob seine Schwurhand als sichere Bürgschaft für die Gültigkeit des Vertrages.

Nur Thor beteiligte sich nicht, denn er war zu der Zeit unterwegs, um gegen Trolle zu kämpfen, und Balder fehlte ebenfalls im Rat.

Am ersten Tag des Winters begann der Fremde mit seiner

Arbeit. Nachts schleifte das Pferd ungeheure Felsbrocken heran, und tagsüber schichtete sein Herr sie auf. Die Götter sahen mit Verwunderung und Erstaunen, wie schnell sich der Kreis der Burgmauer um Asgard schloss. Je kälter es wurde, desto mehr wuchsen die Kräfte des Baumeisters, desto mehr schaffte er an einem Tag. Den Asen war nun klar, dass dieser selbst ein Eisriese sein musste und dass er ihnen auf diese Weise die Lichter des Himmels und die Göttin der Liebe und des Frühlings rauben wollte, und sie bekamen es mit der Angst zu tun.

Drei Tage vor Sommeranfang war die Mauer fertig, bis auf die steinernen Pfeiler für das mächtige Tor. Den Asen wurde klar, dass der Baumeister es schaffen würde. Sie gerieten in helle Panik. Wie sollten sie in ewiger Dunkelheit leben, ohne Sonne und Mond, und was würde Freyja im Riesenreich zustoßen? Sie hielten Rat und fragten sich: Wie war es nur zu dieser Abmachung gekommen? Und suchten nach einem Schuldigen.

Hatte nicht Loki behauptet, nie und nimmer würde der Wall rechtzeitig fertig werden, auch nicht mit einem Pferd als Helfer?

»Alle Götter haben zugestimmt!«, rief Loki aufgebracht. »Wieso soll ich auf einmal allein schuld sein an diesem Versprechen?«

»Nicht alle Götter!«, sagte da Frigg. »Thor ist noch immer nicht da, und auch Balder hat im Rat gefehlt.«

»Sehr schön!«, rief Loki höhnisch. »Ihr macht es euch wahrhaftig einfach! Nur weil nicht alle da waren, könnt ihr eure Hände doch jetzt nicht in Unschuld waschen!«

Mir diesen Worten brachte er die Götter noch mehr gegen sich auf.

»Du hast uns überredet«, sagte Tyr, der wie alle anderen die eigene Schuld nicht eingestehen wollte, »und wir dürfen die heiligen Eide nicht brechen, die wir geschworen haben. Lass dir etwas einfallen zu unserer Rettung, oder es soll dir übel ergehen!«

»Ich will sehen, was mir einfällt«, sagte der listige Gott. Schließlich wollte auch er, dass Sonne, Mond und die schöne Freyja nicht zu den Eisriesen wandern sollten.

Als am Abend der Baumeister sein Ross einspannte, um neue Quader für den Bau der Torpfeiler zu holen, kam eine rossige Stute aus dem Wald und rannte dem Hengst wiehernd entgegen. Der Hengst witterte, und dann gab es kein Halten mehr: Er zerbrach die Deichsel und riss sich aus den Sielen los und rannte hinter der Stute her.

Fluchend versuchte der Baumeister, sein Tier wieder einzufangen, aber es gelang ihm nicht. Stunden um Stunden jagte er hinter seinem Hengst her und der hinter der Stute.

So wurden in der Nacht keine Steine herbeigeschafft, und der Baumeister konnte am Tag darauf nichts bewerkstelligen. Da begriff er, dass er nicht rechtzeitig fertig werden konnte. Er wurde zornig und begann, mit Felsbrocken aus der Mauer nach den Göttern zu werfen.

Da kam der ahnungslose Thor von seiner Fahrt zurück. Überrascht erblickte er die neue Mauer, doch als er sah, dass sich jemand daran zu schaffen machte und die Götter bedrohte, hob er seinen Hammer Mjöllnir und zerschmetterte dem Baumeister die Stirn.

So wurde der für seine Arbeit gelohnt.

Sonne, Mond und Freyja blieben auf der Welt, der Himmel war wieder hell, und der Frühling erwärmte die Erde.

Als aber Thor erfuhr, was sich zugetragen hatte, war er sehr bestürzt. »Ich habe von euren Eiden nichts gewusst!«, sagte er. »Nun haben die Asen selbst jene Gesetze und Verträge gebrochen, die sie aufgestellt haben. Und ich habe unwissend eine schlimme Tat begangen. All das ist schändlich.«

Aber Odin war insgeheim vielleicht sogar froh, dass nun auch Thor eine Schuld auf sich geladen hatte, ähnlich der seinen dem Riesen gegenüber.

Niemand anders als Loki selbst aber war die Stute gewesen, die den Hengst des Baumeisters abgelenkt hatte. Nun war der Gott schwanger von dem Riesenross und gebar ein graues Fohlen mit acht Beinen. Es war das beste Pferd, das je in Midgard und Asgard gelebt hatte, und wurde Odins Reittier. Sein Name war Sleipnir, der Dahingleitende.

Die Asen bauten schließlich das Tor in den Burgwall ein, aber es heißt, dass sie mit der Arbeit nur langsam vorankamen, weil ihre Trinkhörner immer sehr gut gefüllt waren.

Der Zweikampf zwischen Thor und Hrungnir

Nachdem der Baumeister von den Asen betrogen und erschlagen worden war, wurden die Riesen noch feindseliger gegen Götter und Menschen, und da sie den Göttern nichts anhaben konnten, schadeten sie in bewährter Art und Weise den Erdenkindern in Midgard, indem sie Steinschläge auslösten oder die Felder zertrampelten.

Odin ritt auf seinem Ross Sleipnir nach Riesenheim, um die Wütenden zurechtzuweisen. Er machte Halt am Gehöft des Riesen Hrungnir, der als einer der Größten und Stärksten seines Volkes galt.

Hrungnir trat vor die Tür und sagte: »Wer reitet hier, angetan mit einem goldenen Helm, über Meer und Land?«

Odin gab ihm keine Antwort, und Hrungnir fuhr fort: »Du hast da wirklich ein erstaunlich gutes Pferd!«

Der Göttervater erwiderte prahlerisch: »Dieses Pferd ist das beste auf der ganzen Welt, und ich wette meinen Kopf, dass es nirgendwo ein schnelleres gibt.«

Der Riese fühlte sich herausgefordert. »Mag sein, dass dies Ross so schnell ist wie der Wind«, sagte er. »Aber mein Pferd Goldmähne überholt selbst den Sturm.«

Da lachte Odin nur, wendete Sleipnir und sauste mit ihm davon.

Wutentbrannt schwang sich Hrungnir auf Goldmähne und jagte Odin hinterher, um ihm zu beweisen, dass sein Reittier das bessere sei.

Über Land und Meer, über Berge und Hügel ging die wilde Jagd. Odin ritt so scharf, dass er dem Riesen immer ein paar Pferdelängen voraus war. Der Riese war blind vor Zorn, sodass er überhaupt nicht merkte, wohin ihn seine Verfolgung getragen hatte: Er hielt an mitten im Hof von Asgard und schaute sich verwirrt um, als ihn auf einmal Asen und Asinnen umstanden.

Großmütig erklärte Odin: »Wenn du nun schon einmal hier bist, so sei unser Gast und komm in unsere Halle.«

Das ließ sich Hrungnir nicht zweimal sagen.

Als er aber die Halle der Götter betrat, musste er sich bücken, um unter dem Türbalken hindurchzukommen, so groß war er, und auf dem hohen Stuhl saß er wie auf einer Fußbank.

Thor war wieder einmal auf Fahrt gegen die Trolle, so reichte man ihm den Humpen dieses Gottes, der fasste dreimal so viel wie die Trinkgefäße der anderen Asen, und schenkte Met ein. Hrungnir trank den Humpen auf einen Zug leer und ließ sich sogleich nachschenken.

Nach und nach wurde er betrunken, und er fing an, die Götter zu beschimpfen: »Wir Riesen gelten nichts bei euch! Nur weil der Baumeister einer von uns gewesen ist, habt ihr gewagt, eure Eide zu brechen!«

»Das ist nicht wahr!«, widersprach Balder. »Ein Eid ist ein Eid, gleich, ob man ihn Göttern, Riesen, Menschen oder Zwergen geleistet hat!«

»Umso schlimmer!«, schrie Hrungnir und stampfte mit dem Fuß auf, dass die ganze Halle erzitterte. »Ihr denkt, ihr könnt euch alles erlauben, ihr denkt, ihr könnt uns Riesen beherrschen! Ihr sollt euch geirrt haben!«

Die Asen saßen bleich und still auf ihren Stühlen. Nur Freyja wagte noch, sich dem Betrunkenen zu nähern und ihm nachzuschenken, wenn er seinen Humpen hinhielt.

Und Hrungnir drohte: »Wenn ich wollte, könnte ich ganz Asgard zertrampeln und euch alle erschlagen, wie ihr den Baumeister erschlagen habt! Nur Freyja und Sif mit dem Goldhaar nehme ich mit nach Riesenheim! Aber erst saufe ich euch euren Met weg!«

Sein Gebrüll klang wie das von wilden Tieren. Die Asinnen zogen ängstlich ihre Schleier über die Köpfe. Selbst Odin wagte nicht, den Unverschämten vor die Tür zu setzen.

Da rief jemand Thors Namen, und sogleich, als habe ihn der Ruf von weit herbeigezogen, tat sich die Tür der Halle auf, und der rotbärtige Gott, den Hammer in der Faust, stürmte herein.

»Was geschieht hier?«, schrie er wutentbrannt. »Wer trinkt hier aus meinem Humpen und führt dabei das große Wort, und warum schenkt Freyja ihm ein, als wenn er ein Ehrengast wäre?«

Hrungnir sah Thor ins Gesicht und sagte trotzig: »Was willst du, Donnergott? Odin selbst hat mich in diese Halle eingeladen!«

»Das mag wohl sein«, brüllte Thor, »aber du führst dich hier auf wie ein Feind und drohst uns. Hoffe nicht, dass du ungeschoren hier herauskommst!« Und er hob Mjöllnir, seinen Hammer.

»Wie erbärmlich, das sieht euch Asen ähnlich!«, schrie Hrungnir wütend zurück. »Einen Waffenlosen umzubringen, den ihr zu euch selbst eingeladen habt! Wenn du wirklich so ein unbesiegbarer Kämpfer bist, Thor, wie du immer behauptest zu sein, dann triff dich mit mir zu einem Zweikampf an der Grenze zu Riesenheim. Da will ich dir in Wehr gegenübertreten, und dann werden wir schon sehen, wer der Überlegene ist!«

Tyr und Höd und andere Asen schrien: »Erschlag dieses Ungeheuer einfach, Thor!«

Aber Thor war für einen ehrenhaften Kampf. Noch nie hatte ihn jemand zum Duell herausgefordert. Nun wollte er wissen, was er sich wirklich zutrauen konnte.

Und sie verabredeten sich an einer Stätte, die hieß die Felsenhöfe.

Hrungnir schwang sich auf Goldmähne und ritt heim, und die Riesen lobten ihn, denn von Hrungnir als ihrem stärksten Mann erhofften sie sich viel in dem Kampf.

Um ihn zu unterstützen, bauten die Riesen einen Mann aus Lehm, neun Meilen hoch und mit ausgebreiteten Armen drei Meilen breit, der sollte den Donnergott erschrecken, und sie setzten ihm das Herz einer starken Stute ein. Hrungnir aber hatte Kopf und Herz aus Stein, und er trug einen steinernen Schild fest an die Brust gepresst und in der einen Hand einen riesigen Schleifstein als Waffe. Und so stand er und wartete.

Thor hatte sich als Helfer seinen Diener Thjalfi an den Ort des Kampfes mitgebracht, der als der schnellste Läufer bekannt war. Der rannte vor seinem Herrn her, und als er den Riesen so stehen sah, rief er ihm zu: »Du machst einen großen Fehler, Riese, wenn du den Schild vor die Brust hältst! Thor wird dich von unten aus der Erde heraus angreifen!«

Verwirrt legte Hrungnir den Schild unter seine Füße und trat darauf. Aber dann überlegte er: Vielleicht ist das ja eine List, und Thjalfi will mich nur täuschen? Schnell nahm er den Schild wieder auf, aber dann schien ihm doch aufs

Neue sehr einleuchtend, was der Läufer gesagt hatte, und er wechselte wieder.

Das tat er ein paarmal, bis er überhaupt nicht mehr wusste, was richtig oder falsch war, und er legte den Schild einfach beiseite und packte seinen großen Wetzstein fest mit beiden Händen, um ihn mit voller Kraft auf den Gegner zu schleudern.

Dann fuhr Thor mit seinem Bocksgespann gewaltig heran, Hagel peitschte, Klippen splitterten, der Himmel flammte von Blitzen und hallte wider von Donnerschlägen. Der Mann aus Lehm mit dem Stutenherzen bekam einen solchen Schreck, dass er unter sich machte, eine gewaltige Lache.

Thor schleuderte schon von Weitem seinen Hammer auf den Riesen, Mjöllnir prallte gegen den Wetzstein, brach ihn in zwei Teile und sauste weiter auf den Kopf Hrungnirs zu, sodass er ihm den Schädel in kleine Stücke zerschmetterte.

Ein Teil des Wetzsteins aber traf Thor am Kopf und brachte ihn zu Fall.

Im gleichen Augenblick stürzte auch der getroffene Riese krachend vornüber und fiel so, dass sein Fuß wie eine Klammer auf Thors Hals lag.

Unterdessen kämpfte Thjalfi mit dem Mann aus Lehm, aber der war ein solcher Hasenfuß, dass es für Thjalfi ein Leichtes war, ihn in Stücke zu zerhauen. Dann ging er zu Thor und versuchte, den Fuß des toten Hrungnir von Thors Hals zu heben. Aber so viel Mühe er sich auch gab – der Fuß bewegte sich kein Stück weit. Thor stöhnte und fluchte, und Thjalfi beeilte sich, die anderen Asen zu Hilfe herbeizuholen. Aber auch mit vereinten Anstrengungen konnten sie den Fuß nicht anheben.

»Hier gibt es nur einen, der helfen kann!«, sagte da Thjalfi. Und er ging los und holte Magni herbei, das war ein Junge von drei Jahren und ein Sohn Thors – der Gott hatte ihn heimlich mit einer Riesin gezeugt, und er wuchs in einem Versteck auf, sodass die Asen von ihm nichts wussten.

Der Junge besah sich den Schaden, dann nahm er den Fuß mit einer Hand weg und sagte ärgerlich: »Hättest du mich nicht früher holen können, Vater? Ich hätte diesen Riesen mit einem einzigen Schlag der bloßen Faust erledigt.«

Da erhob sichThor und sagte: »Du bist mein wahrer Sohn und wirst sicher einmal ein gewaltiger Kämpfer! Als Dank schenke ich dir Goldmähne, das Ross des Riesen. Es gehört mir als rechtmäßige Siegesbeute.«

Das passte Odin gar nicht. »Warum gibst du das wundervolle Pferd dem Sohn einer Riesin«, sagte er verärgert, »statt es mir, deinem Vater, zu schenken? Ich habe diesen Hrungnir schließlich in unsere Hallen gelockt.«

Dass der oberste Gott ja den Sleipnir hatte, spielte keine Rolle – er konnte nie genug kriegen.

Thor aber schenkte ihm weiter keine Beachtung, sondern fuhr zu seiner Wohnung in Asgard, um sich auszuruhen. Er war schließlich verwundet: Noch immer steckte das Stück vom Schleifstein in seinem Kopf und bereitete ihm Schmerzen.

Da gab es eine weise Frau, die Groa hieß und in Thors Behausung lebte. Ihr Mann war von den Riesen gefangen worden, und Thor hatte ihn befreit. Groa begann, Zauberlieder über den Donnergott zu singen, um den Schleifstein zu lösen.

Als Thor merkte, dass der Zauber zu wirken begann und seine Schmerzen gelindert wurden, wollte er sich bei Groa bedanken und ihr eine Freude machen.

So griff er zu einer Lüge. »Sei getrost!«, sagte er. »Denn ich habe deinen Mann aus Riesenheim herausgeholt, in einem Korb auf dem Rücken, damit es keiner merkte. Leider ist ihm dabei ein Zeh erfroren, den musste ich abbrechen und habe ihn in den Himmel geworfen als Stern. Der trägt nun den Namen deines Mannes. Unterwegs hatte ich aber noch anderes zu tun, sodass ich deinen Mann absetzen musste. Er ist nun auf dem Weg hierher und muss bald eintreffen.«

Da freute sich Groa derartig, das sie die Zauberlieder vergaß und nur noch auf die Heimkehr ihres Mannes wartete, und der Wetzstein blieb in Thors Kopf stecken.

Lokis Kinder

Loki war ein Ase unter Asen geworden, aber immer, wenn er wieder irgendeinen tollen Streich vollführt oder sich eine besondere List ausgedacht hatte, fiel dem einen oder anderen ein, dass er ja eigentlich von Riesen abstammte und nur Odins Wahlsohn war.

Und obwohl Loki aus eigenem Willen von Riesenheim fortgegangen war und das Riesengeschlecht ihn als einen

Abtrünnigen verachtete, so hatte er doch auch öfter Sehnsucht nach seiner Heimat in Utgard.

Zwar war er seit Langem auch mit einer Asin verheiratet und hatte mit ihr zwei Söhne, aber außerdem besuchte er oft eine Riesin namens Angrboda und hatte mit ihr drei Kinder, und diese Nachkommen sollten großes Unheil in die Welt bringen. Es waren ein Wolf, eine Schlange und ein Frauenwesen mit einer Haut, halb blau, halb von der Farbe der Menschen.

Als man in Asgard von diesen Kindern erfuhr, war man sehr beunruhigt. Odin befragte die Runen, und alle Weissagungen deuteten darauf hin, dass das nichts Gutes bedeuten konnte.

So wurden einige Asen ausgeschickt, diese Kinder zu fangen und nach Asgard zu bringen, damit man sehen könne, wozu sie taugten.

Misstrauisch beobachteten die Götter, wie schnell und kraftvoll die drei heranwuchsen. Sie fragten sich, warum Loki wohl solche Wesen in die Welt gesetzt hatte.

Heimdall, der Scharfäugige, meinte: »Loki ist eben von Grund auf ein Verderber. Er will der Welt schaden, das ist alles.«

Odin aber nahm seinen angenommenen Sohn gleich in Schutz und sagte: »Loki bedenkt nur nicht die Folgen seiner Taten, er sucht im Kampf und bei Frauen das Abenteuer, er ist unberechenbar. Schließlich ist er doch der Gott des Feuers.«

Und er erinnerte die anderen Götter daran, wie die Natur des Feuers war: Es vernichtet zwar, aber gibt auch Wärme im Winter, rodet den Wald und brät das Kalb am Spieß und hilft, Bier zu brauen.

So setzten sich die Asen zum Rat zusammen und überlegten, ob man diese drei Wesen nicht, genau wie das Feuer, zähmen und nutzbar machen könnte.

Und es geschah Folgendes:

Odin nahm die Schlange und warf sie ins Meer, wo es am tiefsten ist. Und die Schlange wuchs und wuchs, bis sie schließlich alle Länder der Menschen umspannte und sich selbst in den Schwanz biss. So hielt sie Midgard zusammen und heißt deshalb Midgardschlange. Aber ihr Trachten ist böse, denn eigentlich ist sie nur bestrebt, die Welt mit ihrem Gift zu verseuchen und mit ihrem Leib zu ersticken.

Das zweifarbige Frauenwesen, Hel genannt, schleuderte Odin weit bis nach Niflheim, ins Land des ewigen Eises, und gab ihr Gewalt über neun Welten, die nun nach ihr Hel geheißen wurden. Dorthin gelangen diejenigen, die nicht auf dem Schlachtfeld, sondern durch Krankheit oder Alter zu Tode kommen, und so führt Hel nun die Aufsicht über das Totenreich.

Zu ihr gelangt man, wenn man nach Norden reist und einen Fluss überquert. Der Zaun um ihre Wohnstätte ist sehr hoch und mit mächtigen Gittern verschlossen, und an der Schwelle ist eine Fallgrube. Drinnen ist es feucht und kalt.

Hels Schüsseln sind nur halb gefüllt, ihre stumpfen Messer erwecken Hunger, ihr Knecht heißt Trägheit, ihre Magd Langsamkeit, ihr Bett birgt Kümmernis und der Bettvorhang Unheil.

Hel, die Zweifarbige, geht stets gesenkten Kopfes einher und blickt grimmig.

Das dritte der Geschwister war der Wolf, den man Fenriswolf nannte.

Die Asen steckten ihn in einen Zwinger, denn Odin hoffte, ihn zu zähmen und zum Kampf gegen die Riesen abzurichten.

Der junge Wolf wuchs und wuchs und fletschte gegen jedermann drohend die Zähne, und bald hatte nur noch Tyr den Mut, zu ihm zu gehen und ihm zu fressen zu bringen.

Wieder einmal musste man sich zum Rat zusammensetzen.

»Worauf warten wir noch?«, rief Heimdall. »Erschlagen wir das Ungeheuer einfach!«

Aber Thor und Balder waren gegen diesen Vorschlag.

»Asgard ist eine heilige Stätte!«, sagte der Lichtgott. »Wir sollten sie nicht mit Blut beflecken!«

Und der Herr über Blitz und Donner grollte: »Es ist nicht ehrenhaft, dies Wesen einfach umzubringen! Warten wir doch, bis es ganz herangewachsen ist, und messen uns dann mit ihm im Kampf!«

Auch Odin hoffte immer noch, den Fenriswolf für seine Zwecke einsetzen zu können.

Sie konnten sich nicht einigen, und das Wesen wuchs und wuchs und schien zu einer Gefahr zu werden. Da beschlossen sie, Fenris zu fesseln.

Sie machten eine starke Kette und baten den Wolf, sie sich anlegen zu lassen, unter dem Vorwand, dass er seine

Kräfte daran messen könne. Der Wolf war einverstanden, und schon, als er sich das erste Mal streckte, zerriss die Fessel.

Betreten stellten die Götter eine andere, doppelt so starke Kette her und brachten sie zu Fenris.

»Lege diese Fessel an und versuche, ob du sie zerreißen kannst!«, sagten sie.

Der Wolf scheute und weigerte sich.

»Wenn du so starke Bande zerreißen kannst, wirst du in der ganzen Welt berühmt werden!«, schmeichelten ihm die Asen.

Der Wolf überlegte eine Weile. Aber da er wusste, dass seine Kraft inzwischen schon wieder gewachsen war, ließ er sich schließlich darauf ein, und die Götter fesselten ihn aufs Neue.

Der Wolf dehnte und streckte sich, schüttelte sich, streifte die Fessel nach unten und zertrat sie mit den Füßen. Dann jaulte er triumphierend, und die Götter bekamen es mit der Angst zu tun. Wie sollten sie dies Tier jemals bändigen? Sie waren mit ihrer Weisheit am Ende. Und Odin fragte sich, ob dies vielleicht der Wolf sei, der einmal das Ende der Welt herbeiführen sollte.

Jetzt konnten nur noch die Zwerge helfen, die mit ihrer Schmiedekunst die Götter ja bei Weitem übertrafen. Skirnir, der Freund und Diener Freys (der seinerzeit so erfolgreich bei der Brautwerbung um Gerd geholfen hatte), wurde nach Zwergenheim geschickt, um die stärkste Fessel in Auftrag zu geben, die je gefertigt worden war.

Die Zwerge schufen ein Band aus diesen Dingen: dem

Schall des Katzentritts, der Wurzel der Berge, dem Bart der Frau, dem Atem der Fische und dem Speichel der Vögel. Und wie kunstfertig die Zwerge also waren, kann man daran sehen, dass der Tritt der Katze unhörbar ist, die Berge keine Wurzeln haben und die Frauen keinen Bart, die Fische keinen Atem und die Vögel keinen Speichel. Und dass es ein Band war, das seinesgleichen suchte, musste erst noch überprüft werden. Es war weich und glatt, als wäre es aus Seide – doch zunächst konnte trotz allem keiner so recht daran glauben, es sei unzerreißbar.

Aber Odin vertraute dem Geschick der Zwerge.

Da fuhren sie mit Fenris hinaus auf eine Insel, und dort zeigten sie ihm das Band. Sie reichten es herum und bemühten sich, es zu zerreißen, und als es ihnen nicht gelang, sagten sie zu dem Wolf: »Bestimmt kannst du es schaffen! Du bist schließlich stärker als wir alle!«

Fenris war misstrauisch. »Das sieht ja wirklich nur aus wie ein Spielzeug!«, sagte er. »Wenig Ehre bringt es mir ein, wenn ich so ein leichtes Ding zerreiße. Aber wenn irgendein Zauber dahintersteckt, kommt es mir nicht an die Füße!«

»Was denn!«, sagten die Asen. »Du hast eiserne Ketten zerbrochen und traust dich jetzt nicht an so ein Band? Sei unbesorgt, wenn du es nicht schaffst, binden wir dich sogleich wieder los, denn dann wissen wir, dass wir uns vor deiner Kraft nicht fürchten müssen!«

Aber der Wolf ahnte Unheil. »Ich sehe schon: Ihr wollt mich festbinden und dann über mich lachen, wenn ich mich nicht lösen kann. Nein, ich mache es nicht!«

»Wir wussten nicht, dass du so ein Feigling bist!«, riefen die Asen da.

Das wollte Fenris nicht auf sich sitzen lassen. »Ich bin einverstanden. Aber zum Pfand, dass ihr mich nicht betrügen wollt, muss einer von euch seine Hand in mein Maul legen!«

Damit hatten die Asen nicht gerechnet! Sie sahen einander an und blickten dann zu Boden, keiner wollte der Mutige sein.

Aber Tyr, der das Tier ja immer gefüttert hatte, sagte schließlich: »Gut, ich will es tun!« Und er hielt dem Wolf die Linke hin.

Fenris schüttelte den Kopf. »Die Rechte! Die Rechte will ich zwischen meinen Zähnen halten, wenn ihr mich fesselt. Dann bin ich bereit, euch zu glauben, denn nie und nimmer würde Tyr seine Schwurhand, die Hand der Gerechtigkeit, opfern!«

So steckte Tyr denn seine rechte Hand in das Maul des Wolfes, und sie fesselten ihn.

Nun versuchte Fenris, sich zu befreien, aber je mehr er sich wand und drehte, desto fester wurde das Band, und je mehr er dagegen trat, desto enger schnürte sich die Fessel.

Und die Asen lachten. Nur Tyr lachte nicht, denn ihm biss Fenris die Hand ab. Und seitdem ist es mit der Gerechtigkeit und der Gültigkeit von Eiden auf der Erde schlecht bestellt.

(Später bestellten die Asen Forseti, den Sohn Balders und der Nanna, zum Gott, der auf dem Richterstuhl sitzt und Streitigkeiten zu schlichten versucht.)

Fürchterlich heulend wand sich der Wolf in den harten Banden.

Die Götter aber fesselten ihn an eine große Steinplatte. Er schnappte nach ihnen und versuchte sie zu beißen, da nahm Odin ein Schwert, stach die Spitze in den Gaumen des Tiers und rammte den Knauf gegen den Unterkiefer, und so, mit aufgerissenem Maul, geknebelt, heult Fenris angekettet bis zum jüngsten Tag. Dann wird er die Bande zerreißen und die Welt verschlingen und Sonne und Mond dazu.

ODIN UND DIE ERDENSÖHNE

Odin kümmert sich um die Menschen

Eines Tages kam Odin auf die Idee, sich einmal wieder etwas stärker um die Menschen zu kümmern – vor allem um die Frauen. Seiner Gefährtin Frigg gefiel das gar nicht, denn sie wusste, dass Odin da immer sein Vergnügen suchte. Aber dem Göttervater war egal, was seine Frau für Einwände hatte. Er zog einfach los.

Odin wanderte auf grasbewachsenen Wegen und kam an einen See, an dem ein paar Hütten standen. Er suchte sich eine der Hütten aus und trat durch die offene Tür. Auf einer rohen Feuerstelle brannte Holz. Daran saßen Ai und Edda, ein altes Paar, das keine Kinder hatte. Sie wärmten sich. Odin wurde nach seinem Namen befragt und nannte sich Rig, der Fürst. Er gab sich aber gar nicht fürstlich, sondern bat das alte Paar auseinanderzurücken und setzte sich zu ihnen auf die Bank. Edda gab ihm grobes Brot, aus dem die Kornhülsen bröckelten, und goss Brühe in unglasierte Tonschalen, und so aßen sie zu Abend.

Dann erhob sich Odin und bat Edda, das Bett zu machen. Er legte sich zwischen Ai und Edda, und sie hatten es sehr behaglich. Drei Tage und Nächte lebte er so bei ihnen, dann zog er weiter.

Nach neun Monaten gebar Edda einen Jungen, der sah aus wie die Erde selbst. Er wurde mit Wasser besprengt und Knecht genannt. Seine Hände waren runzlig, die Knöchel knotig und die Finger plump. Er hatte grobe Gesichtszüge, einen gekrümmten Rücken und große Füße.

Als er heranwuchs, wurde er kräftig und stark und konnte Bäume fällen und den ganzen Tag Lasten schleppen.

Eines Tages kam ein Weib auf den Hof, das hatte krumme Beine und eine platte Nase, und an ihren nackten Füßen klebte die Erde. Man nannte sie Magd.

Sie errichteten zusammen Zäune, bebauten das Feld, hüteten die Schweine und Ziegen und stachen Torf.

Knecht und Magd setzten sich nach der langen Arbeit des Tages auf eine Bank und redeten miteinander. Abends machten sie das Bett und fühlten sich dort sehr behaglich und bekamen viele Kinder. Die hießen Kuhjunge, Dickwanst, Angeber, Faulpelz und Kraftmeier. Und ihre Töchter hießen Trampel, Schandschnauze, Lumpenliese, Kranichbein und Säulenbein.

Und mit den Jahren bekamen auch sie viele Knechte und Mägde.

Odin aber zog weiter und ging über breite, ausgefahrene Wege und kam an ein größeres Gehöft. Die Tür zur Halle stand offen, und er trat ein. Auf dem Boden loderte ein Feuer, und daran saßen Afe und Amma. Auch sie hatten keine Kinder.

Wieder nannte Odin sich Rig, und das alte Paar begrüßte ihn freundlich, ohne seine Arbeit zu unterbrechen.

Afe bearbeitete das Holz für einen Webstuhl. Er trug das

Haar ordentlich geschnitten und den Bart gestutzt und war in ein reinliches Leinenhemd gekleidet.

Amma saß neben einer Truhe und webte Stoff für Mäntel. Sie trug einen Kopfputz, eine warme Jacke und ein Tuch, das mit zwei Spangen gehalten wurde.

Odin bat das Paar auseinanderzurücken und setzte sich zwischen sie.

Als es Essenszeit war, brachte Amma frisch gebackenes weiches Brot, Bier und Kalbfleisch. Nach dem Essen schlug Odin vor, ins Bett zu gehen, und legte sich zwischen die beiden. Sie hatten es sehr behaglich, und Odin blieb auch hier drei Tage, bevor er sich wieder auf den Weg machte.

Nach neun Monaten gebar Amma ein Kind, besprengte es mit Wasser und nannte es Karl. Karls Haut war glatt und rosig, und sein Blick war munter. Er wuchs heran und begann, Häuser zu bauen, Ochsen zu zähmen, Pflugschare zu schmieden und das Land zu bebauen.

Eines Tages holte er sich eine Frau, die hieß Schnur. Sie hatte einen Schleier überm Haar und trug einen Rock aus Ziegenleder und ein Schlüsselbund am Gürtel.

Karl und Schnur gründeten ihren Hausstand und hatten es ebenfalls im Bett sehr behaglich, und so bekamen sie viele Kinder. Manche hießen Schmied, Zimmerer, Pflüger und Fischer, und die Töchter nannte man Hübsche, Stolze, Sittsame oder Zungeflinke.

Von ihnen stammen alle freien Bauern und Handwerker ab.

Auf seiner Wanderung betrat Odin dann gut ausgebaute Wege und kam an einen großen Hof. Die Tür zum Saal war auf der Südseite und hatte einen Vorbau als Schutz gegen Wind und Wetter.

Odin trat ein. Der Fußboden war aus festgestampftem Lehm und mit Stroh belegt.

Am Feuer saßen Hausherr und Hausfrau, sahen sich freundlich an und drehten die Daumen, sonst taten sie nichts. Später zog der Hausherr eine Sehne auf den Bogen und begutachtete die Pfeile, und die Hausfrau spielte wohlgefällig mit dem glänzenden Stoff ihres Gewandes. Sie trug ein Schleppkleid und einen hohen Kopfputz, und ihre Wangen waren rot, aber ihr Hals und ihre Brust so weiß wie frisch gefallener Schnee.

Odin nannte sich Rig und bat das Paar auseinanderzurücken, damit er zwischen ihnen Platz nehmen konnte. Die Hausfrau legte ein gesticktes Tuch auf den Tisch und trug Geflügel und gebratenen Speck auf silbernen Schüsseln auf, dazu gab es dünne Scheiben Weizenbrot. Dann brachte sie die Pokale und die Weinkanne und schenkte ein, und nach dem Essen blieben sie sitzen und tranken weiter und plauderten, bis es Abend war.

Dann gab Odin ihnen den Rat, das Bett zu machen, und legte sich zwischen sie. Er blieb drei Nächte, und sie alle fühlten sich sehr behaglich, und als er fortmusste, war ihm das Herz schwer.

Nach neun Monaten gebar die Hausfrau einen Knaben, den besprengten sie mit Wasser, hüllten ihn in kostbar gestickte Windeln und nannten ihn Jarl, das bedeutet Edelmann. Sein Haar war hell wie Flachs, seine Haut glänzte, und seine Augen waren scharf wie die eines Falken.

Jarl wuchs heran und lernte indes, geschickt mit Pfeil und Bogen umzugehen, Hengste einzureiten, zu schwimmen und auf der Jagd mit Hunden zu hetzen und den Speer zu werfen.

Eines Tages wollte Odin nach seinem Sohn sehen. Er traf den Jungen im Wald und nannte sich auch ihm gegenüber Rig. Und er lehrte ihn, Runen zu schneiden und zu verstehen und damit zu zaubern. Als er merkte, wie anstellig Jarl in allem war, erkannte er ihn als seinen Sohn an und nannte ihn Rig Jarl. Er beschenkte ihn mit reichem Grundbesitz und vielen Schätzen.

So konnte Rig Jarl goldene Armspangen und schöne Rosse verschenken und erwarb sich hohes Ansehen ringsum.

Als er die Zeit für gekommen hielt, schickte Rig Jarl Boten an den Hersen (das ist der Vorsteher und Richter eines Gaus), denn dieser hatte eine Tochter, die hieß Erna. Erna war klug und lieblich, sie hatte schmale Hände und eine Haut, so weiß wie Schwanenfedern. Die Boten warben mit Erfolg um das Mädchen und führten sie schließlich ihrem Herrn zu.

Rig Jarl und Erna lebten zusammen und fanden großen Gefallen aneinander und hatten es im Bett sehr behaglich. So blieb es nicht aus, dass sie Kinder bekamen.

Die hießen Sohn, Nachkomme, Erbe, Stammhalter, Fürst, und den Jüngsten nannten sie Jung König. Die Kinder lernten Pfeile zu spitzen, Speere zu werfen, wilde Pferde zu zähmen und die Hundemeute abzurichten.

Odin schloss Jung König besonders ins Herz und nahm sich seiner Erziehung an. Wie seinen Vater lehrte er auch ihn, Runen zu schneiden und zu verstehen und Zauberei auszuüben. Bald war er heilkundig und vermochte, Geburten zu erleichtern, er konnte Pfeile und Schwerter unwirksam machen und Stürme stillen. Er konnte die Sprache der Vögel verstehen, Feuersbrünste ersticken, und überdies linderte er den Kummer der Menschen, indem er ihnen half und sie tröstete, und er besänftigte die, die miteinander stritten.

Außerdem hatte er alleine die Kraft von acht starken Männern.

Einmal ritt Jung König aus zum Vogelfang, da rief ihm eine Krähe vom Baum aus zu: »Warum stellst du uns unschuldigen Vögeln nach? Tu doch etwas, was sich wirklich lohnt! Lass lieber Pferde satteln, und rufe die Krieger zusammen. Jenseits des Sunds gibt es einen Herrscher, der meint, er sei mächtiger als du!«

Da antwortete Jung König: »Was krächzest du und verscheuchst mir die Singvögel, die ich fangen will? Halt deinen Schnabel! Ich fälle lieber den stärksten Hirsch als den stärksten König.«

Ja, in der Frühzeit gab es noch solche Könige!

Odin besucht einen Schmied

In einem kleinen Ort an einem der Meere von Midgard lebte einst ein Schmied, der verdiente seinen Lebensunterhalt recht und schlecht mit dem Beschlagen der Gäule, die den Bauern der Umgebung gehörten, und dem Ausbessern ihrer Sensen und Beile. Eines späten Abends, als er an seinem verglimmenden Schmiedefeuer saß und gerade zu Bett gehen wollte, hörte er plötzlich, dass sich donnernder Hufschlag seinem Haus näherte. Aber es kam ihm nicht so vor, als käme da nur ein einzelner Reiter, sondern mindestens zwei, und die Erde dröhnte so laut, als wenn ein Erdbeben nahen würde.

Erschrocken trat der Schmied vor die Tür. Gerade in dem Augenblick kamen Ross und Reiter aus dem nahe gelegenen Wald hervor und ritten auf die Werkstatt zu, und dem Schmied wollte es scheinen, als hätten die beiden Riesenmaße, und die Beine des Pferdes wirbelten so durcheinander, dass es ihm vorkam, als hätte es mehr als vier. Der Mann hielt sein Pferd vor der Schmiede an und saß ab, und nun sahen er und sein grauer Gaul wieder aus wie ganz normale Wesen, nur dass eben beide nicht gerade klein waren.

Und der Reiter grüßte den Schmied freundlich und fragte ihn, ob er wohl sein Feuer noch einmal anfachen könnte, denn sein Pferd hätte ein Eisen verloren, und er müsse heute Nacht noch weiter.

Während nun der Schmied den Blasebalg bediente, fragte er den Fremden, woher des Weges er denn komme. Da nannte der Gast einen Ort im hohen Norden, aber das hielt der Schmied für unmöglich, denn er wusste, dass man, um dahin zu gelangen, mindestens eine Woche reisen und ein Meer überqueren musste.

»Und wo willst du denn noch hin so spät in der Nacht?«, fragte er misstrauisch.

»Bis Sonnenaufgang will ich bei den Feuerbergen des Südens sein«, antwortete der seltsame Reisende. »Man erwartet mich dort.«

Als der Schmied das hörte, hielt er den Fremden für einen Windbeutel und Aufschneider, denn das Reiseziel war unmöglich so schnell zu erreichen, wie es nicht denkbar war, in einer Nacht vom hohen Norden hierher zu gelangen. Aber der Schmied schwieg still.

Als er nun aber begann, das Eisen zu bearbeiten, da wollte es sich nicht in die rechte Form fügen, und der Mann, der doch ein Meister seines Fachs war, wollte schier verzweifeln.

Da sagte der Gast: »Ist das Eisen etwa widerspenstig? Nun, das soll sich gleich geben.« Er trat an den Amboss heran und murmelte ein paar seltsame Worte, die der Schmied nicht verstand. Dann trat der Fremde zurück und sagte: »Lass dem Eisen nun einfach seinen Willen, es wird schon recht werden.«

Und in der Tat formte sich nun unter wenigen Hammerschlägen – fast wie von selbst – das vollkommenste Hufeisen, und es passte vollendet auf den riesigen Huf des grauen Pferdes, das lammfromm stillstand und sich beschlagen ließ.

Der Fremde lobte den Schmied und lohnte ihn für seine Arbeit mit Gold. Dann saß er auf und sprach: »Du bist ein kluger und zurückhaltender Mann, Schmied. Aber du hättest doch bestimmt gern eine Frage gestellt. Ich gestatte sie dir. Rede!«

Da fasste sich der Schmied ein Herz und sagte: »Verzeih

schon, aber was du mir erzählt hast – woher du kommst und wohin du willst, und das alles in einer Nacht –, das kann ich unmöglich glauben.«

Da lachte der Reiter und sagte: »Ich vermag dies wohl. Denn das Ross, das du eben beschlagen hast, heißt Sleipnir. Ist dir der Name bekannt?«

Natürlich wusste der Schmied, dass dies der Name von Odins Pferd war, und er erschrak. Er blickte auf zu dem Mann im Sattel und sah, dass dem das graue Haar so ins Gesicht fiel, dass es nur ein Auge frei ließ.

Aber bevor er vor dem Gott in die Knie sinken konnte, hatte der seinem Tier schon die Sporen gegeben, und es setzte über den sieben Ellen hohen Zaun, ohne ihn auch nur zu streifen, und dann war dem Schmied, als höre er in den Lüften ein Gelächter, und mit aufgerissenen Augen sah er Ross und Reiter davonjagen, ohne noch ein weiteres Mal die Erde zu berühren, und das Pferd verschwand mit wirbelnden Hufen und fliegendem Schweif über den Wipfeln des nahen Waldes.

Dem Schmied war, als wenn er geträumt hätte, aber als er in seine Behausung zurückkehrte, lag der Hammer noch auf dem Amboss, und das Feuer loderte, und das rote Gold, mit dem er entlohnt worden war, glänzte im flackernden Lichtschein.

Seitdem war der Schmied ein reicher Mann, denn der Lohn, den er von Odin empfangen hatte, war unerschöpflich, und immer, wenn er meinte, das Gold ausgegeben zu haben, wuchs es nach in seinem Beutel, dank des Segens des obersten Gottes der Asen.

Odins Walhall

Odin sah mit Besorgnis die Gefahr, die den Welten drohte. Er wusste um die boshafte Kraft des Fenriswolfes und der Midgardschlange, die eines Tages gegen Midgard und Asgard antreten würden, und kraft seiner prophetischen Gabe sah er den letzten Kampf voraus. Er glaubte, die Kräfte der Lebenden allein, seien es nun Asen oder Menschen, würden nicht ausreichen, um gegen das drohende Unheil zu kämpfen. Deshalb versammelte er die Krieger, die in der Schlacht ihr Leben gelassen hatten, in Walhall, der Halle der Gefallenen. So war er sich sicher, zur Zeit des Weltuntergangs ein schlagkräftiges Heer erlesener Helden zu seiner Verfügung zu haben.

Im Tode nach Walhall zu kommen, ist für die Erdensöhne das allerhöchste Ziel. Denn Unfreie und Knechte werden dort nicht aufgenommen, sondern nur in der Schlacht gefallene Freie. Alle anderen, die den »Strohtod« in ihrem Bett erlitten hatten, mussten nach Niflheim in die grauen und düsteren Gefilde der Hel wandern, wo es keine Freude und kein Glück gibt. Darum ließ sich mancher alte Kämpfer, wenn es zum Sterben kam, vorher noch mit einem Speer durchbohren, um doch noch in Odins Himmel zu gelangen.

Wenn einer auf dem Schlachtfeld stirbt, so muss er zunächst einen Strom durchwaten, der Midgard von Asgard trennt, und dann sehr schnell durch das Totentor gehen, denn die Tür schlägt donnernd hinter ihm zu und trifft ihn sonst an der Ferse. Ein Wolf und ein Adler wachen scharfäugig darüber, dass sich kein Unbefugter in Walhall einschleicht.

Vor der Halle befindet sich ein Wald, dessen Blätter aus reinem Gold sind. Walhalls Dach ist gedeckt mit den Schilden der Gefallenen, und ihre Kettenpanzer liegen drinnen auf den Bänken. Die goldglänzende Halle wird von Speeren getragen. Es braucht keine andere Beleuchtung als den Glanz der Schwerter all der Helden, die hier Einzug gehalten haben.

Auf einem erhöhten Sitz empfängt Odin die Männer, die dereinst mit ihm in die Schlacht ziehen werden, den Untergang der Welten noch abzuwenden, und Bragi, der Gott der Dichtkunst und des Schlachtgesangs, reicht ihnen den Willkommenstrunk.

Unzählige Krieger beherbergt Walhall, und sie alle werden genährt und satt vom Fleisch eines Ebers namens Sährimmir, der täglich aufs Neue geschlachtet wird. Abends dann, nach dem Mahl, steht er grunzend wieder aus dem Kessel auf.

Was von Sährimmirs Fleisch übrig bleibt, das füttert Odin zwei gierigen Wölfen, die wie Hunde zu seinen Füßen liegen und wachen. Und ständig lässt er sich von seinen beiden Raben berichten, wo neue Kriege entstehen und ob Menschen und Riesen gegeneinander kämpfen, denn Odin ist begierig, immer mehr und mehr Männer nach Walhall zu holen, um sein Heer für den letzten Kampf zu vergrößern. Es heißt sogar, dass er manchmal Streit zwischen vorher friedlichen Nachbarvölkern entfacht, nur um noch mehr Tote zu sich holen zu können.

In Strömen fließen Wein, Bier und Met in diesem Reich. Die Schmerzen ihrer Todeswunden vergessen die Gefallenen mit einem betäubenden Met, der aus dem Euter einer Zauberziege fließt – jeden Tag aufs Neue ein riesiger Kessel voll. Davon werden die Männer trunken und legen ihre Rüstungen an, reiten hinaus auf den weiten Hof und kämpfen gegeneinander und »bringen sich um«. Zur Abendmahlzeit aber stehen sie auf und sind wieder »lebendig«, und ohne Groll und Hass sitzen sie nebeneinander, trinken, scherzen und lärmen. So schafft es Odin, diese Kämpfer immer bereitzuhalten für seinen großen Krieg am Ende der Welt.

In Walhall gibt es noch die Walküren.

Das sind junge Frauen und Mädchen, die früher einmal selbst Heldentaten vollbracht haben. Sie waren Kriegerinnen, Fürstinnen, die ihre Schar ins Feld führten, starke Frauen, die Schiffe befehligten und im Kampf an der Seite ihrer Männer fochten.

Die Walküren sind bezaubernd schön. Sie bedienen die Männer, schenken ihnen Met ein und legen ihnen vom Fleisch des Ebers vor, aber Odin schickt sie auch als Schlachtenlenkerinnen aus. Dann tragen sie Brünne und Helm, Schild und Speer. Auf ihren Zauberrossen reiten sie über Meer und Land und führen Odins Aufträge aus: einzugreifen in das Kampfgeschehen, Sieg oder Niederlage zu bestimmen und die Helden, die für Walhall bestimmt sind, in Ehren dorthin zu begleiten.

Oftmals erscheinen sie den Todgeweihten kurz vor ihrem Ende und verkünden ihnen ihr Geschick und den hohen Ruhm, dass sie nach Walhall berufen werden. Dann stürmen die Frauen mit dem Wind davon und berichten Odin von ihren Taten und dass sie seinen Auftrag ausgeführt haben.

Am Ende aller Tage werden die Walküren gemeinsam mit den toten Helden ins letzte Gefecht ziehen.

Unermüdlich ist der Göttervater bemüht, Kämpfer für diese Schlacht nach Walhall zu holen. Darum fördert er die Kriege zwischen den Erdensöhnen, und über viele Menschenalter hinweg bis zu den Zeiten, in denen diese Geschichten ersonnen wurden, ist seine unsichtbare Hand im Spiel. Geschlechter sinken dahin, es entstehen Königreiche und vergehen, die Spiele der Macht in Midgard wandeln sich. Herrscher regieren die Welt …

Odins Helden

Sein Pflegesohn Starkad

Odin und Frigg beobachteten von ihrem Hochsitz aus das Tun und Treiben der Menschen, und sie waren von diesen Geschöpfen in Midgard so angetan, dass sie Pflegekinder aufnahmen, um sie nach ihrem Willen zu erziehen und zu Männern und Frauen zu machen, die in ihrem Sinne auf der Welt schalteten und walteten.

Aber während es Frigg darum ging, gerechte und tüchtige Herrscherinnen, liebevolle Mütter oder umsichtige Hausfrauen aufzuziehen, war Odin vor allem darauf aus, Könige und Krieger heranzubilden. Denn es war so, dass seine Begierde, immer mehr Helden nach Walhall zu holen, auszuufern begann. Er war wie besessen davon, ständig Kämpfer und Haudegen gegeneinander in den Streit zu schicken, um sie dann nach ihrem Tod in die Schar seiner Endzeitkämpfer einzureihen.

Odins Sohn Thor war damit gar nicht einverstanden. Er fand, die Götter sollten den Menschen beistehen und sie zu gerechten und lebenstüchtigen Wesen machen, nicht zu solchen, denen das Kämpfen über alles ging oder die gar zu Mördern wurden.

Eins der Kinder, denen Odin seine besondere Aufmerksamkeit widmete, hieß Starkad.

Mit drei Jahren schon verlor er seinen Vater. Unbeachtet wuchs er auf – unbeachtet, aber das Auge Odins hatte ihn vom Hochsitz aus erspäht, und er versprach sich viel von dem Kind.

Eines Tages raubte er den Jungen und brachte ihn auf eine einsame Insel. In Verkleidung und unter einem anderen Namen spielte er neun Jahre lang den Pflegevater, besuchte ihn, sorgte für ihn und lehrte ihn viele Dinge.

Keine Menschenseele außer Odin in Menschengestalt war dem Knaben bekannt, und alles, was er wusste, wusste er nur von ihm. Starkad war stark, und seiner Stärke kamen nur sein Stolz und sein Hochmut gleich, und dies rührte daher: Einmal führte ihn ein Traum nach Asgard, und er sah, wie die anderen Götter den verehrten, der seinem

Pflegevater glich wie ein Haar dem anderen. Von da an war ihm klar, dass er ein Erwählter des Göttervaters war, und sein Stolz und Hochmut kannten keine Grenzen.

Thor sah mit Unmut, was der oberste der Götter da heranzog. Solche Menschen konnte er nicht ausstehen. Er wollte fröhliche, erdverbundene Gesellen sehen, die mit dem Trinkhorn genauso vertraut waren wie mit Axt und Pflugschar, die miteinander lachten und lärmten, sich stritten und vertrugen und Haus und Hof gut verwalteten. So war ihm Starkad ein Dorn im Auge.

Seinem allmächtigen Vater jedoch konnte und durfte der Donnergott nicht direkt entgegentreten. Und so spielte sich der Kampf der beiden indirekt ab – auf dem Rücken des Menschen Starkad. Für jede Vergünstigung, die Odin seinem Pflegesohn gewährte, nahm Thor dem Knaben etwas anderes weg. Und so tobte ein grausamer Kampf um ihn, der langsam zum Jüngling und zum Mann heranwuchs.

Von vornherein hatte Thor es vermocht, ihm Haus und Hof, Weib und Kind und ein Herdfeuer zu versagen. Odin verlieh ihm dafür ein Leben, das drei Menschenalter dauerte: Während dieser Zeit würde sein starker Kämpfer viele Männer nach Walhall schicken!

Starkads Handwerk war der Krieg. Er zog von Königshof zu Königshof und stellte sich in den Dienst des Herrschers, der gerade einen Streit ausfocht. Zunächst war er hochwillkommen, denn seine Stärke und Kampfkunst waren kaum zu überbieten. Aber dann sah man zu, dass man ihn wieder loswurde, denn es war schwer, mit ihm auszukommen. Sein Ehrgefühl war so empfindlich, dass er jede noch so kleine Kränkung sofort mit dem Schwert rächte. Er war schnell bei der Hand, jemanden nur wegen eines schiefen Blicks umzubringen, und also wurde er meist schnell wieder weitergeschickt, wenn er seine Arbeit auf dem Schlachtfeld getan hatte.

Odin hatte ihm die allerbesten Waffen verliehen, ein scharfes Schwert, einen unfehlbaren Speer, einen undurchdringlichen Schild, und er machte in jedem Kampf seinen Pflegesohn zum Sieger. Dagegen sorgte Thor dafür, dass Starkad jedes Mal eine tiefe, schreckliche Wunde erhielt. Bald war sein Körper von Wunden und Schrunden übersät. Bei jedem Gefecht wurde Starkad mehr verunstaltet, und er sah schrecklich aus. Aber Odin bewirkte, dass selbst die entsetzlichsten Verletzungen wieder heilten, wenn auch die Narben blieben.

Starkad war nur auf Waffenruhm und Ehre aus, Wohlleben und Bequemlichkeit verachtete er. Er war bei Wind und Wetter unterwegs und lehnte es ab, seine Speisen mit Kräutern oder Salz zu würzen, und aß das Fleisch fast roh. Da er zwischen seinen Kämpfen stets unter fremden Dächern einkehren musste – denn ein eigenes Herdfeuer hatte Thor ihm ja verwehrt –, hatte Odin ihm besonders viel Dichtermet zu trinken gegeben, und so konnte er Verse erfinden und sie vortragen, um sich einen Platz am gastlichen Feuer fremder Fürsten zu verdienen. Aber auch da hatte Thor wieder einen Riegel vorgeschoben, denn er schlug Starkad mit Vergesslichkeit, sodass er sich bald nicht mehr an das erinnerte, was er eben noch ersonnen oder gesagt hatte.

So war der große Krieger letztlich ein Spielball der Götter, und es war ihm übel bekommen, dass Odin ihn erwählt hatte.

Von einer der Taten Starkads im Dienste des obersten Gottes berichtet die Geschichte so:

Es war einmal ein König, der hatte (was so selten nicht war) zwei Frauen, Signy und Geirhild, die stritten sich so laut und so oft und so viel, dass der König es nicht mehr aushielt.

Er sagte: »Es tut mir leid, aber ich kann euer Gezänk nicht mehr ertragen. Ich werde nur eine von euch behalten. Diejenige, die das beste Bier brauen kann, die soll bleiben.« (Denn der König war ein großer Trinker.) »Ich werde jetzt in meinem Land nach dem Rechten sehen. Wenn ich zurück bin, fällt die Entscheidung.«

Signy wandte sich an Freyja, die Beschützerin der Ehen, und bat sie um Hilfe, und in langen Nächten ging ihr die Göttin am Kessel zur Hand, ein wirklich gutes Bier zu brauen.

Geirhild dagegen wandte sich an Odin.

Der allwissende Gott hatte bereits erkannt, was Geirhild in diesem Augenblick noch gar nicht wusste: nämlich, dass sie schwanger war. Sofort witterte er die Gelegenheit, einen neuen Helden für Walhall zu rekrutieren, und er sagte zu der Frau: »Gut, ich will dir helfen. Aber als Lohn musst du mir das geben, was zwischen dir und dem Braukessel ist.«

Die arglose Geirhild ahnte nicht, dass der Gott sie um ihr Kind bringen wollte, und stimmte zu. Sie dachte, Odin würde ihr Gewand oder ihren Gürtel meinen.

Da spuckte der Göttervater in den Kessel, und sein Speichel wurde zum Gärmittel für das Getränk.

Als der König nun zurückkam, kostete er von beiden Biersorten und fand das Bier Signys zwar recht gut, aber das von Geirhild unvergleichlich, und so blieb sie die Königin.

Monate später wurde ihr Sohn geboren und Vikar genannt.

Geirhild lebte in ständiger Furcht, dass Odin kommen und das Opfer einfordern würde. Aber der wartete ab und überließ die Erziehung Vikars zum Führer der Männer und stattlichen Kämpfer zunächst den Menschen.

Als Vikar dann herangewachsen war und selbst König wurde, hielt Odin seine Zeit für gekommen. Aber sein Vorhaben erwies sich als schwierig, denn Vikar war ein hervorragender Krieger, und es gelang niemandem, ihn nach Walhall zu schicken.

So gab der Ase seinem Pflegesohn Starkad den Auftrag, Vikar zu ihm zu bringen.

Starkad mischte sich unter das Gefolge Vikars und war bald in hohem Ansehen bei dem jungen König, denn er war kampflustig und diensteifrig und sang schöne, wenn auch kurze Gesänge in der Halle.

Als Vikar nun einmal mit seinen Männern – darunter auch Starkad – unterwegs übers Meer war zu einem Kriegszug, gab es eine große Flaute. Die Schiffe blieben liegen, und die Vorräte begannen auszugehen.

Starkad sagte: »Lass uns die Runenstäbe werfen und das Orakel fragen. Vielleicht verlangen die Götter ein Opfer – einen Mann, der sterben muss.«

Und natürlich – Odin hatte seine Hände im Spiel – sagten die Runen, dass der Göttervater einen Mann der Schiffsbesatzung verlangen würde. Odin war in der Nähe und überwachte das Geschehen.

Darauf fertigten sie Lose an mit den Namen der Krieger und warfen sie in ein Gefäß, und Odin fügte es, dass das Los, das sie zogen, König Vikar selbst zum Opfer bestimmte.

Aber die Männer, die ihrem Herrscher sehr zugetan waren, weigerten sich, den Losspruch anzuerkennen.

»Lasst uns ein zweites Mal losen!«, forderten sie.

Und so geschah es. Sie losten erneut, aber beim zweiten und auch beim dritten Mal wurde immer wieder Vikar ausgewählt.

Da machte Starkad einen Vorschlag: »Wir werden den Gott an der Nase herumführen und den König nur zum Schein opfern!«, sagte er listig. »Lasst uns mit Ruderkraft jene kleine Insel dort ansteuern. Dann trinken wir Met und ›opfern‹ Vikar.«

Die Mannschaft fand den Gedanken eines Scheinopfers hervorragend. So steuerten sie an Land und begannen großzügig zu trinken wie die Götter.

Starkad ging zu einem Baum, unter dem ein umgestürzter Stamm lag. Er stieg auf den Stamm, bog vom Baum über ihm mit dem Finger einen dünnen Zweig herab und knüpfte daran einen hauchdünnen Kalbsdarm. So baute er einen Galgen.

Unterm Gelächter und Gegröle der Männer stieg dann Vikar auf den Stamm und legte sich selbst die Schlinge um den Hals.

Darauf ergriff Starkad eine dünne Binse, ein Schilfrohr, das sich mühelos biegen ließ. Der König lachte weiter.

Starkad zielte mit der Binse auf Vikars Brust und sagte: »Nun gebe ich dich Odin.«

Da straffte sich der Kalbsdarm zum dicken Strick, aus dem Zweig wurde ein mächtiger Ast, der Stamm unter Vikars Füßen verschwand, und der König baumelte in der Luft, während ihn Starkad mit dem Speer, zu dem die Binse sich gewandelt hatte, durchbohrte.

Solche Taten gefielen Thor wenig, und er geriet in einen Zorn, so mächtig, dass er zu seinem Vater fuhr und ihm Vorwürfe machte. Aber Odin, der Mächtige, lachte nur und nahm ihn nicht ernst.

König Geirrod

König Hraudung hatte zwei Söhne. Der eine hieß Agnar und war zehn Jahre alt, und der andere war acht Jahre und hieß Geirrod, und auch er wurde zum Helden Odins.

Beide Brüder hatten einander sehr lieb und taten alles, was sie unternahmen, gemeinsam. So waren sie auch zusammen aufs Meer hinausgefahren, um zu fischen. Der eine ruderte, und der andere warf achteraus die Angeln ins Meer. Und sie fingen viele Fische und merkten in ihrem Eifer gar nicht, dass sich ein starker Wind erhoben hatte und sie vom Land forttrieb.

Als sie schließlich sahen, dass sie ins offene Meer hinausgelangten, half alles Jammern und Wehklagen nicht. Es wurde bereits Nacht, und die beiden Jungen klammerten sich ängstlich aneinander – an Rudern war ohnehin nicht mehr zu denken.

Schließlich strandeten sie an einer Insel und machten sich müde und verzweifelt auf den Weg, um irgendeine menschliche Behausung zu finden. Und wirklich entdeckten sie eine Bauernkate, in der waren ein Mann und eine Frau. Die nahmen sie freundlich auf und gaben ihnen Essen, Trinken und trockene Kleidung. Sie erboten sich, den Jungen so lange Unterschlupf zu gewähren, bis sich das Wetter bessern würde.

Aber inzwischen brausten die Winterstürme über Land und Meer, und für die Königskinder war eine Rückkehr unmöglich. Sie mussten zunächst auf der Insel bleiben.

Die Frau kümmerte sich besonders um Agnar und der Mann um Geirrod. Agnar lernte ehrenhaftes Verhalten und Redlichkeit. Geirrod vor allem List und Verschlagenheit. Dass der Bauer und seine Frau in Wirklichkeit Odin und Frigg waren, ahnten die Kinder natürlich nicht.

Als es Frühling wurde und das Meer eisfrei war, wollten die Jungen wieder nach Haus.

Der »Bauer« kümmerte sich um ihr Boot und machte es für sie seeklar, bestückte es mit Segeln und lagerte Proviant ein. Dann begleitete das Paar die Königssöhne zum Strand. Aber bevor die beiden das Schiff bestiegen, flüsterte der Mann dem Geirrod noch etwas ins Ohr.

Die Brüder segelten rasch über das Meer, denn der Wind war günstig. Bald sahen sie das Festland auftauchen und liefen in den heimischen Hafen ein. Geirrod stand vorn am

Bug. Als der Kiel aber auf den Sand des Ufers stieß, sprang er schnell an Land und stieß das Schiff mit aller Kraft ins Meer zurück, wobei er laut rief: »Fahr zu den Trollen!«

Und sosehr sich Agnar auch mühte, wieder Kurs zu setzen und in den Hafen zurückzusteuern – von geheimen Kräften gezogen, trieb das Boot zu den Inseln, wo die Trolle hausten. Von dort konnte er nie mehr zurückkehren und nahm sich notgedrungen ein hässliches Trollweib zur Frau.

Geirrod aber ging an Land zum Hof seines Vaters, König Hraudung, wo er mit tausend Freuden empfangen wurde. Nach seinem Bruder gefragt, log er, der sei bei ihrem missglückten Fischzug ertrunken und nur er selbst habe sich auf eine Insel retten können.

Nun war also Geirrod der einzige Erbe des Königreichs und bestieg nach dem Tod seines Vaters den Thron. Er nahm sich ein Weib, und der erstgeborene Sohn wurde nach dem »verstorbenen« Agnar genannt. Diesen Namen gab ihm Geirrod, um seine üble Tat damit gleichsam auszulöschen. König Geirrod wurde ein mächtiger und hochgeachteter Mann, und viele Gäste kehrten stets in seiner prachtvollen Halle ein.

Eines Tages saßen Odin und Frigg gemeinsam auf ihrem Hochsitz im göttlichen Asgard und hielten Ausschau nach ihren Ziehkindern.

Voller Stolz sah Odin seinen Auserwählten Geirrod inmitten der Großen seines Landes sitzen und ein goldenes Trinkhorn mit Met leeren. Frigg aber entdeckte voller Scham und Ärger, wie Agnar in einer stinkenden Höhle sich abmühte, mit seinem Trollweib das nächste Kind zu zeugen. (Sie wusste ja nicht, dass Odin falsches Spiel getrieben und seinen Liebling mit einem Zauber gegen den Bruder ausgerüstet hatte.)

»Da siehst du«, sagte der Göttervater, »was aus deinem Pflegekind geworden ist! Er taugt nichts, und deine Erziehung war obendrein falsch!«

Zornig entgegnete die Göttin: »Es mag ja sein, dass dein Geirrod ein mächtiger König geworden ist. Aber er ist ein Ausbund von Geiz. Wer bei ihm zu Gast ist, der tut gut daran, seinen eigenen Met und sein eigenes Pökelfleisch mitzubringen, wenn er satt werden will.«

»Das ist eine Lüge!«, sagte Odin empört. »Ich werde unerkannt zu ihm gehen und das selbst prüfen.«

»Tu das!«, erwiderte seine Frau. »Aber wundere dich nicht, wenn du einen hartherzigen und boshaften Mann vorfindest.«

»Wenn das so ist, dann verdient er meine Gunst nicht und ist dem Tod geweiht!«, sprach da Odin.

Bevor er aber zu Geirrod auszog, schickte Frigg eine Botin zu dem König und ließ ihn warnen: Ein böser Zauberer durchstreife sein Land und richte Unheil an. Man würde ihn daran erkennen, dass selbst die bissigsten Hunde ihm nichts antaten.

So vorbereitet, war es Geirrod klar, dass der einäugige Fremde im blauen Mantel, der vor seinem Haus um Gastfreundschaft bat, niemand anders sein konnte als der Zauberer, von dem die Botin gesprochen hatte, zumal die Hunde einen großen Bogen um ihn machten.

Er lud ihn in seine Halle und fragte ihn nach dem Namen. Der hochgewachsene Fremde sagte: »Ich heiße Grimnir.« (Das heißt: der Maskierte.) Weiter sagte er nichts.

»So lasse ich mich nicht abspeisen!«, fuhr ihn der König an. »Ich will wissen, woher du kommst und was du vorhast. Willst du mir oder meinem Land schaden – und womit? Heraus mit der Sprache!«

Aber Grimnir erwiderte kein einziges Wort.

Geirrod lachte. »Nun, ich werde dich schon zum Reden bringen! Fesselt den Kerl!«

So geschah es. Und der König ließ in der Halle zwei große Feuer entfachen und setzte den Gefesselten dazwischen, so nah, dass der Rauch ihm die Haut schwärzte, und verweigerte ihm Speise und Trank. So folterte er ihn über acht Tage. (Und Odin ließ es sich gefallen; er wollte sehen, wie weit sein Günstling es treiben würde.)

Geirrods kleiner Sohn Agnar aber hatte Mitleid mit dem Fremden, brachte ihm ein Trinkhorn mit Bier und setzte es ihm an die Lippen. Als der Gefesselte trank, zischte die Flüssigkeit in seiner Kehle, so ausgedörrt war sie. Da Agnar ihm aber ein zweites Mal zu trinken geben wollte, kam sein Vater dazu und schlug ihm das Horn aus der Hand. Das Bier verdampfte auf den heißen Steinen vor Grimnirs Füßen.

Der Gefolterte sprach: »Acht Tage lang schwitzte ich zwischen den Feuern, und niemand erbarmte sich meiner, nur du, Agnar. Heil dir, Agnar, der Gott, den die Menschen am meisten verehren, wird dir diesen Trunk lohnen. Du sollst herrschen über das ganze Land!«

Geirrod hatte inzwischen das Trinkhorn aufheben und

mit schäumendem Bier füllen lassen und trank es nun vor den Augen des Mannes zwischen den Feuern aus.

»Wer bist du, Grimnir?«, forschte er weiter.

Und Grimnir sagte: »Man nennt mich auch Graubart oder den Goldbehelmten, den Verwahrer des Dichtermets, den Verführer der Frauen.«

»Alles dummes Geplapper!«, sagte Geirrod unwirsch, trank das Horn auf einen Zug leer und ließ sich sogleich wieder nachschenken. Und er befahl, das eine Feuer noch näher an den Mann heranzurücken, sodass dessen Mantel Feuer fing.

Da sagte Grimnir: »Weg von mir, Flamme! Verseng mir nicht das Kleid!« Und der Brand auf dem Mantel erlosch sogleich.

Geirrod lachte verächtlich und trank immer weiter: »Mit solchen albernen Taschenspielerkünsten kannst du mich nicht beeindrucken. Wenn du ein wirklich großer Zauberer wärst, hättest du längst beide Feuer erstickt.«

»Der lodernden Flamme kann man nicht trauen«, sagte Grimnir, »genauso wenig wie einem König, der einen freundlich in seine Halle bittet und dann acht Tage lang foltert.«

Und Geirrod trank immer mehr und schrie den anderen an: »Wer bist du, Grimnir?«

Grimnir sprach: »Ich opferte mich Odin und hing acht Tage am Baum, bis man mir Runenstäbe reichte. Nun bin ich kundig der Geburtsrunen, der Schlafrunen, der Lebensrunen, Siegrunen und Todesrunen. Vom weisen Mimir lernte ich meine Zauberkunst. Und so führte Tat zu Tat bis zum heutigen Augenblick, wo ich schon acht Tage zwischen den Feuern saß. Nun beginnt der neunte.«

Da rief Geirrods junger Sohn Agnar: »Vater, erkennst du ihn denn nicht? Es ist Odin selbst, der höchste der Götter! Einäugig ist er, trägt einen blauen Mantel, und die Hunde weichen ihm aus!«

»Warum sollte sich Odin acht Tage lang zwischen zwei Feuer setzen in meiner Halle?«, fragte Geirrod mit schwerer Zunge.

»Vielleicht, um deine Güte und Gastfreundschaft zu prüfen«, sagte Grimnir. »Aber wie ich sehe, habe ich mich in dir getäuscht. Ich riet dir viel, du bedachtest nichts. Nun wird Odin dir seine Gunst entziehen. Die Nornen sind dir feindlich, und ich sehe dein Schwert mit deinem eigenen Blut bespritzt. Komm her zu mir!«

Und er erhob sich in seiner wahren Gestalt zwischen den Feuern, glänzend und machtvoll.

Als Geirrod begriff, dass er den höchsten der Götter acht Tage lang gefoltert hatte, sprang er entsetzt von seinem Hochsitz auf, um Odin wegzureißen von den Feuern. Dabei fiel sein Schwert, das er quer über den Knien gehalten hatte, mit dem Knauf zuerst zu Boden. Geirrod stolperte und stürzte in die aufrecht stehende Klinge, die ihm in die Kehle drang und zum Nacken wieder herauskam.

Odin war verschwunden. Und Geirrods Sohn Agnar wurde König und herrschte lange und friedvoll. So war Agnar der Ältere zwar gerächt und Frigg zufrieden. Aber trotzdem hatte der Arme keine Wahl. Er musste weiter bei den Trollen ausharren.

Nicht nur die großen Gefahren, der Fenriswolf und die Midgardschlange, bedrohten den Bestand der Welten, sondern immer mehr verschlechterten sich die Zustände unter den Menschen. Ihr Tun trieb die Welt ebenfalls an den Abgrund.

Mit großer Sorge sahen die Götter auf Midgard herunter.

Seit es Könige gab, herrschten dort Habgier, Neid und Zwietracht. Das Goldene Zeitalter der Gerechtigkeit, wo alle mit allen alles teilten, war längst vorüber. Der brennende Wunsch, andere zu übertreffen an Reichtum und Macht, beherrschte Fürsten und Könige und edle Freie. Größere Goldschätze, schönere Frauen, schärfere Waffen, schnellere Pferde wollte ein jeder haben. Bei den Gelagen prahlte man unmäßig mit seinem Besitz und warf aus Großmannssucht mehr Essen und Trinken auf den Tisch, als nötig gewesen wäre, außerdem verschenkte man die kostbarsten Dinge, um zu zeigen, dass man sie gering achtete, weil man so viel davon besaß.

Es kam zu Mord und Totschlag aus Besitzgier.

Die Menschen vernachlässigten die heiligen Pflichten gegen Götter und Welt und befolgten nicht mehr die Regeln, die das Miteinander erst möglich machen: einander zu achten und die Eide heiligzuhalten.

Auch das Gebot, den Verstorbenen die Nägel zu schneiden, geriet in Vergessenheit. (Von alters her war das eine geweihte Pflicht gewesen, denn aus den unbeschnittenen Nägeln der Toten wächst Naglfar, das Nagelschiff, mit dem am Ende aller Tage Asgard und Midgard von den Feinden der Welt angegriffen werden.)

Die Zweige von Yggdrasil, der Weltesche, begannen zu verdorren. Immer häufiger hob die Midgardschlange ihr Haupt und ließ die Wasser der Weltmeere weit über die Ufer treten, den Menschen zur Warnung, und immer öfter warfen die Frostriesen gewaltige Felsbrocken auf fruchtbare Felder und ließen Hagelstürme übers Land brausen, und tief unten regten sich die Zwerge und ließen die Erde erbeben, indem sie riesige Höhlen unter Tage zum Einsturz brachten.

Etwas musste geschehen. Das Ende musste aufgehalten werden.

Wieder einmal setzte Odin auf einen Helden, den er führen und leiten wollte – ob es ihm darum ging, die Welt, wie sie war, zu befrieden, oder ob er einzig und allein das Heer seiner toten Krieger in Walhall vermehren wollte, darüber schweigen die Weisen.

Es gab in Dänemark einen König, der wünschte sich schon lange einen Sohn, aber seine Frau war unfruchtbar. Da zog er mit ihr zu der Stadt Uppsala, wo es einen Hain gab, der dem Odin geweiht war, und einen heiligen Eichbaum. Dort opferten sie dem Gott ein edles Ross und baten um Kindersegen, und der Weltenvater gewährte ihnen die Bitte – ob er selbst zu der Frau ging oder nur den Samen des Königs vermehrte, das weiß keiner.

Nach neun Monaten kam ein gesunder Knabe zur Welt, den die Eltern Harald nannten und dem Odin weihten. Später bekam das Paar dann weitere Kinder.

Harald war schön von Angesicht, hatte leuchtende blaue Augen und hellblondes Haar. Seine Eltern starben früh, aber Odin gewährte dem jungen Mann einen mächtigen Zauberschutz, der lautete so: »Kein Eisen kann ihn beißen.«

Das bedeutete, dass Harald unverwundbar war gegen jede Waffe aus Metall. Kein Schwert konnte ihn verletzen, kein Pfeil ihn durchbohren. Messer wurden stumpf in seiner Gegenwart, und Speere prallten an ihm ab. Und so ging er siegessicher inmitten seines Gefolges daher, trug statt eines Panzers einen roten Mantel und statt eines Helms ein goldenes Band, das sein Haar zurückhielt.

Zwar war der König gegen Eisen gefeit, aber das bedeutete nicht, dass Stein oder Holz ihn nicht verletzen konnten. Seinen Beinamen »Kampfzahn« erhielt er, als bei einem Gefecht mit Räubern, die auf Schiffen gekommen waren, ihm ein Gegner mit einem hölzernen Prügel zwei Zähne ausschlug. Aber Odin, der seinen Schützling nicht aus den Augen ließ, bewirkte, dass ihm zwei mächtige Zähne nachwuchsen, wie die Hauer eines Ebers.

Als Harald erwachsen war und seine Herrschaft gefestigt, wurde er ein großer Kriegsherr, ganz im Sinne seines Beschützers Odin.

Da erklärten dem jungen Dänen drei Könige aus Schweden, Brüder, den Krieg, und natürlich wich Harald dem Kampf nicht aus – auch wenn die Übermacht der drei Heere ihn mit Besorgnis erfüllte.

Am Abend vor der Schlacht saß Harald in seinem Zelt und versuchte, den Ausgang der Schlacht zu erforschen, indem er Losstäbe warf.

Da trat ein großer einäugiger Mann in einem blauen Mantel in sein Zelt hinein, ohne dass die Wachen ihn bemerkt hatten.

»Heil und Glück für die Schlacht, Harald!«, sagte er. »Wenn du meinem Rat folgst, wirst du morgen gegen die Übermacht der Schweden gewinnen.«

Harald sagte nichts, denn ihm war klar, wer da in sein Zelt gekommen war.

Und Odin lehrte ihn, seine Kämpfer in drei Keilen nebeneinander aufzustellen, als seien sie drei Eber, bereit zum Angriff, der mittlere etwas stärker als die beiden an den Seiten.

Mit dieser Schlachtordnung war Harald am nächsten Morgen in der Lage, zwei der Schwedenkönige zu besiegen.

Gegen den dritten aber kam er nicht an, und als er merkte, dass er gegen diesen nicht siegreich sein würde, beschloss er, sich mit ihm zu verbünden, und machte ihn zu seinem Blutsbruder. Darüber hinaus gab er ihm seine Schwester zur Frau. Die beiden vereinten ihre Heere und schufen so die mächtigste Streitmacht des Nordens von Midgard. Der Ruhm von Harald Kampfzahns Armee verbreitete sich überallhin. Aus der ganzen Welt kamen wagemutige Krieger, die sich ihm anschließen und Waffenruhm erwerben wollten. Auch viele Schildmädchen und Kriegerfürstinnen stießen zu Haralds Heer, teils als Kämpferinnen, teils als Führerinnen einer Truppe. Viele Frauen, die nicht bereit waren, nur am Herd zu hocken und die Kinder zu wickeln, wählten damals das Waffenhandwerk und taten sich auf dem Schlachtfeld hervor, ebenbürtig neben den Männern.

Um in Haralds Armee aufgenommen zu werden, musste man strenge Bedingungen erfüllen. Niemand durfte bei Gefahr jammern oder klagen, sah jemand einen Hieb kommen und blinzelte nur mit den Augen, wurde er aus dem Heer ausgestoßen, und Verwundete mussten ihren Schmerz verbeißen und durften sich erst einen Tag später verbinden lassen.

Mit seinem schlagkräftigen Heer zog Harald Kampfzahn nun von Dänemark aus in die Welt und bezwang viele Völker. Er besiegte die Stämme, die entlang des Rheins wohnten, dann setzte er nach Britannien über, und schließlich wandte er sich noch gegen die Völker im Osten. Allen Niedergeworfenen legte er Tribut auf und schloss dann Frieden mit ihnen, und diejenigen unter den feindlichen Anführern, die besonders tapfer kämpften, suchte er nicht zu töten, sondern nahm sie gefangen und mühte sich, sie zu seinen Freunden und Verbündeten zu machen.

Und nachdem er auf diese Weise ein großes Reich geschaffen und sich Respekt bei den Nachbarn verschafft hatte, regierte Harald fünfzig Jahre in Ruhe und Wohlstand. Sein starkes Heer und seine mächtige Flotte waren der Garant für den Frieden. Dänemark blühte auf. Reich waren die Ernten der Bauern, Handelsschiffe verkehrten auf den Meeren, und man erbaute den Göttern prachtvolle Altäre und opferte ihnen das beste Vieh.

Harald Kampfzahns Ende

So hatte Odin mit seinem Helden für Frieden und Ordnung in Midgard gesorgt. Nun aber wollte er, dass Harald bald sein stolzes Walhall schmücken sollte, und wartete auf dessen Ende in einer Schlacht. Nach fünfzig Jahren war es Odin satt, auf seinen Helden zu warten, der inzwischen alt und gebrechlich geworden war. Der Göttervater fürchtete, dass Harald vielleicht gar den »Strohtod« im Bett sterben würde. Dann wäre er für Walhall verloren und müsste ins Reich der Hel wandern. Darum beschloss der oberste Ase, einen Krieg anzuzetteln. Dann würde er bald nicht nur Harald bei sich haben, sondern seine Halle würde sich mit vielen »frischen« Kriegern füllen.

Als Nachfolger des Schwagers von Harald, der bereits nicht mehr am Leben war, herrschte in Schweden jetzt dessen Sohn, König Ring. Ring und Harald waren gute Freunde. Wenn es sich um die Übermittlung von geheimen Botschaften und Staatsgeschäften zwischen ihnen handelte, schickte Harald jedes Mal einen seiner vertrauten Ratgeber aus, der hieß Bruno.

Eines Tages jedoch ertrank Bruno auf einer dieser Reisen bei der Überquerung eines reißenden Flusses. Nun nahm Odin Brunos Gestalt an und begann sofort, die Freundschaft zwischen den beiden Königen zu hintertreiben, indem er Botschaften fälschte und angeblich missgünstige Äußerungen des einen über den anderen weitertrug. So untergrub er langsam die guten Beziehungen der beiden und brachte es schließlich dahin, dass aus den beiden Herrschern unversöhnliche Feinde wurden. Alles drängte zu einem Krieg.

Da aber beide eine wirklich gewaltige Schlacht liefern wollten, rüsteten sie ihre Heere sieben Jahre lang. In ganz Midgard wurde indessen bekannt, dass bald eine große Auseinandersetzung bevorstand, und wie nicht anders zu erwarten, strebten die berühmtesten Helden der Zeit danach, auf der einen oder der anderen Seite mitzufechten, um ihre Kampfkunst vorzuführen und ewigen Ruhm zu gewinnen. Von überall strömten sie herbei; auch ganze fremdländische Heere schlossen sich der einen oder der anderen Seite im Vorfeld der Schlacht an.

Als die Vorbereitungen endlich abgeschlossen waren, rückten die Kämpfer ins Feld. König Rings Späher berichteten, dass das Meer von den dänischen Schiffen wimmle, Bord an Bord, sodass man wie auf einer Brücke hinübergehen könne und die großen weiß schimmernden Segel den Himmel verdeckten. Harald hingegen wurde berichtet: Wenn das Heer der Schweden sich in Bewegung setzt, so ist seine Spitze bei aufgehender Sonne zu sehen und die Nachhut bei Sonnenuntergang.

Nach altem Brauch schickte Harald Boten aus, die mit dem Gegner das Kampffeld festlegen sollten. Man einigte sich auf die weite Ebene Bravall in Ostgötland und steckte dort das Gebiet der Schlacht mit Haselstecken ab. Dann nahmen die Geschwader Aufstellung. Drei der ausländischen Heere, die für Harald in die Schlacht zogen, wurden von Kriegerfürstinnen geführt. Aber auch zu Rings Streitern zählten gewaltige Helden, darunter der greise Starkad, der Begünstigte Odins. Ungeduldig drängten die Männer zum Kampf, und nur mit Mühe konnte König Ring sie so lange zügeln, bis der Gegner in Position gegangen war.

Wegen seines hohen Alters und seiner Gebrechlichkeit konnte Harald die Schlacht selbst nicht mehr leiten. Er begleitete also sein Heer in einem Wagen und überließ die Formation seiner Kämpfer dann Bruno – der in Wahrheit Odin war.

Als alles bereit war, richtete sich Harald in seinem Wagen auf und reizte seine Krieger zum Streit. Er klagte seinen Neffen, König Ring, der Falschheit und Undankbarkeit an und rief den Kämpfern zu: »Duldet nicht, dass man mir das Reich entreißt, das ich mir in meiner Jugend so ruhmvoll erstritten habe!«

Ring jedoch rechnete fest mit einem Sieg, da sein Oheim nicht mehr in der Lage war, selbst die Schlacht zu leiten.

Beide wussten ja nicht, dass der oberste der Götter selbst durch seine Intrigen sie ins Verderben treiben wollte.

Dann wurden die Kriegshörner geblasen, das Feldgeschrei ertönte, und die Kämpfer und Kämpferinnen stürzten sich in den Streit.

Ein Ringen der Tapfersten ihrer Zeit begann. Die Lanzen flogen so dicht, dass sie den Himmel einer Wolke gleich verdunkelten, Schwerter klirrten gegeneinander, der Boden dröhnte unter den Hufen der Feinde und den Tritten der Kämpfenden, krachend barsten Panzer und Helme.

Die Krieger brüllten, rasten, tobten, schrien in unmenschlicher Berserkerwut.

Bald zog der Blutdunst aus den Wunden wie ein Nebel zum Himmel auf, die Bäche färbten sich blutrot, die Bäume erbebten, als zöge ein Ungewitter über das Land.

Hart bedrängten die Helden aus Haralds Heer die Schweden, aber als König Ring seine Bogenschützen einsetzte, schien sich das Blatt zu wenden, denn deren Eisenpfeile durchschlugen Brünne und Helm der Dänen, als seien sie aus dünner Eierschale gefertigt.

Als Harald hörte, dass seine Reihen ins Wanken gerieten, ergriff er wie früher zwei kurze Schwerter, um sich von seinem Wagen aus ins Kampfgewühl zu stürzen, obwohl sein Augenlicht fast geschwunden war. Den Wagen lenkte Bruno.

Auf diese Weise erlegte der alte König noch viele Feinde.

Als er den Wagenlenker Bruno nun fragte, in welcher Formation König Ring denn sein Heer aufgestellt hätte, sagte der lächelnd: »In Eberstellung, so wie das deine!«

Harald erschrak zutiefst. Odin selbst hatte ihn ja diese Aufstellung gelehrt, und sie war bisher sein tiefstes Geheimnis geblieben.

»Wer mag Ring denn wohl diese Aufstellung gelehrt haben?«, fragte er mit zitternder Stimme.

Bruno aber schwieg.

Da begann Harald zu ahnen, dass nicht wirklich Bruno an seiner Seite war. Dass der Gott, der ihn bisher beschützt hatte, nun sein Verderben wollte, indem er auch dem Gegner diese Kampfweise verraten hatte. Er verzichtete darauf, ihn um den Sieg zu bitten, und rief nur: »Ich weihe alle auf diesem Feld gefallenen Krieger Odin!«

Dann wollte er sich aufs Neue in den Kampf stürzen. Aber der Ase, der es überdrüssig war, seinen Geweihten so lange zu vermissen, ergriff dessen eigene hölzerne Streitkeule, warf ihn aus dem Wagen und erschlug ihn damit, da Eisen ja Harald Kampfzahn nichts anhaben konnte. So fiel der Held durch Odins eigene Hand! »Bruno« jedoch verschwand für immer.

Es dauerte, bis die Kunde zu König Ring drang, dass Harald Kampfzahn gefallen war. Doch als er es vernahm, befahl er sofort den Abbruch der Schlacht. Man beendete das Blutvergießen. Auf jeder Seite waren viele Tausend Kämpfer gefallen.

Einen halben Tag dauerte es, bis man die Leiche des großen Königs unter Bergen von Toten gefunden hatte.

Sein Neffe Ring ließ einen mächtigen Scheiterhaufen errichten, und auf dem Streitwagen, mit dem Harald in die Schlacht gezogen war, wurde er zu seiner letzten Ruhestätte gebracht; Ring opferte sein eigenes Streitross, das er davorspannen und dann töten ließ. Er bat die Dänen, das prächtige Flaggschiff Haralds mit zum Brandopfer zu tragen, und forderte die Kämpfer beider Heere auf, Waffen, goldene Ringe und Spangen und andere Kleinodien ebenfalls auf den Holzstoß zu werfen, um den großen Toten zu ehren.

»Nun zieh ein in Walhall!«, rief er dann und stieß mit eigener Hand die Fackel in die Holzscheite.

Bis zum Himmel loderte die Flamme, und der Brand erlosch erst nach zwei Tagen. Dann ließ Ring einen mächtigen Grabhügel über der Brandstätte errichten und ehrte den Mann, den er zuerst als seinen Freund angesehen hatte, den dann aber ein Gott zu seinem Feind gemacht hatte, mit einem großen Leichenschmaus.

Odins Heerschar in Walhall aber wuchs an.

GESCHICHTEN VON THOR

Thor holt seinen gestohlenen Hammer zurück

Genau wie Odin machte sich Thor Sorgen um den Bestand der Welt. Er erschlug nicht nur Trolle und kämpfte gegen Eisriesen, sondern er versuchte auch, mit einigen weniger angriffslustigen (und also weisen) Riesen Freundschaft zu halten. Da gab es den Riesenkönig Thrym, der besonders bedeutend war in Riesenheim. Ihn und sein Gefolge bat der Donnergott eines Tages in seine Halle zu einem Gelage.

Odin und Heimdall waren der Einladung nicht gefolgt, sie misstrauten Thrym und warnten vor seiner Tücke. Aber viele andere Asen waren in Thors schimmernde Wohnung gekommen, um zu feiern. Balder war dabei, der Gott, der immer für das friedliche Miteinander der Welten und für den Ausgleich war, und an seiner Seite saß der blinde Höd. Einige Göttinnen waren ebenfalls erschienen und schenkten den Zechenden ein (darunter auch Freyja, die Thrym mit besonders gierigen Blicken betrachtete) – auch sie wollten zum guten Einvernehmen zwischen Göttern und Riesen beitragen. Loki beobachtete scharfäugig die Gäste. Und doch sollte ihm etwas Wichtiges entgehen …

Es wurde ein rauschendes Fest. Thors Wohnung hieß Kraftheim und hatte fünfhundertvierzig Räume, und sein

Saal, »der von Licht Blitzende« – er war erhellt wie von Gewittern und strahlte, dass es die Augen blendete. Thors Diener Thjalfi und das Gesinde schleppten unermüdlich Bier und Met herbei, und die Gäste zechten mit den Göttern zusammen fröhlich die halbe Nacht hindurch. Schließlich verabschiedete sich Thrym und zog mit seinen Leuten lärmend und singend nach Haus.

Als Thor am nächsten Morgen erwachte, war sein erster Griff, wie immer, der nach seinem Hammer Mjöllnir, der stets in Reichweite neben seinem Bett liegen musste. Aber da war nichts. Der Platz war leer.

Mit zorngesträubtem Bart fuhr der Donnergott von seinem Lager auf und durchsuchte noch einmal seinen halben Palast. Aber Mjöllnir war und blieb verschwunden. Ihm dämmerte Schreckliches. Bestimmt hatte einer der Riesen oder gar Thrym selbst seine Trunkenheit ausgenutzt und den Hammer entwendet. Was für ein Unheil! Mit dieser unfehlbaren Waffe waren die Riesen den Göttern haushoch überlegen.

Thor getraute sich gar nicht, Odin oder Heimdall davon zu erzählen. Die hatten ihn ja vor diesem Riesenfest gewarnt! Sicher würden sie ihm nun bittere Vorwürfe machen.

In seiner Not ging Thor zu Loki und vertraute ihm an: »Mein Hammer ist weg. Bestimmt haben ihn die Riesen gestohlen.«

Der wendige Loki sagte: »Ich will versuchen herauszubekommen, wo Mjöllnir ist. Komm, wir gehen zu Freyja, sie hat doch ein Federkleid. Wenn ich das anziehe, komme ich schnell und unbehelligt zu Thrym. Hoffentlich borgt sie es mir.«

So suchten sie die Göttin der Liebe auf und trugen ihre Bitte vor.

Freyja lächelte und sagte: »Ich würde es dir auch geben, selbst wenn es von Silber oder Gold wäre«, denn sie war immer gern bereit zu helfen.

Loki schlüpfte in das Federkleid und verwandelte sich in einen Falken. Er stieg auf und flog dahin, das Federgewand rauschte. Er verließ Asgard und flog über Land und Meer, überquerte Midgard und kam schließlich nach Riesenheim.

Dort kreiste er über einer Reihe von Höfen, und schließlich fand er Thrym auf einem Hügel sitzend und goldene Halsbänder für seine Hunde flechtend.

Der Riesenkönig sah auf und erkannte, dass da kein gewöhnlicher Falke über ihm kreiste.

Spöttisch sagte er: »Was gibt es Neues bei den Asen? Warum kommst du einsam und allein angeflogen?«

»Bei den Asen steht es gerade nicht gut«, sagte Loki. »Thor wurde sein Hammer geraubt. Weißt du vielleicht, wo er sein könnte?«

Thrym nahm sich Zeit mit der Antwort. Er ging zu seinen Pferden und begann, ihnen die Mähnen zu strählen, und Loki drehte in der Luft seine Runden über ihm.

Schließlich sagte der Riese: »Ja, du bist an der richtigen Stelle. Ich war's, ich habe Thors Hammer genommen und ihn gut verborgen, acht Klafter tief unter der Erde. Und wenn ihr ihn wiederhaben wollt, dann müsst ihr mir Freyja zur Frau geben.«

Damit wandte er dem Falken den Rücken, und dem blieb nichts übrig, als diese Nachricht zu überbringen.

Mit rauschendem Federkleid flog Loki also zurück nach Asgard.

Thor stand schon ungeduldig vor der Tür seiner Wohnung und rief dem Falken zu: »Hast du etwas erreichen können? Berichte mir gleich aus der Luft. Wenn man sitzt, vergisst man das Gehörte, und wenn man liegt, kommt man ins Lügen.«

Da rief Loki mit schlagenden Flügeln: »Thrym hat den Hammer gestohlen und begehrt als Lösegeld Freyja zur Frau!«

Und er landete.

Thor begab sich sogleich zu der Göttin, und wie es seine Art war, fiel er mit der Tür ins Haus und sagte ohne Umschweife: »Freyja, du musst das Brautlinnen anlegen. Wir beide fahren nach Riesenheim. Du wirst Thryms Frau, dafür bekomme ich meinen Hammer zurück.«

Freyja war außer sich. Sie fauchte wie eine Katze, und vor Wut zerriss sie ihren kostbaren Halsschmuck. Mit funkelnden Augen rief sie: »Du musst mich ja wohl für mannstoll halten oder für dumm, wenn du annimmst, dass ich mit dir nach Riesenheim reise!« (Thrym war ja nicht der erste Mann, der ein Auge auf die schöne Göttin geworfen hatte. Warum sollte sie ausgerechnet einen ungeschlachten Riesen nehmen?)

Von ihrem Geschrei erbebte die Halle, und die anderen Asen und Asinnen kamen herbei. Nun erst erfuhren sie, was geschehen war. Das war wirklich eine ernste Bedrohung – Mjöllnir in der Hand der Riesen! Aber es stand fest, das man Freyja nicht opfern konnte.

Guter Rat war teuer. Schließlich machte Heimdall, der klügste der Asen, einen Vorschlag: »Thor selbst muss die Braut spielen! Wir stecken ihn in Weiberkleider, ein klirrendes Schlüsselbund am Gürtel, legen ihm Schleier und Kopfputz an, schmücken ihn mit Freyjas Halsband – und auf geht's nach Riesenheim.«

»Was!«, schrie Thor, und sein roter Bart sträubte sich vor Zorn. »Ich soll Frauenkleider tragen? Alle Asen würden mich auslachen, von den Riesen einmal ganz zu schweigen!«

Aber Loki ermahnte ihn: »Schweig lieber, Thor, und folge Heimdalls Rat! Wenn du den Hammer nicht zurückholst, werden die Riesen bald in Asgard sitzen und in deiner Halle weiterfeiern! Ich will dir zur Seite stehen und als deine Dienerin mitgehen. Für mich ist das ein Spaß.«

Grollend ließ sich Thor schließlich verkleiden. Sie legten ihm ein Leinengewand an, das die Knie umspielte, das Schlüsselbund klirrte an seinem Gürtel, wie es bei einer ehrbaren jungen Frau üblich ist, und Freyjas Halsschmuck zierte seine Brust. Dann verbargen sie sein Haar unter einem hohen Kopfputz und verhüllten den Bart mit dem Schleier.

Loki zog die Kleider einer Dienerin an, und dann spannte man die Böcke vor den Wagen. Donnernd fuhren die beiden davon nach Riesenheim, Felsen brachen, Funken stoben, als Odins Sohn dahinfuhr. Das Gespann jagte durch die Lüfte.

Den Lärm vernahm Thrym. »Auf, ihr Riesen!«, rief er. »Betreut die Bänke mit Blumen zum Empfang der Braut! Ich kann mich glücklich schätzen. Viele Kostbarkeiten habe ich schon, Schmuck und Ringe und sogar schwarze Rinder mit goldenen Hörnern. Nur Freyja hat mir noch gefehlt, die Schönste der Schönen.«

Die Riesen richteten das Hochzeitsmahl und empfingen die Braut.

»Wie stattlich und groß ist Freyja doch!«, riefen sie. »Wirklich unseres Königs würdig.«

Thor saß da in seinen Brautgewändern und presste vor Wut die Lippen aufeinander. Lieber sagte er nichts, um sich nicht zu verraten.

Als das Festmahl beim Schein von ein paar flackernden Feuern in der Halle begann, trank er drei Kufen Met und aß dazu einen ganzen Ochsen und acht Lachse, aber verschmähte das süße Gebäck, das für die Frauen bestimmt war.

Thrym sagte erstaunt: »Wer hat jemals eine Braut so zubeißen und schlingen gesehen? Wer hat jemals erlebt, dass ein Mädchen derartig säuft?«

Da huschte die gewitzte »Dienerin« an »Freyjas« Seite und erklärte mit lieblicher Stimme: »Freyja hat acht Tage und Nächte weder Speise noch Trank zu sich genommen, so sehr hat sie sich nach König Thrym gesehnt!«

Mit der Erklärung gab sich Thrym zufrieden. Aber nun wollte er unbedingt seine Braut küssen. Er lüftete den Schleier etwas und fuhr zurück vor Schreck. »Wie glühen Freyjas Augen! Ihr Blick versengt mich ja förmlich!«

Wieder wusste die flinke Dienerin eine Antwort: »Acht Nächte hat Freyja nicht geschlafen aus Sehnsucht nach Riesenheim!«

Den Gefolgsleuten des Riesenkönigs kam das alles merkwürdig vor. Sie warnten Thrym hinter vorgehaltenen Schilden. Aber der war so in Liebesglut entbrannt, dass er nichts hören wollte. Er wollte nur sobald als möglich mit der Göttin ins Brautlager.

Laut rief er: »Nun holt Mjöllnir herbei, damit wir ihn der Braut in den Schoß legen, denn auf diese Weise wird die Ehe geweiht, wie es Brauch ist.«

Sein Gefolge zögerte, aber als Thrym wütend den Befehl wiederholte, mussten sich acht Männer abmühen, den Hammer herbeizuschleppen, denn der viele Met hatte sie ziemlich geschwächt. Thrym legte ihn der Braut in den Schoß.

Thor lachte das Herz im Leibe, als er seinen Hammer wiederhatte. Er umklammerte den Stiel mit der Rechten und schwang ihn über seinem Haupt, und mit der anderen Hand riss er sich Kopfputz und Schleier ab. Sein roter Bart wehte durch die Halle wie die Flamme des Blitzes.

Die Riesen schrien auf und versuchten zu fliehen, aber Loki versperrte das Tor.

Als Ersten erschlug der Donnergott den Riesenkönig Thrym. Und schließlich tötete er alle, die im Saal waren, Thryms ganze Sippe und sein Gefolge und das Gesinde.

Thor hatte alle besiegt – aber durch diese blutige »Hochzeit« wurde der Hass der Riesen gegen die Götter noch größer.

Thor besucht einen Riesenkönig

Thor begab sich mit Loki und seinem Diener Thjalfi auf die Reise in Richtung Osten.

Er wollte sich einmal wieder mit den Riesen messen. Ein bestimmtes Ziel hatte er nicht – irgendein Feind würde ihm schon über den Weg laufen.

Nachdem sie schon fast einen Mondumlauf lang gereist waren, führte sie ihr Weg am Hof von Thjalfis Vater vorbei, wo sie Nachtquartier nahmen. Dabei fiel ihnen die Geschichte ein, wie sie – Thor und Loki – dort das erste Mal Gastfreundschaft genossen hatten.

Der Bauer, seine Frau und ihr junger Sohn Thjalfi hatten die beiden mit aller Ehrerbietung empfangen, aber sie hatten kein Fleisch im Haus für das Abendessen.

»Da kann ich Abhilfe schaffen!«, sagte der Donnergott. Er schlachtete die beiden Böcke seines Gespanns, häutete sie ab und warf die Fleischstücke in den Kessel. Nach der üppigen Mahlzeit breitete Thor die Häute der Tiere neben dem Feuer aus und wies den Bauern an, die Knochen alle fein säuberlich daraufzuwerfen. Er betonte, dass die Knochen heil bleiben mussten. Dann gingen alle schlafen.

Am nächsten Morgen stand Thor als Erster auf, nahm gleich seinen Hammer und weihte damit die Bocksfelle. Sogleich erhoben sich die beiden Tiere lebendig, aber es war nur eines von ihnen gesund. Das andere hatte ein lahmes Hinterbein.

Thor untersuchte das Tier und stellte fest, dass der Knochen gesplittert war.

In seinem Zorn brüllte er das ganze Haus wach. »Habe ich nicht gesagt, die Knochen dürfen nicht beschädigt werden?«, schrie er. »Da seht ihr, was ihr angerichtet habt! Wer von euch hat das getan?«

Die Bauernfamilie zitterte vor Angst, denn der Gott hatte seine buschigen Brauen zusammengezogen, und seine Hand umklammerte den Schaft Mjöllnirs.

»Heraus mit der Sprache!«, brüllte der Ase. »Sonst vernichte ich euch alle!«

Da trat der junge Thjalfi mutig vor und sagte: »Verschone meine Familie, großer Donnerer! Ich war's. In meiner Gier nach dem leckeren Mark habe ich heimlich den Knochen mit dem Messer gespalten! Bestrafe mich allein!«

Sein Vater aber bot Haus und Hof und seinen ganzen Besitz als Entschädigung an.

Aber so aufbrausend er war, so schnell war Thor auch wieder besänftigt.

»Der Junge gefällt mir!«, sagte er schmunzelnd. »Wenn du ihn mir als Diener geben willst, so soll der ganze Vorfall vergeben und vergessen sein.«

So wurde Thjalfi Thors menschlicher Begleiter.

Bei diesem Besuch nun war es nicht nötig, die Böcke zu schlachten, denn Thjalfis Eltern hatten für den Besuch alles bestens vorbereitet, und es lag reichlich Fleisch im Kessel.

Sie aßen und tranken mit großem Appetit und verbrachten eine ruhige Nacht. Am nächsten Tag ließ Thor sein Bocksgespann auf dem Hof zurück, und die letzte Strecke gingen die drei Reisenden zu Fuß weiter, um den Riesen nicht sofort aufzufallen.

Ohne den Wagen war es ein langer und beschwerlicher Weg bis nach Utgard, dem Riesenheim. Sie fuhren mit dem Boot über einen See, schwammen durch einen Sund und wanderten durch einen undurchdringlichen Wald, einen ganzen Tag lang. Thjalfi trug den Proviant, aber daran war nicht viel zu schleppen, denn sie hatten das meiste schon zu Beginn ihrer Wanderung aufgezehrt.

Langsam wurde es dunkel, und sie sahen sich nach einem Nachtlager um. Da stießen sie mitten im Wald auf eine weite Halle, deren Umrisse in der Dunkelheit merkwürdig aussahen, denn der Eingang klaffte ohne Tür. Die drei müden Wanderer überlegten nicht lange, sie gingen hinein, um zu schlafen.

Gegen Mitternacht schreckten sie von einem Erdbeben auf. Der Boden unter ihren Füßen schwankte und wankte, die Halle wackelte, und ein entsetzliches Geräusch erfüllte die Luft. Erschrocken suchten die drei nach einem sicheren Ort. Es gab neben der Halle noch einen kleineren Raum, in den krochen Loki und Thjalfi, Thor aber setzte sich davor und wartete auf den Morgen. Von draußen vor der Halle rauschte und wehte es nun wie ein gewaltiger, an- und abschwellender Sturm, aber sonst geschah nichts.

Als es hell wurde, erhob sich Thor von seinem Platz, wo er gewacht hatte, schritt durch die Halle und trat hinaus, um nach dem Rechten zu sehen.

Da fand er unweit ihrer Unterkunft einen Mann von gewaltiger Größe, der schlief und schnarchte, dass die Stämme der Bäume zitterten. Thor begriff, dass dieses Schnarchen das »Erdbeben« gewesen war. Wütend wollte er dem Störer eins mit dem Hammer versetzen, da wachte der Riese auf und erhob sich. Und als Thor sah, wie groß der wirklich war, da versteckte er den Arm mit Mjöllnir schnell hinter seinem Rücken, denn mit diesem Kerl sollte man sich vielleicht lieber im Guten einigen. So bot er ihm einen Guten Morgen und fragte nach seinem Namen.

»Ich heiße Skrymir«, sagte der Riese. »Dich brauche ich nicht nach deinem Namen zu fragen. Du bist Thor, der Ase. Aber hast du vielleicht meinen Fausthandschuh gesehen? Ich habe ihn gestern im Dunkeln verloren. Ach, da ist er ja!«

Da begriff Thor: Sie hatten die Nacht im Fäustling dieses Unholds verbracht und waren dann in den »kleineren Raum« – in den Daumen geflüchtet!

Als Skrymir den Vorschlag machte, sich ihnen als Reisegefährte anzuschließen, wagte keiner der drei zu widersprechen.

»Das Beste dürfte doch sein, wir legen unseren Proviant zusammen!«, meinte er, und da Thor sah, was für einen prall gefüllten Reisesack der Riese hatte, stimmte er zu, denn er hoffte, sie würden dann alles teilen.

So schnürte Skrymir alle Vorräte, auch die Reste der drei, in ein großes Bündel und nahm es auf den Rücken.

Dann ging es weiter durch den Wald, Skrymir immer voran mit seinen riesigen Schritten. Die drei Weggefährten gaben sich große Mühe mitzuhalten. Thjalfi war zwar als schnellster Läufer bekannt, aber irgendwann geriet er ins

Schwitzen. Thor und Loki hielten Schritt, aber Hunger und Durst plagten sie mächtig.

Skrymir machte keinerlei Anstalt, eine Pause einzulegen, und um sich keine Blöße zu geben, baten die anderen nicht darum.

Als es dunkelte, sagte der Riese: »Nun bin ich müde. Ich werde mich gleich schlafen legen. Nehmt ihr den Proviant, und esst und trinkt nach Herzenslust.«

Damit streckte er sich unter einer Eiche aus und fing sofort an zu schnarchen, dass dem Baum die Blätter abfielen.

Die drei machten sich gierig über das Bündel mit den Lebensmitteln her. Aber sosehr sie sich auch abmühten, es gelang ihnen nicht, die Riemen des Vorratssacks zu lösen.

Wütend sagte Thor: »Dieser Riese hält uns zum Besten! Es war seine Absicht, uns auch noch das wenige fortzunehmen, was wir hatten. Dem werde ich es heimzahlen!«

Er trat an Skrymir heran und schlug ihm mit beiden Händen den Hammer auf den Kopf.

Skrymir öffnete die Augen, blinzelte und sagte: »Ich glaube, eben ist mir ein Eichenblatt auf die Stirn gefallen. Und ihr? Warum schlaft ihr noch nicht? Habt ihr euch satt gegessen und getrunken?«

»Ja, ja«, stotterte Thor ertappt. »Wir bereiten uns gerade zur Nachtruhe vor!«

Thor und seine Gefährten legten sich nun unter einer Buche zur Ruhe, aber vor Hunger und Durst konnten sie nicht einschlafen, und schon gar nicht, als der ganze Wald wieder von Skrymirs Schnarchen erzitterte.

Da hielt es Thor nicht mehr aus. »Jetzt reicht es. Jetzt

werde ich dem Unverschämten zeigen, was passiert, wenn man den Donnergott foppt oder stört!«

Er holte weit aus und schlug dem Schnarcher mit seinem Mjöllnir einen mächtigen Schlag auf den Schädel, und der Hammer drang mit der Spitze in dessen Kopf ein.

Skrymir öffnete die Augen und sagte: »Ich glaube, mir ist eine Eichel auf den Kopf gefallen. Thor, was machst du hier?«

»Ach«, erwiderte der, »ich musste mich nur mal erleichtern. Es ist erst Mitternacht, wir können noch lange schlafen.«

Skrymir tat das sofort. Jetzt schnarchte er so laut, dass der Boden bebte wie die Nacht zuvor und die Vögel in ihren Nestern erwachten und aufgescheucht davonflogen.

Thor dachte: »Jetzt ist der richtige Augenblick gekommen! Jetzt schlage ich noch einmal zu.«

Er wappnete sich mit seiner ganzen Asenkraft, trat dicht an Skrymir heran und jagte ihm Mjöllnir in die Schläfe, und der Hammer drang bis zum Schaft ein.

Wieder wachte der Riese auf, setzt sich hoch und sagte: »Ich glaube, ein Vogel hat mir auf den Kopf gekackt. Thor, du bist schon wach? Dann sag deinen Begleitern Bescheid, dass sie sich rüsten. Es ist nicht mehr weit bis zur Burg eines Riesenkönigs, der sich Utgardloki nennt. Wenn ihr den besuchen wollt, so gebe ich euch einen guten Rat: Ich habe euch sagen hören, ich wäre nicht eben klein. Aber die Männer, die bei Utgardloki sitzen, die sind noch ein bisschen größer als ich. Und nehmt nicht den Mund zu voll, denn diese Burschen können Prahlhänse überhaupt nicht leiden. Vielleicht wäre es besser für euch, umzukehren oder woanders hinzugehen. Aber das müsst ihr selbst am besten wissen. Ich jedenfalls wandere jetzt nach Norden. Ihr müsst euch weiter nach Osten wenden.«

Und ohne die begehrlichen Blicke der drei zu beachten, warf er sich den Vorratssack über die Schulter und entschwand mit langen Schritten.

»Diesen Kerl wiederzusehen, habe ich nicht die geringste Lust!«, knurrte Thor.

Nun wanderten sie weiter, bis es Mittag wurde. Dann sahen sie auf dem freien Feld eine Burg, die war so hoch gebaut, dass sie den Kopf in den Nacken legen mussten, um darüberzuschauen.

Das Burgtor war mit einem Gitter verschlossen, und niemand kam auf ihr Klopfen und Rufen. Schließlich drückten sie sich zwischen den Gitterstäben hindurch, und Thor konnte von Glück sagen, dass er so lange nichts gegessen hatte, sonst wäre er bestimmt stecken geblieben.

Sie überquerten den Hof und kamen zu einer großen Halle, deren Türen offen standen. Da saßen auf Bänken längsseits Männer, die waren tatsächlich noch größer als Skrymir, und in der Mitte war der Hochsitz für ihren König Utgardloki.

Die drei Gefährten schritten über die Schwelle. Dann blieben sie stehen und warteten.

König Utgardloki nahm sich Zeit, bis er zu ihnen blickte. Dann bleckte er spöttisch die Zähne und sagte: »Selten hört man aus der weiten Welt etwas Wahres berichten. Reisende haben mir erzählt, dass Thor, der Ase, so ein gewaltiger Gott sein soll. Aber nun stehst du vor mir und bist ein kleiner Bursche. Nun ja, es kann ja sein, dass mehr in dir steckt, als es aussieht. Und deine Gefährten, was haben die vorzuweisen? Hier ist nämlich keiner willkommen, der nicht eine Sache besser beherrscht als alle anderen.«

Während Thor noch nach Luft schnappte und wütend an seinem roten Bart kaute, nutzte der schnelle Loki die Gelegenheit und trat vor. Er hielt es vor Hunger nicht mehr aus und sagte: »Ich bin sicher, keiner hier im Saal kann schneller essen als ich!«

»Das lässt sich hören!«, sagte der Riesenkönig. »Da werde ich sofort jemanden bestimmen, der gegen dich antritt!« Und er winkte einen Burschen von der hinteren Tür herbei.

Man brachte einen Trog, stellte ihn in die Mitte des Raums und füllte ihn mit Fleisch. Loki griff an dem einen Ende zum ersten Brocken und sein Gegner an dem anderen, und Stück für Stück schlangen sie alles hinunter. Sie kamen beide gleichzeitig in der Mitte an, aber während Loki das Fleisch von den Knochen genagt hatte, verzehrte der andere nicht nur die Knochen, sondern fraß auch seine Hälfte des Troges mit.

»Nun«, sagte Utgardloki hämisch, »hier liegt ja wohl auf der Hand, wer verloren hat.« Dann zeigte er auf Thjalfi. »Und welche Kunst versteht dieser junge Mann hier?«, fragte er lauernd.

»Ich will mit jedem um die Wette laufen, den der König bestimmt!«, sagte der.

»Das ist eine gute Kunst, und zur Meisterschaft darin gelangt man nur durch sehr viel Übung«, sagte Utgardloki. »Dann wollen wir doch gleich einmal hinausgehen und uns ansehen, was du Läufer so kannst!«

Nicht weit von dem Hof war ein großes abgeerntetes Feld, das gab eine gute Rennbahn. Der König winkte einen von seinen Männern herbei und bestimmte, dass es drei Läufe geben sollte.

Dann begann das erste Rennen. Thjalfi gab sein Bestes, doch der Gegner war ihm bei diesem Lauf so viel voraus, dass er ihn bereits im Ziel erwartete.

»Gut gerannt!«, sagte Utgardloki freundlich zu dem jungen Mann. »Du musst allerdings deine Beine noch ein bisschen rascher bewegen. Aber wenn du auch den ersten Lauf verloren hast, ich gebe zu, dass ich noch keinen Gast gehabt habe, der so schnell war wie du.«

Sie setzten zum zweiten Lauf an, und als der Gegner bereits das Ziel erreicht hatte, war Thjalfi noch eine ganze Pfeilschusslänge zurück.

Utgardloki lächelte. »Du warst wieder recht gut, aber nun kommt der dritte Durchgang, und der entscheidet. Also los!«

Thjalfi rannte wie noch nie. Aber er war erst über die Hälfte der Strecke gekommen, da war der Gegner schon im Ziel.

Thor kochte innerlich vor Zorn, dass seine Freunde so schlecht abgeschnitten hatten. Nun war er an der Reihe. Und als der König ihn fragte, worin er der Beste sei, sagte er: »Keiner leert ein Trinkhorn so schnell wie ich!«, denn es plagte ihn brennender Durst.

»Das werden wir sehen!«, sagte Utgardloki. »Ich werde dir ein Trinkhorn besorgen, wie es meine Männer auch immer leeren.« Er ließ durch seinen Mundschenk ein langes Horn bringen und sagte: »Wer dies Horn auf einen Zug austrinkt, ohne Luft zu holen, der ist wirklich ein guter Trinker. Die meisten brauchen mindestens zwei Ansätze, und in drei Zügen schaffen es eigentlich alle.«

Thor sah sich das Horn an – so groß war es eigentlich gar nicht! Und er hatte einen ungeheuren Durst.

Er fing an zu trinken mit gewaltigen Schlucken, und als er keine Luft mehr kriegte, setzte er ab und sah hinein und meinte, das Horn müsste doch nun fast leer sein. Aber es fehlte nur ganz wenig!

Utgardloki grinste wieder und sagte mit gespielter Freundlichkeit: »Das war für den Anfang doch schon sehr gut. Allerdings hätte ich gedacht, dass Thor ein viel größerer Trinker ist. Jedenfalls ist das dein Ruf in der Welt. Nun, beim zweiten Zug wirst du ja jetzt bestimmt den Rest schaffen.«

Thor erwiderte gar nichts, setzte das Horn an und schluckte und schluckte, und langsam konnte er die Hornspitze anheben. Nun musste er es geschafft haben! Aber als er absetzte und hineinsah, kam es ihm so vor, als wenn noch weniger Flüssigkeit fehlte als beim ersten Mal.

Der Gastgeber schüttelte verwundert den Kopf. »Nanu, Thor? Ich weiß gar nicht, warum dich die Asen als einen so großen Trinker rühmen. Aber aller guten Dinge sind drei. Beim dritten Ansatz wirst du es bestimmt leer trinken!«

Der Donnergott setzte zum dritten Mal an und trank, bis

er nicht mehr konnte – aber als er in das Horn sah, war es immer noch fast voll. Utgardloki zuckte bedauernd die Achseln.

Wütend gab Thor das Gefäß zurück und sagte: »Irgendetwas stimmt hier nicht. Wenn ich in Asgard so getrunken hätte, wäre ich bestimmt der Sieger gewesen!«

»Du bist aber nicht in Asgard«, sagte der Riesenkönig. »Willst du aufgeben, oder hast du Lust auf andere Wettspiele?«

»Natürlich gebe ich nicht auf!«, schrie Thor und zauste mit beiden Fäusten seinen Bart. »Was soll ich als Nächstes machen?«

»Junge Burschen heben hier manchmal meine Katze vom Boden auf«, sagte Utgardloki. »Ich würde dir ja so etwas nicht zumuten, wenn ich nicht gesehen hätte, dass es mit deiner Kraft wohl doch nicht so weit her ist. Aber versuche einmal dein Heil.«

Sofort lief eine große graue Katze in den Saal. Thor ging hin, schob ihr die Hand unter den Bauch und versuchte, sie hochzuheben. Aber das Tier sträubte sich, und je mehr der Gott nach oben drückte, umso höher wurde der Buckel, den sie machte. Schließlich gelang es Thor, einen ihrer Füße vom Erdboden anzuheben. Mehr war nicht möglich.

Der Riesenfürst seufzte. »Darauf habe ich gewartet. Nun gut, die Katze ist ja auch ziemlich groß, und meine Männer sind alle stärker als du, wie ich sehe.«

Der Donnergott schrie: »Gib mir noch eine dritte Aufgabe! Lass mich mit einem deiner großen starken Männer einen Ringkampf ausfechten! Ich bin jetzt zornig genug!«

»Nein, nein! Das möchte ich dir nicht zumuten!«, sagte Utgardloki. »Da kämst du auf keinen grünen Zweig. Ruft mir doch meine alte Amme Elli! Die hat zwar schon Männer von deiner Größe im Ringkampf besiegt, aber vielleicht kommst du gegen sie an.«

»Was, ich soll mit einem Weib kämpfen?«

»Nach dem, was du bisher hier gezeigt und geleistet hast, würde ich dir nicht raten, einen meiner Männer herauszufordern.«

Zähneknirschend fügte sich Thor, denn nach seinen bisherigen Niederlagen musste er wohl oder übel die Bedingungen annehmen, die man ihm bot.

Da betrat ein altes, gebeugtes Mütterchen die Halle, und Thor griff es an – erst zurückhaltend, um es nicht gleich zu Boden zu schicken, aber dann merkte er, dass die Alte stand, als wäre sie aus Stein, und je mehr er zupackte, desto unbeweglicher wurde sie. Und dann griff die Frau selbst an, stellte dem Asen ein Bein, schleuderte ihn herum und schaffte es schließlich, dass er mit einem Knie den Boden berührte. Damit hatte er den Kampf verloren.

Utgardloki klatschte in die Hände und sagte: »Der Kampf ist entschieden! Wünschst du noch weitere Proben?«

Thor, zutiefst gedemütigt, lehnte ab.

Inzwischen war es Abend geworden, und in der Halle begann ein wüstes Gelage. Die Gäste aus Asgard jedoch saßen still und bedrückt da und hörten dem Gebrüll und dem misstönenden Gesang der Riesen zu, die soffen, dass sich die Balken bogen. Sie selbst rührten kaum etwas an, sosehr sie auch Hunger und Durst noch plagten, und gingen schließlich schlafen, dort, wo ihnen die Diener des Riesenkönigs ihr Lager anwiesen.

Am nächsten Morgen wollten sie schnell und heimlich von dannen ziehen. Aber Utgardloki war schon wach. Er begrüßte sie freundlich und ließ ihnen ein üppiges Morgenmahl kredenzen. Dann begleitete er die Gäste bis vor das Tor der Burg und fragte: »Nun, Thor, wie warst du zufrieden mit dem Besuch bei mir?«

Thor entgegnete: »Niemals habe ich einen Mann getroffen, der mächtiger ist als du, und ich fühle mich entehrt, dass ich so schlecht abgeschnitten habe bei den Kampfspielen.«

Utgardloki sagte: »Nun, da du außerhalb meiner Burg stehst – in die du, solange ich lebe und befehle, gewiss nicht wieder hineingelangen wirst –, nun werde ich dir die Wahrheit sagen. Hätte ich gewusst, was für gewaltige Kräfte du besitzt, hätte ich dich überhaupt nicht eingelassen. Du hast uns alle in ziemliche Gefahr gebracht. So wisse denn: Mit meiner Zauberkraft habe ich eure Sinne geblendet. Nun sollt ihr erfahren, wie es wirklich war.

Der große Mann, Skrymir, dem ihr im Wald begegnet seid und der das Proviantbündel mit magischen Sprüchen verschnürte, der war ich. Dreimal hast du mit dem Hammer auf mich eingeschlagen, Thor, und schon der erste Schlag hätte mich getötet, wenn ich nicht einen Felsen zu meinem Schutz davorgehalten hätte; aber du sahst ihn nicht. Siehst du da hinten diesen Felsen, der drei viereckige Dellen hat, eine immer tiefer als die andere? Die Dellen sind die Spuren deiner Hammerschläge.

Und auch mit den Spielen verhielt es sich so, dass ich euch durch Zauber täuschte.

Loki war sehr hungrig und aß unglaublich rasch, aber sein Gegner war nichts anderes als das Feuer selbst, das fraß Trog und Knochen mit. Und Thjalfi rannte wie der Wind, aber der, mit dem er dreimal um die Wette lief, das war mein Gedanke, und den kann selbst der schnellste Läufer nicht einholen.

Und als du, Thor, das Trinkhorn anhobst und die Menge darin sich wirklich verringerte, da war das wie ein Wunder, denn das Horn war gewaltig, und sein Ende lag, für dich unsichtbar, draußen im Meer. Wenn du jetzt an den Strand kommst, dann wirst du sehen, wie der Wasserspiegel durch dein riesiges Saufen gesunken ist: Das nennt man nun Ebbe.

Und die graue Katze, die du aufheben solltest, die war in Wirklichkeit die Midgardschlange, die alle Länder umspannt. Wir zitterten alle vor Angst, als das Untier einen Fuß vom Boden lösen musste durch deine Stärke, denn als du dich aufrecktest, warst du mit deiner Kraft gewachsen und nicht weit vom Himmel entfernt.

Meine alte Amme Elli schließlich, mit der du gerungen hast, die war das Alter in Person, das Alter, das jeden bezwingt und gegen das niemand ankommt. Und uns allen erschien es wie ein Wunder, wie lange du standhieltest.«

Der Riesenkönig sah ihn an, und in seinem Blick mischten sich Bewunderung und Furcht.

»Und nun«, fuhr Utgardloki schließlich fort, »sollten wir uns trennen, und ihr drei versucht gar nicht erst, meine

Burg wieder aufzufinden, ich werde sie mit solchen Täuschungen schirmen, dass ihr sie umsonst suchen werdet.«

Mit diesen Worten war er verschwunden.

Als sie sich umdrehten, um das zu tun, weswegen sie ausgezogen waren, nämlich den Riesen von Utgard eine Niederlage zuzufügen, die sie lange nicht vergessen würden, da sahen sie nur grüne Felder weit und breit, aber weder Wall noch Mauer. Die Burg war verschwunden.

Und so zogen die Weggefährten nach Haus, sehr nachdenklich über dies Abenteuer und die Zaubermacht des Riesenkönigs.

Thor besorgt einen Braukessel

Die Asen waren auf der Jagd gewesen und hatten Unmengen Wild erlegt. Nun planten sie ein gewaltiges Festmahl, und dazu brauchten sie auch gewaltige Mengen Bier. Aber wer sollte so viel brauen? Ihre eigenen Gefäße fassten zu wenig.

Die Asen ritzten Runen in Hölzer und warfen das Los. Und sie erhielten die Antwort: Ägir, der Meerriese, hat die größten Kessel. Also sollte er das Bier brauen. Die Asen verrichteten diese Arbeit äußerst ungern.

Ägir war ein Riese, der – selten genug – mit den Asen Freundschaft hielt. Und schon schickten sie Thor aus, ihm ihre Bitte vorzutragen.

Der Donnergott fand den Riesen am Strand, wo er fröhlich mit seinen Töchtern, den Wellen, spielte. Zu bitten hatte Thor nicht gelernt, nur zu fordern. So sagte er schroff: »Schaff uns Asen reichlich Bier!«

Doch Freundschaft hin oder her, das war nicht die Art, in der Ägir mit sich sprechen ließ. Er dachte: Wenn die Götter sich betrinken wollen, sollen sie doch selbst brauen! Und er sprach zu Thor: »Meine Kessel sind alle zu klein! Beschaff mir einen wirklich großen Kessel, und ich braue euch so viel Bier, wie ihr wollt.«

Thor brachte diese Antwort nach Haus, und die Asen begannen, sich den Kopf zu zerbrechen, wo sie einen genügend großen Kessel herbekommen konnten. Schließlich sagte Tyr: »Im Osten wohnt der grimmige Frostriese Hymir, und der hat ein riesiges, meilentiefes Gefäß. Das müssen wir uns besorgen.«

»Aber wie soll das gehen?«, fragte Thor.

»Mit List und Schläue«, erwiderte Tyr.

Sie bestiegen Thors Bocksgespann und fuhren durch die Lüfte über Meer und Land bis in die Eiswelt von Utgard. Unterwegs erzählte Tyr dem Donnergott, dass er eigentlich der Stiefsohn dieses Frostriesen war, denn Odin hatte dessen schöne Frau verführt, und er war das Kind dieser Liebe. (Hymir war nichts anderes übrig geblieben, als das zu akzeptieren.)

Als sie in Hymirs Halle kamen, begrüßte sie Tyrs Mutter, eine anmutige Riesin in goldenem Kleid, ihre weißblonden Augenbrauen leuchteten. »Sei willkommen, lieber Sohn!«, grüßte sie freundlich und schenkte den Gästen Bier ein. »Was führt dich hierher?«

Tyr berichtete von ihrem Wunsch, und die schöne Frau

versprach, ihnen zu helfen. »Mein Mann ist noch unterwegs auf der Jagd zwischen den Eisbergen«, sagte sie. »Wenn ihr auf ihn warten wollt, so verbergt euch lieber hier hinter den Balken. Manchmal ist er nicht gut zu sprechen auf ungeladene Gäste. Ich will ihn lieber erst besänftigen. Ansonsten lasst mich machen, und sprecht nicht von dem, weshalb ihr gekommen seid. Das würde ihn nur reizen.«

Die beiden Götter hatten zwar keine Angst vor Hymir, aber sie setzten sich doch auf die Bank hinter dem Balken. Es dauerte nicht lange, und das Eisfeld draußen erdröhnte von Hymirs Schritt. Er kam mit der Jagdbeute heim, den Bart voller klirrender Eiszapfen, und brachte einen Schwall kalter Luft in den Saal.

Seine Frau trat ihm entgegen und sagte freundlich: »Heil dir, Hymir, und freue dich! Wir haben Besuch. Mein Sohn ist zu uns gekommen, und mit ihm Thor, der Beschützer der Menschen. Sie sitzen da hinterm Saalgiebel.«

Hymir warf einen Blick in die Richtung, da barst der Pfeiler unter seinem Blick und riss neun große Töpfe krachend zu Boden. Acht waren aus Ton und zerbrachen, nur der neunte blieb unversehrt, denn er war geschmiedet.

Thor und Tyr traten hervor.

Als Hymir den Riesentöter erblickte, schwante ihm nichts Gutes. Aber er wahrte das Gastrecht und lud die beiden Asen zum Mahl.

Drei Stiere ließ er schlachten und kochte ihr Fleisch über dem Feuer. Und als das Essen gar war, verschlang Thor zum Nachtmahl ganz allein zwei von ihnen. Hymir sah das ohne Freude. Ihm kam das reichlich unverschämt vor.

Bevor sie schlafen gingen, sagte der Frostriese: »Wenn wir morgen etwas essen wollen, müssen wir aufs Meer hinausfahren und fischen.«

»Ich komme gern mit!«, erbot sich der Donnergott. »Besorg mir einen Köder, und du wirst sehen, wie groß ich im Fischen bin!«

»Den Köder besorg du dir nur selbst«, erwiderte der Riese grimmig. »Dafür muss ich nicht sorgen.«

Thor ließ sich das nicht zweimal sagen. Draußen stand Hymirs Herde. Thor ging am nächsten Tag hinaus und riss einem Ochsen den Kopf ab, um ihn als Fischköder zu benutzen.

Als Hymir sah, dass der Donnergott dem besten Tier seiner Herde den Garaus gemacht hatte und nun mit dem blutigen Kopf zum Schiff kam, wurde er wütend.

»Rudere nur nicht zu weit auf das eisige Meer hinaus! Du bist doch die Kälte gar nicht gewohnt!«, sagte er höhnisch zu ihm.

Thor brauste auf. »Ich rudere so weit hinaus, wie ich will!«, entgegnete er. »Pass nur auf, ob du nicht zuerst rote Ohren bekommst!« Und seine Hand zuckte nach dem Hammer, aber dann besann er sich, dass es unklug war, seine Kraft jetzt zu verschwenden, und er hielt sich zurück.

Dann verstauten sie Köder und Angelgeräte im Schiff und begannen, mit Kraft hinauszurudern; Thor schwang die Ruder hinten, dass das Meer wild aufschäumte, Hymir legte sich vorn in die Riemen.

Als sie in die Fischgründe gekommen waren, in denen der Riese immer zu angeln pflegte, legte er die Ruder aus der Hand und wollte seine Angeln auswerfen, aber Thor rief: »Nein, ich will weiter hinaus!«

Unwillig gab der Riese nach, und sie fuhren noch eine weitere Strecke. Aber schließlich warnte Hymir: »Weiter sollten wir uns wirklich nicht wagen! Da draußen lauert die Midgardschlange.«

»Ist sie nicht mir dir verwandt?«, fragte Thor hämisch (schließlich war die Schlange ja von einer Riesin geboren worden, und Loki, ihr Vater, stammte ebenfalls aus Riesenheim). Thor ruderte immer noch weiter, obwohl sich Hymir kaum mehr in die Riemen legte.

Endlich hielt der Ase das Schiff an, und beide warfen ihre Angeln aus. Hymir wollte einen Wal für das Abendessen fangen, Thor aber befestigte den blutigen Ochsenkopf an einem großen Angelhaken und warf seinen Köder aus, dass er sogleich bis auf den Meeresgrund hinabfuhr.

Aber statt des Wals, den er eigentlich fangen wollte, biss jemand ganz anderes an: Es war tatsächlich die Midgardschlange! Sie hatte den üppigen Fraß gewittert, biss zu und rammte sich den Angelhaken in den Gaumen. Plötzlich hatte Thor das gewaltige Ungetüm an der Angel!

Thor war verblüfft, aber die große Weltfeindin plötzlich am Haken zu haben, das war eine Gelegenheit, die er sich nicht entgehen ließ. Bald war er sich seiner Sache sicher. Die Schlange war gefangen. Er gab ihr Leine und wartete ab, aber dann versuchte das Tier sich loszureißen und bäumte sich so mächtig auf, dass Thor um ein Haar ins Wasser gerissen wurde.

Nun packte den Donnergott ein gewaltiger Zorn. Er fuhr

in seine Asenkraft, wie Menschen wohl einen Kampfanzug anziehen, und mit dieser Kraft wuchs er auch an Größe, sodass er mit den Füßen durch den Boden des Boots hindurch bis auf den Grund des Meeres stieß und sich dort dagegenstemmte, um seine Beute hochzuziehen. Und tatsächlich schaffte er es, die Midgardschlange mit dem Kopf bis an den Bootsrand zu ziehen.

Voller Furcht und Zagen sah Hymir, wie das scheußliche Ungeheuer den Donnergott anstarrte. Gift tropfte ihm aus dem Maul, aber durch den Ochsenkopf, der ihm im Rachen saß, konnte es nichts gegen Thor ausrichten. Der hielt mit einer Hand die Angelschnur, mit der anderen schwang er sausend den Hammer über dem Kopf, um die Feindin zu erlegen.

Aber Hymir konnte den Anblick des furchtbaren Tiers nicht mehr ertragen; außerdem fürchtete er, das Boot könne kentern, denn die See schäumte über Bord, als wären sie mitten in der wildesten Brandung. Und gerade in dem Augenblick, als Thor den Hammer schleudern wollte, zückte Hymir sein Ködermesser und kappte die Angelschnur. Erst als der Hammer in seine Hand zurückkam, wurde Thor klar, dass er durch Hymirs Eingreifen die Schlange verfehlt hatte. Er brüllte auf vor Wut und gab dem Riesen eine furchtbare Ohrfeige – zum Glück nicht mit Mjöllnir, sonst wäre bestimmt nichts übrig geblieben von Hymir.

Hymir ging über Bord, und das Letzte, was Thor von ihm sah, waren seine Fußsohlen. Aber ersaufen lassen wollte der Ase ihn nicht. Er fischte ihn aus dem Wasser, warf ihn sich über die Schulter und nahm ihn mit, als er zurück an Land watete. Nun hatte Hymir, wie angedroht, ein rotes Ohr.

Dann saßen sie nebeneinander am Strand, nicht weit von Hymirs Halle, und das Wasser troff aus ihren Kleidern wie Bäche, die ins Meer stürzen. Bloß, es gab immer noch nichts zum Nachtmahl, und das Boot war verloren.

Zum Glück hatte Hymir noch ein zweites.

Wieder versuchten sie einen Fischzug, und diesmal blieben sie näher am Land. Tatsächlich fing Hymir zwei Wale.

»Wenn du schon nichts gefangen hast«, sagte der Riese zu Thor, »dann hilf mir wenigstens, das Boot festzumachen oder die Wale an Land zu bringen.« Das war frech.

Der Ase würdigte ihn nicht einmal einer Antwort. Stattdessen hob er das Boot samt dem eingelaufenen Wasser, der Schöpfkelle und den Rudern quer auf seine Schultern, packte die beiden Wale und trug alles bis zu Hymirs Hof. Der Riese sah voller Zorn, wie Thor ihn mit Nichtachtung strafte.

Die beiden waren so voller Wut aufeinander, dass sie fast platzten.

Thor hielt sich nur mit Mühe zurück – zum Glück war Tyr noch da, der ihn daran erinnerte, dass sie ja den Braukessel holen wollten! –, und Hymir konnte nicht aufhören, den Asen herauszufordern.

Als sie nun beim Abendessen saßen und sich das Walfleisch schmecken ließen, fing Hymir wieder an und sagte: »Sieh einmal diesen Kelch! Das ist mein Lieblingsgefäß und aus Glas gemacht. Du fürchtest dich zwar nicht vor der Midgardschlange und kannst ein Boot mit zwei Walen ans

Ufer tragen, aber meinen Kelch kannst du nicht zerbrechen!«

Da nahm Thor den Kelch und warf ihn im Sitzen aus voller Kraft gegen eine der Säulen, die das Dach der Halle trugen. Er sah nicht ein, dass er aufstehen musste, um so eine Kleinigkeit zu erledigen.

Die Säule zerbrach, das Hallendach neigte sich leicht. Der Kelch aber war unversehrt.

Hymir lachte, schlug sich auf die Schenkel und sagte zu Tyr: »Da siehst du es. Auch mit der Midgardschlange konnte er am Ende nicht fertigwerden.«

Währenddessen beugte sich Tyrs Mutter zu Thor und flüsterte ihm zu: »Wirf den Kelch gegen seinen Kopf!«

Jetzt stand Thor auf, holte gewaltig aus und schmetterte das Gefäß gegen den steinharten Kopf des Eisriesen. Und siehe da, Hymirs Schädel blieb ohne eine Schramme, aber der Kelch zersplitterte in tausend Stücke.

Hymir begann zu jammern und zu klagen. »Wenn ich dies kostbare Teil nicht mehr habe, dann will ich auch gar kein Bier mehr trinken! Mein Kelch ist dahin! Was nützt mir jetzt noch der Braukessel?«

»Ja, wenn du ihn nicht mehr benutzen willst, soll er denn etwa hier einstauben?«, fragte Tyrs schöne Mutter. »Wollen wir ihn nicht vom Hof schaffen?«

(So war sie endlich am Ziel, um ihrem geliebten Sohn das Gewünschte zu verschaffen.)

»Die Asen können ihn mitnehmen«, sagte Hymir und hielt sich die Stirn, denn er hatte Kopfschmerzen. »Unter einer Bedingung: Sie müssen ihn tragen.«

Tyrs Mutter nickte ihrem Sohn aufmunternd zu. Zweimal versuchte Tyr, den Kessel anzuheben. Zweimal rührte sich das Stück nicht von der Stelle.

Da riss Thor der Geduldsfaden. Er griff den Kessel, hob ihn mit einem Ruck an und stülpte ihn sich über den Kopf. Er reichte ihm bis an die Knie, die Kesselringe klirrten gegen seine Knöchel.

So machten sie sich nun auf den Heimweg.

Aber auf halber Strecke hörten sie hinter sich plötzlich ein lautes Krachen und Knirschen. Sie wandten sich rasch um und sahen entsetzt, dass Hymirs Kriegsleute aus den Eisspalten gekrochen und zu ihrer Verfolgung aufgebrochen waren.

Thor setzte den Kessel ab und griff zu Mjöllnir, um alle Verfolger zu zerschmettern.

Unbeschadet gelangten sie nun zu Ägirs Halle, der in dem gewaltigen Kessel für alle genug Bier braute, dass es nicht nur für das Mahl der trinkfesten Götter langte, sondern darüber hinaus den ganzen langen Winter hindurch reichte.

Thor besucht den Riesen Geirröd

Vor gar nicht langer Zeit hatte Loki als Dienerin ja dabei geholfen, Thors gestohlenen Hammer aus Riesenheim zurückzuholen. Seitdem waren ihm die Asen trotz seiner Listen und Streiche wieder wohlgesonnen, und er nutzte die Gelegenheit, sich häufig Friggs Falkenhemd auszuborgen und damit durch die Welten zu schweifen, denn sein ruheloser Geist war stets von Neugier geplagt.

Eines Tages flog er über das Gehöft des Riesen Geirröd (den man nicht mit König Geirrod verwechseln darf) und wollte ausspähen, was in der Halle des bedeutenden Mannes geschah. Also landete er auf dem Dach und steckte seinen Kopf durch das Loch über der Feuerstelle, durch das der Rauch abzog.

Geirröd, der auf seinem erhöhten Sitz saß, kam dieses mächtige Tier, das sich so dreist und ohne jede Scheu der Behausung eines Riesen näherte, sehr verdächtig vor. Da ging etwas nicht mit rechten Dingen zu!

Geirröd befahl einem seiner Hausleute, aufs Dach zu klettern und den komischen Vogel einzufangen.

Schadenfroh beobachtete Loki, wie der Knecht eine Leiter an die Hauswand legte, schwerfällig hochkletterte und dann auf dem steilen Schindeldach vorwärtstappte, immer wieder ausrutschend und aufs Neue ansetzend. Der Gott im Vogelkleid hatte sich vorgenommen, erst im allerletzten Moment in die Luft zu steigen und dem Knecht sozusagen vor der Nase davonzufliegen, und blieb also seelenruhig sitzen. Was er nicht wusste: Der zauberkundige Riese hatte inzwischen seine Füße gebannt!

Als nun der Verfolger nach ihm greifen wollte, breitete Loki die Schwingen aus und spreizte die Krallen, aber leider! – er kam nicht von der Stelle! Und sosehr er auch kreischend und flügelschlagend nach dem Knecht hackte – es half alles nichts. Der Kerl warf ihm einen Sack über den Kopf und schleppte ihn vom Dach und in Geirröds Halle.

Geirröd besah sich den Falken. Und an dessen Augen erkannte er, dass dies nicht wirklich ein Vogel war.

»Gib dich zu erkennen! Wer bist du?«, fragte er.

Aber Loki schwieg. Er hoffte, irgendwann würde der Riese keine Lust mehr haben, ihn zu befragen, zumal dessen beide Töchter Gjalp und Greip gerade in die Halle gestürmt kamen und ihren Vater um goldene Armspangen und schöne Kleider anbettelten. Aber für die hatte Geirröd keine Zeit.

Doch Geirröd meinte: »Nun gut, Vögelchen. Wenn du jetzt nicht singen willst: Hunger und Durst werden dich schon kirre machen!« Und er befahl, den Falken in eine Kiste einzusperren und drei Monde (also drei Monate) hungern zu lassen. Dann holte er ihn heraus und befragte ihn zum zweiten Mal, und der von Hunger und Durst geschwächte Ase gestand, dass er Loki war.

»Nun, zu diesem Fang gratuliere ich mir!«, rief da Geirröd. »Du und Thor, ihr beide habt doch das Blutbad auf Thryms Hochzeit angerichtet! Jetzt habe ich Gelegenheit, im Namen aller diese Schandtat zu rächen. Wenn dir dein Leben lieb ist, so bringe deinen Gefährten Thor dazu, ohne seinen Hammer Mjöllnir hierher zu mir zu kommen!«

»Wie soll ich das anstellen?«, erwiderte Loki. »Jedermann weiß, dass Thor nie ohne seinen Hammer ausgeht.«

»Wie du das anstellen willst, das ist ganz allein deine Sache«, grollte der Riese. »Und du wirst es mir mit heiligen, bindenden Eiden schwören, dass du es tun wirst!«

»Nein, das werde ich nicht!«, erwiderte da Loki, der Feuergott.

Darauf sperrte ihn Geirröd noch einen weiteren Monat in die Kiste, ohne ihm Essen oder Trinken zu geben.

Und als er ihn dann herausholte, war Loki kurz vorm Tode. Also schwor er unwillig die Eide, die niemand zu brechen wagt, und hob sich mit mattem Flügelschlag davon in Richtung Asgard.

Als er wieder zu Kräften gekommen war, suchte er den Donnergott auf und schlug ihm vor, Geirröd friedlich und freundschaftlich zu besuchen – also auch ohne Waffen.

»Ich gehe nirgendwohin ohne meinen Hammer!«, sagte Thor ärgerlich. »Was ist das für ein dummer Einfall?«

»Du sagst doch selbst immer, dass nicht das ganze Riesenvolk gleich ist!«, wandte Loki ein. »Neben den bösartigen gibt es auch weise und gutmütige Riesen, die uns Asen und den Menschen wohlgesonnen sind. Geirröd gehört zu ihnen. Und bei jener blutigen Hochzeit, als du den gestohlenen Hammer wiederholtest, hast du auch viele unschuldige Riesen erschlagen, gib es zu! Es wäre ein Zeichen der Versöhnung und des guten Willens, wenn du diesmal deinen Hammer zu Haus lassen würdest.«

Dem Redeschwall des wortgewandten Loki wusste der schwerfällige Donnergott nichts entgegenzusetzen. So machte er sich schließlich gemeinsam mit ihm auf zu Geirröds Halle – ohne seinen Hammer.

Unterwegs machten sie Rast bei der Riesin Grid, die tatsächlich, anders als Geirröd, mit den Asen befreundet war. Sie warnte Thor vor dem Riesen: »Ihm ist nicht zu trauen! Er ist durchtrieben wie ein Hund und verbirgt seine Absichten hinter einer freundlichen Miene!«

»Das kann ich nicht glauben!«, sagte der treuherzige Thor.

»Du willst wirklich unbewaffnet zu diesem Riesen gehen?«, fragte Grid kopfschüttelnd. »Das kann man nicht zulassen. Ich kann dir Zauberdinge von mir leihen: Meinen Stab, meinen Kraftgürtel und meine Eisenhandschuhe gebe ich dir gern.«

»Ich bin auch ohne solche Sachen stark genug!«, sagte der Ase.

Aber Loki, der ja wusste, was hinter dieser Einladung steckte, redete Thor zu, die Hilfsmittel anzunehmen. »Man kann nie wissen, ob jemand wirklich so ehrlich ist, wie er tut!«, sagte er. Auf diese Weise hatte er seine Eide nicht gebrochen und brachte Thor trotzdem dazu, nicht ganz schutzlos zu dem Riesen zu gehen; gern hätte er wohl auch eine kleine Rache für die Monate in der Kiste genommen.

Thor nahm also Stab, Handschuhe und Gürtel, und sie wanderten weiter.

Auf dem Weg zu Geirröd mussten sie den Fluss Wimur überqueren, der war tief und reißend. Thor tat den Kraftgürtel um und stemmte sich mit dem Stab gegen die Strömung, und Loki klammerte sich an dem Gürtel fest, sonst hätten die Strudel ihn mit fortgerissen. Als sie aber in die Mitte des Flusses kamen, wuchsen die Fluten so an, dass sie Thor bis zum Hals reichten und der kleinere Loki die ganze Zeit Wasser schluckte.

Da sagte Thor: »Wachse nicht, Fluss Wimur, wenn ich dich durchwate!«

Und in seiner Bedrängnis spähte er nach der Ursache für

die Flutwelle aus und schaute in eine Felsenkluft hoch. Da stand Geirröds Tochter Gjalp mit gespreizten Beinen über dem Fluss, den einen Fuß am linken, den anderen am rechten Ufer, und ließ Wasser, ohne aufzuhören, und davon schwoll der Fluss so an.

Thor griff sich einen Stein aus den Strudeln, warf ihn Gjalp zwischen die Beine und schrie: »Ich werde die Quelle verstopfen!«, und traf die Öffnung. Da hörte das Hochwasser auf, und mühevoll wateten die beiden Asen an Land.

Als sie endlich am Hof Geirröds ankamen, war es schon Abend. Der Hausherr ließ sich nicht sehen, und jemand vom Gesinde brachte die Asen in ein Gästehaus. In dem stand aber nur ein einziger Stuhl.

Missmutig nach dem überstandenen Abenteuer setzte sich Thor darauf, ohne den Stab aus der Hand zu legen. Und als er so saß, spürte er plötzlich, dass er den Boden unter den Füßen verlor, der Stuhl schien emporzuschweben zur Decke. Offenbar sollte der, der auf ihm saß, am Dach zerquetscht werden.

Mit aller Kraft stemmte der Ase Grids magischen Stock gegen den Dachbalken und drückte sich wieder herunter. Zwei furchtbare Schreie und ein Krachen und Knirschen ertönte: Geirröds Töchter Gjalp und Greip hatten unsichtbar unter dem Stuhl gehockt und den Donnerer ermorden sollen. Nun hatte er ihnen das Rückgrat gebrochen. Nun waren sie sichtbar und lagen leblos am Boden.

Jetzt war es Thor klar: Er war in eine Falle getappt. Als ihn Geirröd in seine Halle rufen ließ, zog er deshalb vorsichtshalber die Eisenhandschuhe der Riesin an.

Der Hausherr begrüßte ihn und sagte scheinbar freundlich: »Nun, Thor, wie ist es? Wollen wir ein Spiel spielen?«

Thor antwortete nicht und war auf der Hut.

Plötzlich schrie Geirröd: »Dann wollen wir doch einmal sehen, was der große Donnergott ohne seinen Hammer Mjöllnir wert ist!«

In der Mitte der Halle brannte ein großes Feuer, und in dem lag ein weiß glühender Eisenkeil wie in einer Schmiedeesse.

Geirröd sprang vor, riss mit einer Zange das zischende, Funken sprühende Eisen aus der Glut und schleuderte es mit voller Wucht gegen Thor. Aber der ließ seine Hände in den Eisenhandschuhen nach vorn schnellen und fing das Geschoss auf. Dann holte er selbst zum Wurf gegen Geirröd aus.

Der Riese war hinter eine große Säule gesprungen, um sich zu schützen, aber das half ihm nichts. Thors Wurf hatte eine solche Kraft, dass der Keil durch die Säule drang, Geirröd ins Herz traf, die Hauswand hinter ihm durchschlug und in einem Felsen auf freiem Feld stecken blieb.

So endete Thors Besuch in Geirrödsgard.

Grollend sagte er zu Loki: »Hattest du vor, mich in den Tod zu schicken mit deinen süßen Worten, als du erklärtest, ich solle waffenlos ausziehen, um Frieden und Freundschaft mit dem Riesenvolk zu stiften?«

»Verzeih mir, Freund!«, erwiderte der Feuergott. »Aber Geirröd hatte mich mit starken Eiden gebunden. Und es ist ja noch alles gut ausgegangen – dank Grids Hilfe!«

Aber Thor ließ sich nicht besänftigen und erzählte überall

von dem schlimmen Abenteuer und Lokis Doppelzüngigkeit.

Das trug Loki keine Freunde ein.

Thors Vertraute

Rolf wird zu Thorolf

Odin ist der höchste Gott, und besonders Krieger und Könige und alle Mächtigen verehren ihn, da sie selbst die Ersten im Rat sein wollen wie der Göttervater und da sie um seine Liebe zu Helden und Heldentaten wissen.

Thor dagegen findet seine Anhänger unter den Bauern und Fischern, unter den Schmieden und Kaufleuten. Schließlich reitet er kein achtbeiniges Ross wie Odin, sondern fährt auf einem Wagen mit Ziegenböcken, und er kämpft nicht mit Schwert und Lanze wie die Edlen, sondern mit einem Hammer, und der dient nicht nur als Waffe, sondern er segnet auch die Ehen und die Ernten damit. Und während Odin stets bestrebt ist, die Menschen gegeneinanderzuhetzen, damit es Kämpfe gibt und viele tote Krieger nach Walhall kommen, beschützt Thor die, die ihn um Hilfe bitten, auf den Feldern, in den Wäldern oder auf dem wilden Meer.

Er ist zwar jähzornig, aufbrausend und derb, aber niemals hinterhältig oder undurchschaubar, und allwissend ist er keinesfalls. Von Zauberkunst hat er keine Ahnung – dafür kann er gut zuschlagen.

Mit einigen Erdensöhnen verbindet ihn, den Sohn der Erdgöttin Jörd, eine wirkliche Freundschaft.

Zu der Zeit, als diese Geschichten ersonnen wurden, gab es in Norwegen einen König namens Harald Schönhaar. Der versuchte damals, das ganze Land mit Gewalt unter seine Herrschaft zu bringen, doch gab es einige stolze und unabhängige freie Männer, denen das gar nicht gefiel. Sie hatten keine Lust, sich zu unterwerfen, und entzogen sich dem Zugriff des Königs, indem sie das Land verließen. Die meisten von ihnen gingen nach Island, das damals noch kaum besiedelt war.

Zu ihnen gehörte auch ein Bauer namens Leif, der auf einer Insel vor dem Festland lebte. Er wollte nicht abhängig werden von Harald Schönhaar, aber ihm fehlte ein Schiff, um zu entkommen. Da ging er zu seinem Freund Rolf, der der angesehenste Mann auf dieser Insel war.

Rolf war groß und stark und hatte einen mächtigen roten Bart, wie der Gott, den er besonders verehrte, wie Thor. Er verwaltete einen Tempel des Donnerers auf der Insel, und alle wussten, dass er ein von Thor besonders Begünstigter war.

Rolf, der nicht nur großes Ansehen genoss, sondern auch beträchtlichen Reichtum besaß, gab dem Bauern Leif ein großes Langschiff samt Bemannung, damit er sich davonmachen konnte, und der verließ bei Nacht und Nebel Norwegen.

Als nun Harald Schönhaar erfuhr, das Rolf diesem Leif bei seiner Flucht beigestanden hatte, ließ er ihn wissen: Entweder du kannst dein Leben als Vogelfreier und Geächteter beschließen (was bedeutet hätte, dass jeder ihn ungestraft hätte töten können), oder du kommst zu mir und unterwirfst dich meiner Strafe.

Auf diese Botschaft hin ging Rolf in den Thor-Tempel und veranstaltete ein großes Opferfest. Er ließ Tiere schlachten und reichlich Met für den Gott ausschenken, denn wer viel trank, ehrte den Gott damit.

Als alle, die mit ihm Thor huldigten, schon vom Trinken erschöpft waren und in Schlaf fielen, stand Rolf noch aufrecht und klaren Kopfes und warf die Losstäbe, um den befreundeten Gott nun zu befragen, was er tun sollte – fortgehen wie Leif oder sich der Strafe des Königs beugen.

Und Thor war alsbald zur Stelle auf seinem Bocksgespann und sah unter buschigen Brauen den Menschen an und sagte: »Ist das wohl die Sinnesart, die ich von meinem Getreuen erwarte – dass er den Schwanz einzieht wie ein geprügelter Hund und um Gnade bittet? In Island ist das Gras grün und das Wasser klar, da ist viel Platz für dich und deine Schafe. Ich rate dir, fahre wie Leif nach Island, und nimm all die Deinen und deine gesamte Habe mit und vergiss nicht, mich weiter zu verehren. Und wenn du mir Anhänger verschaffst in diesem Land im eisigen Meer, dann verleihe ich dir den Ehrentitel Thorolf, der Rolf des Thor.«

Da sagte Rolf: »Mehr noch. Überall, wo wir siedeln, soll dein Name zu den anderen, schon vorhandenen Namen, seien es nun die von Menschen oder Dingen, hinzugefügt werden, sodass du mit jedem Mal, wenn man jemanden oder etwas erwähnt, gepriesen wirst.«

Da lachte der Gott, dass die Halle erbebte und die Betrunkenen aus ihrem Schlaf hochfuhren, und sagte: »Das gefällt mir gut, Thorolf!« Und dann brauste er mit seinem Bocksgespann davon.

Also rüstete sich Thorolf verstohlen zur Abreise, besorgte sich ein großes seetüchtiges Schiff für seine ganze Familie, sein Gesinde und sein Vieh und redete vertraulich mit den Nachbarn, ob sie nicht ebenfalls Schiffe bemannen wollten und mit ihm zusammen dies Land verlassen, wo ein tyrannischer König vorhatte, alle unter seinen Fuß zu treten.

So war schließlich eine ganze Flotte von Auswanderern zusammengekommen.

Was aber für Thorolf das Wichtigste war: Er brach den Thor-Tempel ab und nahm ihn mit in die neue Heimat; alle Balken und alles Bauholz, die Stützpfeiler und die Schindeln des Dachs und sogar den Sockel, auf dem das Standbild des Gottes errichtet war, und die Erde unter dem Sockel.

Dann schifften sie sich mit gutem Wind ein, und Harald Schönhaar schickte ihnen in ohnmächtigem Zorn seine Verwünschungen hinterher – mehr konnte er nicht tun, denn seine Schiffe waren anderswo im Einsatz.

Die Flotte Thorolfs erreichte bald die Südküste Islands, und sie segelten westwärts weiter, an den großen Fjorden entlang, und suchten nach einem geeigneten Platz zum Siedeln.

Plötzlich flaute der Wind ab, und die Schiffe trieben vor einer großen Bucht, die sich tief in das Land hinein erstreckte. Da begriff Thorolf, dass der Gott ihnen einen Fingerzeig geben wollte. Er warf die großen hölzernen

Hochsitzpfeiler des Tempels, die mit dem geschnitzten Bild Thors geziert waren, vom Schiff ins Wasser und beobachtete, wie sie in Richtung Land davontrieben.

Dort, das war ihm klar, wollte der Gott, dass man ihm seinen neuen Tempel errichtete, und als sich schließlich eine sanfte Brise erhob und die Flotte genau in die Bucht bewegte, in die die Pfeiler geschwommen waren, folgte Thorolf freudig dem Hinweis und ging in dem großen Fjord mit den Seinen an Land.

Er fand alles, wie Thor es ihm vorhergesagt hatte, das Gras grün und das Wasser klar, gutes Weideland für die Schafe.

Dann machte er sich mit einigen Männern von den anderen Schiffen auf die Suche nach der Stelle, wo die Pfeiler ans Ufer geschwemmt worden waren. Man fand sie an einer Landspitze, die Thorolf dann, getreu seinem Versprechen an den Gott, Thorsnes, Thors Landspitze, nannte.

Sie umgingen das in Besitz genommene Land mit Fackeln, weit am Fjord entlang, um ihre Rechte feierlich zu markieren, und als sie an einen großen reißenden Fluss mit kaltem Gebirgswasser kamen, nannten sie ihn Thorsa. Dort beschlossen sie, sich anzusiedeln.

Thorolf erbaute sich ein stattliches Haus und errichtete Thor einen Tempel auf der Erde, die er aus der Heimat mitgenommen hatte, und aus den Hölzern des vorigen Tempels. Die beiden Hochsitzpfeiler mit dem Bild des Gottes wurden an einer der Längswände angebracht.

In der Mitte des Raums befand sich ein Opferkessel für das Blut der Tiere, die zu Ehren des Gottes geschlachtet werden sollten, und um den Kessel herum waren geschnitzte Bildwerke Thors und anderer Asen aufgestellt, als würden sie der Feier beiwohnen. Auf den Altar ließ Thorolf einen großen Metallring legen, auf den man Eide ablegte, und mit einer Nachbildung von Thors Hammer Mjöllnir wurden Ehen geweiht und Bündnisse besiegelt.

Als der Tempel fertig war, versammelten sich die Aussiedler zur ersten Opferfeier, und gemeinsam bestimmten sie Thorolf zum Tempelgoden, zum Priester, wie er es auch in der Heimat gewesen war.

Dann ging die erste heilige Handlung vonstatten: Thorolf opferte auf dem Altar Tiere und fing deren Blut in dem großen Kessel auf. Ringsum saßen auf Bänken die Verehrer des Gottes, und der Tempelgode besprengte sie alle mit einem Holunderzweig, den er in das Blut eintauchte. Dann wurde das Fleisch der Tiere gekocht, und mit reichlichen Mengen frisch gebrauten Biers und saftigen Stücken vom Ochsen feierte man den Gott, der ihnen zu einer neuen Heimat verholfen hatte.

Die neue Gemeinschaft – sie nannten sich nun Isländer – beschloss, dass jedermann Abgaben an den Tempel zu entrichten und Thorolf bei seinen Unternehmungen zu unterstützen hatte.

Thorolf richtete an der Stelle, wo die Pfeiler an Land gespült worden waren, die Gerichtsstätte, wo man sich versammelte, um Klagen vorzubringen und Streitigkeiten zu schlichten. Man nannte das »Thing«. Dort fanden sich jeden Monat alle Siedler ein, und Thorolf wurde zu ihrem Richter gewählt, er hatte den Vorsitz.

Die Neuankömmlinge auf Island wurden bald gewahr, dass sie es besser gar nicht hätten treffen können. Es gab reichlich Fisch und Fleisch von den Schafen, und alle kamen zu Wohlstand. Thorolf verheiratete sich, und als er einen Sohn bekam, nannte er ihn Thorstein, zu Ehren des befreundeten Gottes.

Mit Wohlgefallen betrachtete der Gott die isländischen Bauern, und als Thorolf hochbetagt starb und mit allen Ehren in einem großen Hügel bestattet wurde, ließ der Gott eins seiner prächtigsten Gewitter über die Insel hinrollen, um sich von seinem Menschenfreund zu verabschieden.

Der Kampf um den Thingplatz

Nach dem Tod Thorolfs trat sein Sohn Thorstein in seine Fußstapfen. Er heiratete eine Frau namens Thora und wurde von der Gemeinschaft ebenfalls zum Tempelgoden und Richter gemacht.

Thorsteins Vater hatte die Gerichtsstätte, das Thing auf Thorsnes, seinerzeit geweiht und für heilig erklärt. Es wurde festgelegt, dass niemand dies Stück Erde ungewaschen betreten durfte. Blutvergießen hätte das Thing ebenso entweiht, wie irgendwelchen Unrat darauf abzulegen, und vor allem war es streng verboten, seine Notdurft dort zu verrichten. Wenn jemand ein Bedürfnis hatte, musste er auf eine Klippe klettern, die Kotschäre genannt wurde.

Alle Siedler hielten sich gewissenhaft an diese Abmachungen, und so blieb der Platz über lange Jahre geheiligt.

Nun lebten nicht weit entfernt von diesem Ort auf der anderen Seite des Fjords die Nachkommen jenes Bauern Leif, dem Thorolf damals zur Flucht aus Norwegen verholfen hatte. Diese Leute waren sehr hochnäsig und hielten sich für etwas Besseres, weil sie ja als Erste Island besiedelt hatten.

Eines Tages kamen sie zum Thing, um einen Richtspruch von Thorstein zu erwirken, da sie einen Streit mit den Nachbarn hatten, und der Gode sah, dass ihre Bärte struppig, ihre Hände schmutzig und ihre Schuhe mit Mist befleckt waren, als wenn sie gerade von der Schafweide gekommen wären.

»Was nehmt ihr euch heraus!«, sagte er. »Wisst ihr nicht, dass es ein Gesetz ist, nur gewaschen und mit gekämmtem Haar und Bart hier zu erscheinen? Wollt ihr die Stätte entweihen?«

Der Anführer der Leifleute erwiderte: »Wir sehen nichts, was diese Stätte hier von anderen Orten der Insel unterscheiden soll. Wächst auf dieser Landspitze, die ihr Thorsnes nennt, nicht das gleiche Gras wie allüberall? Stehen hier nicht die gleichen Bäume? Haben die Berge von dieser Stelle aus etwa ein anderes Aussehen als von unserer Seite des Fjords? Was soll hier heilig sein?«

»Ihr wisst wohl, dass der Ort dem Thor geweiht ist!«, rief Thorstein warnend aus.

»Ich kann hier nichts Heiliges finden«, entgegnete der Mann achselzuckend. »Lasst uns jetzt unseren Rechtsstreit vortragen, und danach wollen wir wieder nach Haus gehen.«

Unter dem Schweigen seiner Anhänger, die die dreisten Leifleute finster betrachteten, sprach Thorstein in der Sache, die ihm vorgetragen wurde, Recht, nahm die dafür fälligen Abgaben in Form von Butter und Eiderdaunen entgegen und wollte die Fremden verabschieden. Da erklärte einer von ihnen: »Wartet noch! Mich drückt die Blase, ich will dort hinter jenen Busch gehen.«

»He, du ungehobelter Kerl! Weißt du nicht, dass es die Kotschäre gibt?«, sagte Thorstein empört. »Auf diesen Platz wird nicht gepinkelt.«

»Ich sehe nicht ein, warum ich auf eine Klippe steigen und dabei meine Schuhe abnutzen sollte, nur um mein Wasser abzuschlagen!«, erklärte der andere frech, und die Leute, die mit ihm gekommen waren, grölten beifällig. »Wir werden es dir nachtun! Wir haben auch keine Lust, auf eine Kotschäre zu klettern!«

Bleich vor Zorn rief Thorstein: »Ich werde nicht dulden, dass man das Thing besudelt! Nachbarn, steht mir bei!«

Da beeilten sich die Thorfreunde, zu ihren Waffen zu kommen, die sie seitwärts abgelegt hatten, denn natürlich durfte man nur waffenlos auf dem Thingplatz erscheinen. Diesen Moment nutzten einige der Männer Leifs ganz ungeniert, ins Gras zu machen. Und als sie sahen, dass die anderen wirklich bewaffnet wiederkamen, stürzten sie ebenfalls zu ihren Waffen.

Und schon kreuzten sie die Klingen. Das erste Blut floss, bald lagen zwei Männer tot am Boden. Die heilige Stätte war entweiht.

Da grollte über dem Helgafjell, dem größten Berg Islands, ein furchtbarer Donner, der sich Thorsnes näherte, ohne dass eine Gewitterwolke zu sehen war.

Bestürzt ließen die Streitenden die Waffen sinken und starrten zum Himmel. Mussten sie fürchten, dass jeden Augenblick der Hammer Mjöllnir auf sie herabsausen würde?

Erst jetzt wurde ihnen bewusst, welchen doppelten Frevel sie begangen hatten – die einen mit der unflätigen Besudelung des Heiligtums und die anderen, indem sie, wenn auch in guter Absicht, die Waffen gezogen hatten.

Inzwischen waren die Anwohner rings um Thorsnes auf das Geschehen aufmerksam geworden und eilten herbei, um zu schlichten.

Unter ihnen war auch Thord, einer von den Nachkommen Thorolfs, ein begüterter und angesehener Bauer, auf den alle große Stücke hielten. Man bat ihn, die Streitenden zu einer Einigung zu bringen und den erzürnten Gott zu versöhnen. So trat er zwischen die Parteien und fragte sie nach ihren Streitpunkten.

»Ein für alle Mal: Wir wollen nicht auf die Klippen hinausklettern, um unsere Notdurft zu verrichten!«, sagten die Leifleute.

»Und ein für alle Mal! Ich dulde nicht, dass die Thingstätte zum Abtritt wird!«, erklärte Thorstein, und schon wieder wurden die Schwerter erhoben.

»Halt!«, rief Thord. »War euch der Donner am Himmel noch nicht Zeichen genug? Wollt ihr wirklich euren Zwist fortsetzen? Der Boden von Thorsnes ist nun befleckt von Blut, was schlimmer ist als alles andere. Er kann nie und nimmer mehr Heiligtum sein. Lasst uns einen anderen Ort für das Thing finden. Und als Buße sei beiden Parteien auferlegt, für den Unterhalt des Tempels zu sorgen, alle gemeinsam und mehr als bisher. Der große Donnerer soll uns nicht mehr zürnen.«

Und als er so gesprochen hatte, grollte es noch einmal am Himmel, aber diesmal war den Männern, als hörten sie die Räder eines gigantischen Wagens über den Himmel rollen, in Richtung auf den Tempel zu.

Daraus schlossen sie, dass der Gott mit dieser Schlichtung zufrieden war, und verfuhren nach Thords Rat.

Von da an vertrugen sich die beiden Sippen und huldigten gemeinsam dem Gott, dem sie so viel Gutes verdankten.

Aber bis zum heutigen Tag heißt die Landspitze Thorsnes, und unweit davon befindet sich die Kotschäre.

Odin spielt Thor einen Streich

Odin nahm seinem Sohn Thor übel, dass der ihm Vorwürfe machte wegen seiner Art, mit den Helden umzugehen, die er, Odin, zuvor beschützt und gefördert hatte (denn wenn es darum ging, sie nach Walhall zu holen, war dem Göttervater kein Opfer zu schade). So beschloss er, ihn ein wenig zu ärgern.

Als der Donnergott eines Tages ermüdet und mitgenommen vom Kampf gegen die Frostriesen nach Asgard heimkehren wollte, kam er an einen Sund. Der Wellengang war hoch, und der Gott war ohne sein Bocksgespann unterwegs.

Er ging zu Fuß, mit nackten Beinen und vom Kampf zerfetzter Kleidung. Ermattet wie er war, hatte er keine Lust, den Sund zu durchwaten. Da sah er auf der anderen Seite einen Fährmann bei seinem Boot stehen. Er legte die Hand an den Mund und rief: »Hol über!« Und da sich der Fährmann nicht regte noch rührte, schrie er: »He, wer bist du, Geselle, der du stehst wie ein Klotz?«

Der Fährmann schrie zurück: »Und wer bist du, Kerl, der du über den Sund brüllst wie ein Stier?«

»Komm schon, und hol mich!«, rief Thor. »Du wirst auch belohnt. Ich habe da einen Tragkorb auf dem Rücken mit feinen Speisen: Hering und Haferbrei. Davon gebe ich dir reichlich. Ich selbst habe mich schon daran satt gegessen.«

»Prahle nicht so herum mit deinem Essen! Du hast wirklich keinen Grund zum Lachen!«, rief der andere. »Wenn du nach Haus kommst, wirst du ja sehen: Deine Mutter ist gestorben, alle im Haus sind in Tränen.«

Thor lachte: »Was für einen Unsinn schwafelst du da? Du weißt doch gar nicht, wer ich bin!«

»Nun«, sagte der Mann überm Sund, »du siehst nicht gerade aus, als wenn du drei Höfe besitzen würdest – mit deinen nackten Beinen und ohne Hose! Du bist ganz bestimmt der Kerl von dem Hof im Norden, wo es gerade einen Todesfall gegeben hat!«

»Hör mit dem Gerede auf, und bring endlich das Boot über den Sund!«, verlangte Thor. Langsam verließ ihn die Geduld.

Der Fährmann wiegte den Kopf hin und her: »Ich weiß ja nicht!«, sagte er zweifelnd. »Es sind so viele Wegelagerer und Pferdediebe unterwegs heutzutage. Ich möchte nur ehrliche Leute fahren, die ich kenne. Sag mir doch mal deinen Namen!«

»Den muss ich wahrlich nicht verschweigen!«, erwiderte Thor. »Ich bin ein Ase, mein Vater ist Odin, der Allvater, meine Gattin ist die schöne goldhaarige Sif, und mein Name ist Thor. So, nun weißt du, mit wem du es zu tun hast. Und wer bist du?«

»Man nennt mich Graubart«, sagte der Fährmann. »Warum sollte ich meinen Namen verheimlichen?«

Ob Thor in diesem Augenblick erkannte, dass sich hinter dem Alten mit dem Schlapphut Odin verbarg? Ob er deshalb auf das Spiel einstieg? Oder war er nur zu geradlinig – und zu müde –, um zu durchschauen, dass man ihn foppen wollte?

Jedenfalls sagte er, gar nicht so einfältig, wie er manchmal sein konnte: »Graubart also. Gut. Wenn das dein wahrer Name ist. Oder hast du etwas ausgefressen und verbirgst dich hinter einem fremden Namen?«

Graubart lachte. »Ich wüsste mich zu schützen, glaube mir. Aber warum soll ich mich mit einem Lumpenkerl wie dir abgeben, der behauptet, Thor zu sein?«

Der Ase brauste auf. »Wenn es mir nicht zu beschwerlich wäre, durch den Sund zu waten, und ich nicht befürchtete, mein Essenskorb könnte durchweichen, dann würde ich dir das Maul schon stopfen, du unverschämter Hund!«

»Komm nur, komm! Ich erwarte dich! Ich versichere dir, der Kampf wäre der härteste, den du seit Hrungnir zu bestreiten hättest!«

»Ja, ich habe Hrungnir getötet, den Riesen mit dem Kopf aus Stein!«, sagte Thor stolz. »Und was tatest du derweil, Graubart?«

Der schmunzelte. »Fünf Jahre lang war ich auf einer Insel namens Allgrün. Dort half ich dem Anführer, Feinde zurückzuschlagen. Die Mädchen dankten es uns.«

Das war Thors schwache Stelle. Er hatte bekanntlich nie Abenteuer mit Frauen gehabt und war seiner Sif treu, und so fragte er jetzt neugierig: »Wie war das denn mit den Mädchen?«

»Ach«, sagte der andere, »sie waren sehr hübsch, aber ein bisschen wild. Sie taten ihre Arbeit. Ich jedenfalls kann mich nicht beklagen. Ich lockte ganze sieben zu mir und hatte meinen Spaß mit ihnen. Und was tatest du derweil, Thor?«

Thor überlegte. Mit solchen Erfahrungen konnte er nicht prahlen, also besann er sich auf seine Heldentaten. »Ich habe Thrym, den übermütigen Riesen, erschlagen, der meinen Hammer gestohlen hatte. Ist das etwa nichts? Und was tatest du, Graubart?«

Graubart antwortete: »Allerlei Liebeskünste probierte ich mit jungen Hexen. Dann gab es da einen Riesen, der mir seinen Zauberring schenkte. Ich benutzte den Zauber und raubte ihm den Verstand.«

»Das war übel getan!«, sagte Thor entrüstet. »Wenig ehrenhaft hast du gehandelt.«

»Jeder ist sich selbst der Nächste«, sagte Graubart achselzuckend. »Wenn man ein Boot bauen will, muss die Eiche gefällt werden. Und was tatest du, Thor?«

»Ich war im Ostland, besiegte dort die übermütigen Riesen. Wenn ich das nicht getan hätte, würden sie Midgard zertrampeln mit ihren klobigen Füßen. Und was tatest du, Graubart?«

»Ich war in den Ländern, wo Kriege tobten, untergrub jeden Versuch der Fürsten, sich zu versöhnen. So bekam Odin viele Kämpfer. Die toten Fürsten und Herren wandern alle zu ihm. Dich, Thor, verehren nur die Knechte und Bauern.«

»Ungleich unter den Asen verteilt sind die Menschen. Ich wollte, das wäre anders.«

»Thor hat zwar Kraft, aber wenig Verstand. Stimmt es, dass du im Fausthandschuh eines Riesen schlafen gingst und nicht zu niesen noch zu furzen wagtest?«, sagte Graubart höhnisch.

Thor brauste auf und schrie, dass die Wellen auf dem Sund noch höher aufschäumten: »Graubart, warte nur, wenn ich zu dir komme! Zur Hel werde ich dich schicken!«

»Was regst du dich so auf, Thor? Wir streiten doch gar nicht, berichten nur von unseren Taten! Was hast du noch vollbracht?«

»Ich war vor Zeiten im Osten und bändigte einen Fluss. Die Tochter eines Riesen war der Grund für die Flutwelle dort!«, berichtete er freimütig. »Und was tatest du, Graubart?«

»Auch ich war im Osten, um mit einem Mädchen schönzutun. Ich umschlang die Leinenweiße mit Armen und Beinen.«

»Willige Weiber hattest du«, sagte Thor beeindruckt.

»Dich hätte ich dabei gebrauchen können«, sagte Graubart höhnisch. »Nicht, dass ich sie mit dir geteilt hätte – aber du hättest sie festhalten dürfen. Oder bist du ein Spielverderber?«

Thor knirschte mit den Zähnen.

»Und?«, forderte ihn der andere wieder heraus. »Was tatest du?«

»Ich habe einst wilde Riesenweiber erschlagen, die den Menschen schadeten!«

»Was?« Graubart gab sich empört. »Du hast gegen Weiber gekämpft? Das bringt dir wenig Ruhm.«

»Das waren keine Weiber, die waren wie Wölfinnen!«, verteidigte sich Thor. »Alle Einwohner der Insel hatten sie umgebracht und mein Schiff, das ich an den Strand gezogen hatte, völlig zerstört. Und sie drangen mit Eisenkeulen auf uns ein, sodass mein Gefährte Thjalfi die Flucht ergriff. Da musste ich Mjöllnir werfen. Aber was tatest du, Graubart?«

»Ich zog mit einem Heer heran, unter Kriegsfahnen stiftete ich Zwietracht zwischen den Kämpfern!«

»Freut es dich, Männer umzubringen und fruchtbare Gegenden zu verwüsten?«, fragte Thor unwillig. »Das kränkt mich.«

»Habe ich dich gekränkt?«, fragte Graubart heuchlerisch zurück. »Komm, wir ziehen vor Gericht, und zur Buße bekommst du von mir einen goldenen Ring!« Und er formte mit den Fingern einen Kreis.

Thor schnappte nach Luft. »Wo hast du nur die verdammten Hohnreden her?«

»Ach, die fliegen mir einfach zu!«, lachte der Fährmann.

»Warte nur, wenn ich über den Sund komme! Da schlage ich dir dein Schandmaul mit dem Hammer ein! Du wirst heulen wie ein Wolf, das verspreche ich dir!«

Graubart lachte. »Halte dich nur nicht zu lange hier auf. Ich weiß nicht, wie es um die Treue deiner schönen goldhaarigen Sif bestellt ist – aber vielleicht solltest du deine Kräfte für den Kampf mit einem Nebenbuhler sparen! Es könnte ja sein, dass längst ein anderer bei ihr im Bett liegt!«

»Das lügst du!«, schrie Thor außer sich vor Wut. Er setzte den Korb ab und schickte sich an, in den Sund zu waten, aber das Wasser war wirklich zu aufgewühlt. So beschloss er einzulenken. »Graubart, hör auf mit den Schimpfreden! Mach endlich dein Boot flott, und hol mich ans andere Ufer!«

»Wer hätte das gedacht, dass ein einfacher Viehhirt wie ich den großen Asen Thor aufhalten kann! Ja, wenn du dich auf Zauberei verständest wie dein Vater Odin, da könntest du dich in einen Vogel verwandeln und einfach herüberfliegen!«

Spätestens hier begann Thor wohl endgültig zu ahnen, dass er keinen gewöhnlichen Fährmann vor sich hatte, sondern dass jemand anderes seinen Spaß mit ihm trieb. Er war der Sache müde. Ungeduldig sagte er: »Holst du mich nun über, ja oder nein?«

»Die Antwort ist nein«, antwortete der Fährmann. »So einen zerlumpten, verdreckten Kerl, wie du es bist, den lasse ich nicht in mein Boot. Aber ich will so nett sein und dir den Landweg beschreiben. Links entlang zwei Stunden bis zur Gabelung, über Stock und Stein, dann weiter gen Westen. Wenn du dich beeilst, kommst du vielleicht noch heute vor Sonnenuntergang zu Haus an. Beeil dich, dein Weib wartet schon!«

»Ich gehe, und die verweigerte Überfahrt zahle ich dir noch heim!«, knurrte Thor.

Graubart-Odin sah ihm nach und lachte belustigt. »Ich denke, das kann ich abwarten, ohne zu zittern!«

So trennten sich die beiden, und als sie sich in Asgard wiedersahen, tat keiner von ihnen so, als wäre irgendetwas geschehen.

DAS GOLD DES ZWERGES ANDWARI UND SIGURDS ABENTEUER

Der verfluchte Goldschatz

Eines Tages waren Odin, Loki und Hönir, der gern zwischen Menschen und Göttern vermittelte, einmal wieder unterwegs, um den Zustand der Welt zu erkunden. Lange waren sie gewandert, und irgendwann kamen sie an einen Wasserfall. Da sahen sie einen Fischotter, der sich gerade daranmachen wollte, einen schönen Lachs zu verspeisen.

»Die Beute wollen wir ihm abjagen!«, sagte Loki. Er hob einen Stein auf und traf damit den Otter so geschickt, dass er auf der Stelle tot war. Odin und Hönir lobten das Geschick und das Jagdglück ihres Gefährten. Nun hatten sie gleich zwei Tiere erbeutet.

Es dauerte nicht lange, und sie kamen an ein großes und stattliches Gehöft, das gehörte einem Bauern namens Hreidmar. Er und seine Söhne waren zauberkundig, aber das wussten die Ankömmlinge nicht.

Sie baten um ein Nachtquartier und boten an, ihre Jagdbeute gemeinsam mit dem Gastgeber zu verzehren.

Als Hreidmar den toten Otter sah, den Loki am Schwanz hielt, erbleichte er und sagte zunächst gar nichts. Dann öffnete er die Tür zum Hof und rief seine beiden Söhne Fafnir und Regin herein. Fafnir war ein großer, ungeschlachter Kerl, Regin dagegen zart und kleinwüchsig. »Seht ihr das?«, schrie Hreidmar. »Diese Frevler haben euren Bruder erschlagen!«

Der dritte Sohn des Bauern pflegte nämlich gern seine Gestalt zu wandeln und fischte dann als Otter am Wasserfall.

Bevor die Götter irgendetwas entgegnen konnten und ehe Odin einen Gegenzauber einzusetzen vermochte, warf der Bauer einen Bann über die drei, durch den sie weder Hand noch Fuß regen konnten. (Man sieht wieder einmal, die Götter waren nicht allmächtig!) Dann griffen sich der Bauer und seine Söhne starke Stricke und fesselten die Asen. Da konnten sie lange versichern, nicht gewusst zu haben, dass dieser Otter der Sohn des Bauern gewesen sei – Hreidmar wetzte schon ein großes Messer, und ob er damit den dreien ans Leben wollte oder sie nur verstümmeln, das sei dahingestellt.

Da rief Loki: »Wir geben dir Wehrgeld, so viel du immer verlangst! Sage, was du wünschst, und wir werden es beschaffen.«

»Das lässt sich hören«, sagte der Bauer. Dann wandte er sich an seine Söhne und sagte: »Nun, wo das Messer schon einmal scharf ist, wollen wir dem Otter das Fell abziehen. Und dann sollt ihr den ganzen Balg mit Gold füllen und ihn außerdem mit dem roten Metall so zudecken, dass von ihm nichts mehr zu sehen ist.«

Das war eine harte Forderung, denn der Otter war sehr groß. Aber was sollten die Götter machen?

Durch bindende Eide wurde die Abmachung bekräftigt. Dann lösten der Bauer und seine Söhne die Bande und ließen die Götter frei. Aber Hreidmar verlangte zu den Eiden auch noch etwas zum Pfand: Er behielt Odins Speer, der jedes Ziel traf, und Lokis schnelle Schuhe.

Natürlich wurde der wendige Loki ausgeschickt, das Gold zu besorgen, während sich der Göttervater und Hönir erst einmal bei dem Bauern von dem Schreck erholten und mit ihm nach Herzenslust aßen und tranken.

Loki wusste, wo Gold zu holen war: Nirgends anders als bei den Zwergen. Er belauerte einige von ihnen und glaubte herausgefunden zu haben, dass Andwari der reichste von ihnen war, weil er der geschickteste Schmied war und es verstand, vorsichtig seine Schätze zusammenzuhalten.

Ein paar Tage wartete Loki noch auf eine günstige Gelegenheit. Dann, als der Zwerg sich eines Tages an einem See vor seiner Behausung in einen Hecht verwandelte, um zu fischen, griff ihn Loki blitzschnell und forderte für die Freilassung alles Gold, das sich in der tiefen Zwergenhöhle befand.

Andwari wand sich und jammerte, aber Loki ließ sich nicht beirren: Er gab den Kleinen nicht eher frei, als bis auch er ihm zugestanden hatte – mit heiligen Eiden –, all seinen Besitz als Lösegeld auszuhändigen. Andernfalls, so sagte er, werde er ihn in seiner Hechtgestalt braten und zum Abendmahl verspeisen.

Schließlich leistete der Zwerg die Eide, und Loki ließ ihn frei. In seiner wahren Gestalt ging Andwari dann mit dem Gott zur Höhle und schleppte alle Schätze, die er gehortet hatte, nach draußen. Loki beobachtete ihn scharf, und es entging ihm nicht, dass der Zwerg versuchte, einen kleinen blitzenden Ring in seinem Ärmel verschwinden zu lassen.

»Willst du deinen Eid brechen?«, sagte er. »Wir haben vereinbart, dass du alles hergibst, und nun willst du mich um diesen Ring betrügen?«

Da warf sich der Zwerg ihm erneut jammernd zu Füßen und bat, ihm diesen einzigen Ring zu lassen. Mit der Zauberkraft dieses Rings könne er – aber nur er! – einen neuen Schatz herbeischaffen. Aber Loki blieb unerbittlich.

Da rief der Zwerg wutentbrannt: »Ich verfluche diesen Ring! Wenn ich ihn schon hergeben muss, so soll sein neuer Besitzer kein Glück damit haben. Jeder, der ihn hat, wird binnen Kurzem den Tod finden.«

»Ich werde das dem nächsten Eigentümer gern mitteilen«, erwiderte Loki. »Ein Glück, dass ich den Ring nicht selbst behalten will.«

Andwari zog sich verzweifelt in seine Höhle zurück.

Loki hingegen schleppte die Schätze zum Gehöft des Bauern Hreidmar und breitete sie vor Odin aus. Mit geübtem Blick erkannte der Gott sogleich das Besondere des kleinen Rings und beschloss, ihn für sich zu behalten. Loki schwieg dazu. Ob er dem Göttervater noch später mitgeteilt hätte, was es für eine Bewandtnis mit diesem Schmuckstück hatte, vermag niemand zu sagen. Aber er sollte auch nicht in die Verlegenheit kommen, dies tatsächlich entscheiden zu müssen.

Nun begann man damit, erst den Balg des Otters mit Gold zu füllen und sodann um das aufrecht stehende Tier so viel Gold aufzuhäufen, bis nichts mehr von ihm zu sehen war.

Als sie fertig waren, kam Hreidmar herbei, ging um den Berg Gold herum und schmunzelte zufrieden. Aber dann entdeckte er, dass noch die Spitze eines der Schnurrhaare des Otters zu sehen war. »Der Vertrag ist nicht erfüllt!«, sagte er und zeigte auf das Haar. »Solange dies Haar zu sehen ist, gebe ich euch nicht frei.«

Da musste sich Odin von dem Ring trennen.

Nun war der Bauer zufrieden. Er gab den Asen die Pfandstücke, Speer und Zauberschuhe, zurück und gestattete ihnen zu gehen, denn er war nun ganz in den Anblick seiner Schätze versunken.

Als Odin das Haus schon verlassen hatte, drehte sich Loki noch einmal um und sagte: »Andwari hat den Ring verflucht. Wer immer ihn besitzt, muss über kurz oder lang sterben.«

Dann machten die drei sich auf nach Asgard, um erst einmal nach dem überstandenen Schrecken in Ruhe Met zu trinken und sich mit den goldenen Steinen bei einem Brettspiel zu zerstreuen.

Hreidmar begann nun, das Gold in seine Truhe zu schaufeln. Seine beiden Söhne standen daneben und sahen erst sich und dann den Vater an.

»Hast du denn nicht vor, das Bußgeld unter uns aufzuteilen?«, fragte Fafnir, der ältere von den beiden.

»Warum sollte ich wohl?«, entgegnete Hreidmar. »Es war mein Sohn, also gebührt mir auch das Gold.«

Das war den Brüdern gar nicht recht.

»Wir sollten den alten Geizhals zur Hel schicken!«, murrte Fafnir, der groß und ungeschlacht war, und der kleinere und klügere Regin sagte: »Warum tun wir es nicht?«

So gingen die Brüder hin und ermordeten ihren Vater im Schlaf, erschlugen ihn mit dem Schwert. Der Fluch des Ringes erfüllte sich zum ersten Mal.

Am Tag, nachdem Hreidmar auf dem Holzstoß verbrannt und die Totenfeierlichkeiten beendet waren, sagte Regin zu Fafnir: »So, nun ist es an der Zeit. Teile den Schatz gerecht auf zwischen uns beiden.«

Fafnir hatte den Helm seines Vaters aufgesetzt, seinen Panzer angelegt und hielt dessen Schwert in der Hand. Er erwiderte drohend: »Wenn du nicht willst, dass dir das Gleiche zustößt wie unserem Vater, dann verlass lieber das Haus. Ich bin der Ältere, und mir gebührt der Schatz.«

Als Regin merkte, dass es dem Bruder ernst war, zog er in die Fremde.

Fafnir aber war so geblendet von dem Gold, dass er an nichts anderes mehr zu denken vermochte.

Er verschleppte den Schatz in eine Höhle, verwandelte sich in einen Drachen und legte sich als Wächter über das Gold. Doch auch ihn sollte das Schicksal ereilen.

Sigurd erwirbt den Goldschatz

Regin war weit fortgezogen, nachdem sein Bruder ihn mit dem Schwert bedroht hatte. Er gelangte an den Hof eines Königs, der hieß Hialprek. Dort verdingte er sich als Meisterschmied. An diesem Hof wuchs ein ganz besonderes Kind heran mit Namen Sigurd.

Sein Vater war kurz nach seiner Geburt im Kampf gefallen, und seine Mutter hatte sich mit eben diesem Hialprek wiedervermählt. Aber der Stiefsohn war dem König gleichgültig, und so verhärtete sich auch das Herz der Mutter gegen Sigurd, dass sie ihn gar nicht mehr sehen wollte, vor allem, als sie dem Hialprek eigene Söhne gebar. Das Paar war froh, sich nicht um Sigurd kümmern zu müssen, und gab den Knaben in die Obhut Regins, des Schmiedes, und bei ihm wuchs er auf, eine halbe Waise, von niemandem beachtet, und der kleinwüchsige Regin, den manche sogar für einen Zwerg hielten, lehrte ihn die Schmiedekunst.

Während der Jahre, in denen die beiden zusammen waren, erzählte Regin seinem Pflegesohn sein Schicksal, nämlich, dass sein Bruder Fafnir ihn um einen reichen Schatz betrogen hatte und nun, zum Drachen verwandelt, auf dem roten Gold ruhe, das ihm nur zur Hälfte gehörte.

Als Sigurd heranwuchs, wurde er zu einem schönen, klaräugigen Jüngling, gewandt in allen Künsten des Waffenhandwerks, voller Mut und Kraft. Und Regin kam der Gedanke, dass er diesen jungen Mann vielleicht zu seinem Rächer heranziehen und seinen Bruder durch ihn aus dem Weg räumen lassen könnte. Da schmiedete er ein Schwert, das war so scharf, dass es eine Wollflocke zerschneiden konnte, die im Wasser trieb.

»Das Schwert gehört dir«, sagte er zu Sigurd, »wenn du mir zu meinem Recht verhilfst und Fafnir bekämpfst. Dir soll auch die Hälfte des Schatzes gehören.«

Aber Sigurd erwiderte: »Bevor ich goldene Ringe erwerbe, muss ich den Tod meines Vaters rächen. Mir wurde zugetragen, dass er unrühmlich von seinen Gegnern erschlagen worden sei, nicht im offenen Kampf, sondern hinterrücks.«

Und in auflodterndem Zorn schlug er mit dem Schwert auf den Schmiedeamboss ein und spaltete ihn bis auf die Erde.

Regin erschrak vor der Kraft des jungen Kriegers, aber zugleich wurde ihm klar, dass nur Sigurd allein Fafnir besiegen konnte. Aber danach wollte er ihn sich irgendwie vom Leibe halten …

Er sah ein, dass er Sigurd nie und nimmermehr zum Kampf gegen den Drachen bringen würde, wenn der Junge nicht zuvor seinen Vater gerächt hätte. So rüstete er ein Schiff für ihn aus und bemannte es mit Kriegern. Er selbst fuhr mit.

Unterwegs gerieten sie in einen großen Sturm. Die Not war groß, gewaltige Sturzseen schäumten über das Deck, und das Schiff drohte zu kentern. In wilden Wirbeln trieben sie immer weiter auf eine Klippe zu, dic aus dem Wasser ragte, und die Mannschaft fürchtete, das Schiff könne zerschellen.

Auf der Klippe stand ein einsamer Mann und winkte und rief. Und trotz der Gefahr für sie selbst und obgleich Regin dringend davon abriet, alles aufs Spiel zu setzen wegen eines Einzelnen, ließ Sigurd anlegen und nahm den Schiffbrüchigen auf. Es war ein hochgewachsener Mann mit weitem blauen Mantel, und er trug einen Schlapphut.

Er nannte sich Sigurd gegenüber »Der Mann vom Berge«. Wer das aber in Wirklichkeit war, das begann Sigurd zu ahnen, als sich der Mann an den Vordersteven begab und mit Zaubersprüchen das Meer beschwichtigte.

Nun wusste der junge Held, dass er den Göttervater an Bord hatte, und begegnete ihm mit Ehrerbietung. Zum Dank lehrte ihn Odin, wie er seine Krieger aufstellen solle, um den Sieg gegen die Mörder seines Vaters zu erringen, und sagte ihm Erfolg voraus. Als das Schiff landete, verschwand er. Ob er das aber aus Großmut und Zuneigung zu Sigurd getan hatte oder weil ihm immer daran gelegen war, Heere gegeneinander aufzustacheln, um Helden für Walhall zu bekommen, weiß man nicht.

Sigurd trat nun an gegen die Söhne des Mannes, der seinen Vater umgebracht hatte, und erfocht einen großen Sieg.

Dann kehrte er heim, und Regin der Schmied begann wieder davon zu sprechen, dass er nun endlich gegen Fafnir antreten und den Schatz gewinnen sollte. Weil Sigurd aber so gar kein Interesse an dem Gold zeigte, reizte er ihn damit, dass er sagte: »Kein einziger Mensch ist bisher in der Lage gewesen, diesen mächtigen Drachen zu besiegen. Wenn du das vollbringst, gewinnst du ewigen Ruhm.«

Damit überredete er Sigurd schließlich.

Gemeinsam zogen die beiden nun dorthin, wo die Schatzhöhle lag, einen Tagesritt von dem verlassenen Hof der verfeindeten Brüder Regin und Fafnir entfernt. Sie beobachteten den Drachen eine Zeit lang und sahen, dass er jeden Tag einmal zum nahen Fluss kroch, um zu trinken und seine Schuppen zu benetzen. Sigurd entdeckte, dass der Lindwurm am ganzen Körper gepanzert war.

»Ich glaube, dass selbst das gute Schwert, das du geschmiedet hast, diese Platten nicht durchdringen kann!«, sagte er zu Regin.

Aber der entgegnete: »Ich kenne meinen Bruder und weiß, dass er an anderer Stelle verwundbar ist. Ist es nicht so, dass es keinen Grund für einen Lindwurm gibt, sich am Bauch zu panzern? Schließlich kriecht er den ganzen Tag nur auf dem Bauch herum. Dort also kannst du ihn treffen.«

Da überlegten sie sich, auf dem Weg, den Fafnir zum Wasser benutzte, eine Grube zu graben. In der versteckte sich Sigurd, und Regin deckte alles mit Zweigen ab, damit der Drache keinen Verdacht schöpfte. Er selbst ging fort, denn wenn es gefährlich wurde, wollte er lieber nicht dabei sein.

Als nun Fafnir über die Grube kroch, um zum Wasser zu gelangen, rammte ihm Sigurd von unten mit beiden Händen das Schwert ins Herz.

Der Drache bewegte sich noch ein Stück weiter und zog eine lange Blutspur hinter sich her. Dann blieb er liegen und spürte, dass das Leben aus ihm entwich.

Sigurd sprang aus der Grube und stellte sich Auge in Auge dem sterbenden Untier gegenüber, denn er wollte nicht, dass er unerkannt bliebe.

Fafnir röchelte und sagte mit matter Stimme: »Wer bist du? Welches Vaters Sohn? Welche Mutter hat dich geboren?«

»Waisenkind heiße ich, schweife nur so umher«, entgegnete Sigurd, denn es war ein alter Glaube, dass man einem im Sterben liegenden Feind seinen Namen nicht nennen soll, denn er kann einen mit schwerem Fluch belegen.

Der Drache schlug mit dem Schwanz und bewegte den großen Kopf. »Für unverwundbar habe ich mich gehalten! Habe mit keinem Angriff gerechnet! Ja, es ist also wahr. Der Fluch des Goldrings ist übergegangen auf den ganzen Schatz, und wer ihn besitzt, ist dem Tod geweiht.«

»Ich habe es nicht des Goldes wegen getan«, erwiderte Sigurd, »sondern um deinen Bruder Regin zu rächen, den du beraubt hast!«

»Regin hat dich geschickt?« Der Kopf des Drachen sank zu Boden, und seine grünlichen Augen fielen zu. »Nimm dich in Acht vor Regin«, murmelte er noch. »Auch er ist voller Falsch …«

Dann war Fafnir tot.

Sigurd drehte ihn auf den Rücken und zog sein Schwert heraus, das noch in der Wunde steckte. Das Drachenblut wischte er am Gras ab.

Auf einmal tauchte Regin wieder auf, der alles aus der Ferne beobachtet hatte. Er klatschte vor Freude in die Hände. »Sigurd, du bist fürwahr der tapferste aller Erdensöhne!«

»Das weiß ich nicht«, entgegnete der junge Mann. »Mancher auf dieser Welt ist kühn und mag mich an Kühnheit übertreffen.«

»Nein, du bist der Erste von allen!«, entgegnete Regin mit einem schrägen Blick auf den toten Drachen. Aber dann sagte er auf einmal anklagend: »Aber du hast mir den Bruder getötet!«

»Du hast mich doch die ganze Zeit angespornt, es zu tun!«, rief Sigurd. »Willst du mir jetzt Vorwürfe machen?«

»Ich mache dir keine Vorwürfe, aber es ist nun einmal Brauch und Sitte, dass man für die Tötung eines Verwandten eine Sühne verlangen kann.« Mit diesen Worten beugte er sich über den Toten und schnitt ihm mit seiner eigenen Waffe das Herz heraus und trank von seinem Blut, um die Kraft des starken Bruders in sich aufzunehmen. Dann wandte er sich wieder an Sigurd und sagte lächelnd: »Die Buße, die ich dir auferlege, besteht darin, dass du mir dies Herz brätst, damit ich es verzehren kann, denn ich will alles an Mut und Wildheit, was Fafnir besaß, mir nun einverleiben. Jetzt lege ich mich schlafen, denn der Weg hat mich erschöpft. Wecke mich, wenn das Herz gar ist. Danach wollen wir gemeinsam zur Goldhöhle gehen und die Schätze teilen.«

Sigurd entzündete ein Feuer, steckte Fafnirs Herz auf einen Stock und briet es in den Flammen. Als das Fett hervorschäumte, wollte er mit dem Finger prüfen, ob das Fleisch weich genug sei, und verbrannte sich an dem brühheißen Herzen. Zur Kühlung steckte er seinen Finger in den Mund.

In dem Augenblick, als das Herzblut des Drachen seine Zunge berührte, geschah etwas Merkwürdiges mit ihm. Seine Ohren wurden aufgetan, und er konnte verstehen, was die Vögel miteinander sprachen. Ein Schwarm Meisen saß über ihm im Baum. Und so zwitscherten sie: »Seht einmal, Schwestern! Da unten sitzt Sigurd, blutbespritzt, und brät am Feuer Fafnirs Herz. Klug wäre er wahrlich, wenn er dies Fleisch selbst essen würde!«

Eine andere sagte: »Und da hinten liegt Regin, und selbst im Schlaf grübelt er noch, wie er den Mann, der ihm vertraut hat, täuschen kann. Er will das Gold ganz für sich, alles was unter Fafnir in der Höhle liegt.«

Und die nächste piepte: »Ich hätte diesen kampfgewaltigen Knaben Sigurd für klüger gehalten. Wie kann er den einen Bruder laufen lassen, nachdem er den anderen umgebracht hat! Regin wird Blutrache an ihm üben, obwohl er ihn selbst zur Tötung des Bruders angestachelt hat.«

»Ja, wahrlich«, meinte die nächste, »er sollte nicht länger zögern und den gefährlichen Feind umbringen, solange er noch schläft. In Regin steckt allzu viel Tücke. Wenn er das begreift, dann soll er ihn schnell um einen Kopf kürzer machen. Und dann gehören ihm alle Schätze, die Fafnir besessen hat.«

»Wenn der törichte Knabe wüsste, dass ihn das Drachenblut unverwundbar macht, sobald er in ihm badet – dann würde er wohl nicht zögern. Aber wie soll er es je erfahren?«, sang eine andere. Dann breiteten sie die Flügel und stoben auf und davon.

Nachdem Sigurd gehört hatte, was die Vögel einander erzählten, beschloss er, dass Regin sterben müsse. Er hieb ihm den Kopf ab, mit dem Schwert, das der ihm selbst geschmiedet hatte. Dann aß er das Herz des Drachen und badete sich in dessen Blut, und seine Haut wandelte sich und wurde hart wie das Horn der Drachenschuppen.

Danach bestieg er sein Pferd und ritt auf Fafnirs Spur zu der Drachenhöhle. Die Höhle war abgestützt mit eisernen Säulen, und auch die Tür war aus Eisen – doch sie stand sperrangelweit offen. Und da lag das Gold, Gold im Überfluss, es schien, als hätte es sich noch vermehrt.

Sigurd füllte zwei große Kisten damit – auch der Goldring war darunter – und belud sein Pferd, das unter der Last fast zusammenbrach. Dann legte er sich den goldenen Panzer von Fafnirs Vater an und nahm als zweites Schwert dessen Waffe an sich.

Die Erde dröhnte unter dem schweren Schritt des hoch beladenen Rosses. Und Sigurd fielen die Worte des sterbenden Drachen ein: Auf dem Goldschatz liegt ein Fluch, und wer ihn besitzt, ist dem Tod geweiht.

Aber wer sollte ihm schon etwas anhaben können? Er war stark, gewandt und schön, er war unverwundbar, er verstand die Sprache der Vögel, und offenbar hielt Odin seine schützende Hand über ihn.

So ritt er fort.

Sigurd befreit Brynhild

Einst gab es einen Zweikampf zwischen einem alten König namens Helmgunnar und seinem Gegner, das war ein junger Held, der Agnar hieß. Odin schickte eine seiner Walküren namens Brynhild in den Streit und gab ihr strenge Anweisung, welchem Mann sie zum Sieg verhelfen sollte und welcher im Kampf unterliegen sollte. Er hatte dem alten

König Helmgunnar den Sieg verheißen. Sein junger Gegner Agnar aber sollte fallen.

Das Schildmädchen aber fand, dass Agnar der bessere Kämpfer war. Sie stellte sich auf die Seite Agnars, missachtete den Befehl des Göttervaters und verhalf Agnar zum Sieg, indem sie heldenhaft an seiner Seite focht.

Nun zog der alte Helmgunnar an Agnars Stelle in Walhall ein. Odin aber hätte lieber den Jüngeren bei sich gehabt.

Als er sah, dass Brynhild gegen seinen Willen gehandelt hatte, wurde er sehr zornig. Er verwünschte sie: Nie wieder sollte sie zum Kampf ausziehen, sondern in die Welt zurückkehren und sich vermählen wie ein gewöhnliches Weib, was für eine stolze Walküre eine Schande war.

Da bat sie um eine Gunst, nämlich, dass der Mann, dem sie sich hingeben würde, wenigstens furchtlos sein sollte und ein großer Kämpfer und dass er eine Probe zu bestehen hätte, um sie zu erlangen.

Odin gewährte ihr diesen Wunsch. Er stach sie mit einem Schlafdorn und legte einen Feuerwall um die Schlafende herum, und nur der, der diesen Wall durchschreiten würde, sollte ihr Ehemann werden. Brynhild schlief ein, und so verharrte sie Jahre und Jahre im Schlummer.

Sigurd, nachdem er den Drachen besiegt und den Schatz gewonnen hatte, zog aus, neue Abenteuer zu bestehen.

Er ritt auf eine Anhöhe zu, die Berg der Hindin hieß. Oben auf dem Berg leuchtete ein großes Licht, und als er noch näher kam, sah er ein riesiges Feuer, das zum Himmel emporloderte. Das Feuer umgab einen ehernen Ring aus

Schilden, und inmitten dieses Schutzes lag eine schlafende Gestalt.

Sengende Hitze schlug dem jungen Helden entgegen, und ringsum war die Erde verdorrt und schwarz verbrannt. Aber Sigurd erkannte, dass die Gestalt dort nicht tot war, denn sie atmete.

Ohne Zögern spornte er sein Pferd und ritt durch den Feuerwall hindurch, was vor ihm noch niemand gewagt hatte, und siehe da, um ihn herum erloschen die Flammen.

Er stieg ab und näherte sich der Gestalt, und als Erstes löste er ihr den Helm vom Kopf. Da sah er, dass es eine wunderschöne Frau mit langen Haaren war, die da im Schlafe lag. Er wollte ihr die Brünne lösen, den Brustpanzer, den sie trug wie alle Walküren, aber der saß so fest um ihren Leib, als sei sie am Körper angewachsen. Er musste ihn mit seinem Schwert vom Hals bis zu den Hüften aufschneiden und dann abziehen.

Da schlug die Frau die Augen auf und richtete sich hoch. Ihre Augen fielen auf Sigurd, und wie noch aus dem Traum heraus fragte sie: »Wer zerschnitt mir die Brünne? Wer brach meinen Schlaf? Wer befreite mich vom Zauberbann?«

»Sigurd bin ich, Sigmunds Sohn, der dich aufweckte.«

»Lange schlief ich wohl«, sagte sie, noch immer ganz benommen. »Odins Zauberspruch konnte ich nicht abschütteln.«

Sigurd setzte sich zu ihr und fragte sie nach ihrem Namen.

»Brynhild heiße ich und war eine Walküre«, sagte sie. »Ich war ungehorsam gegenüber Göttervaters Gebot. Dies war meine Strafe. Aber nun bist du gekommen und hast mich erlöst.«

Und sie stand auf und reichte dem Befreier den Trank des Willkommens, ein Horn voll Met. Beide tranken sie aus dem gleichen Horn, und es war für sie mehr als eine Begrüßung. Es war der Beginn ihrer Liebe.

Brynhild erwachte zu neuem Leben. Das irdische Dasein gefiel ihr nun mehr als alles andere, und sie sagte in überströmender Freude: »Heil sei dem Tag, und Heil sei den Söhnen und Töchtern der Erde, zu denen ich nun wieder gehöre, ein Weib wie alle anderen auch. Heil dir, fruchtbares Feld, Heil dir, Meer und Land! Mögen die Asen und Asinnen freundlich auf uns schauen!«

Und Sigurd stimmte in ihr Gebet ein: »Gewährt uns für die Zukunft Freude und Kraft und Weisheit und heilkräftige Hände!«

Sigurd wusste wohl, dass eine einstige Kämpferin Odins viele Runen kannte und über große Weisheit verfügte, und er bat sie, ihn zu lehren.

Und Brynhild lehrte ihn Siegrunen und Freudenrunen und Machtrunen und viele Geheimnisse, die sie aus Walhall kannte.

Sigurd aber entbrannte in inniger Liebe zu ihr und sagte: »Kein anderes Weib als dich werde ich mir jemals wünschen. Ich schwöre dir mit heiligem Eid, dass ich nur dich haben will, denn du bist ganz nach meinem Herzen.«

Und sie antwortete: »Und ich will auch nur dich und keinen anderen, und hätte ich auch die Wahl unter allen Männern.«

Und dies befestigten sie gegeneinander mit Eiden.

Dann bestieg Sigurd sein Ross und ritt fort, weitere Abenteuer zu suchen, aber Brynhild gelobte, auf ihn zu warten. Und sie bat den Göttervater, erneut den Feuerring um sie herumzulegen, damit niemand anderes als Sigurd wieder zu ihr gelangte, denn er war ja der Einzige, der den Wall durchqueren konnte – dachte sie jedenfalls. Der Göttervater erfüllte ihr den Wunsch, doch nachtragend, wie er war, stellte er eine tückische Bedingung: Ein jeder, der die Feuerlohe durchschreiten könne, solle Brynhilds Gatte sein.

Brynhild war arglos und nahm die Bedingung nicht ernst. Denn wer anders als Sigurd sollte das je sein?

Sigurds Ermordung

Als Sigurd seine Brynhild verlassen hatte und in die Welt hineinzog, kam er zu einem mächtigen König, der hieß Gjuki. Er hatte eine Tochter namens Gudrun und drei Söhne, Gunnar, Högni und Gudny. Dann gab es noch einen Stiefsohn, Gutthorm, der sehr übermütig und leicht erregbar war.

Als Gudrun den schönen kläräugigen Sigurd mit dem hellen Haar erblickte, der allen anderen an Kraft und Waffenkunst den Rang ablief, verliebte sie sich in ihn. Und da sie zauberkundig war, braute sie ihm einen Trank, der ihn in sie verliebt machte und ihn alles vergessen ließ, was vorher gewesen war.

Lange Zeit blieb Sigurd nun am Hofe Gjukis und warb, wie es Brauch war, voller Glut um die schöne Gudrun. Die Brüder und er schwuren einander Brüderschaft und gelobten, einer für den anderen einzustehen.

Zu der Zeit aber hatte Gunnar, der älteste der Brüder, von der einstigen Walküre auf dem Berg der Hindin gehört und dass man sie nur gewinnen könne, wenn man einen Ring aus Feuer durchschreiten würde. Er bat Sigurd, mit ihm auf Brautwerbung zu gehen. Sigurd, dessen Erinnerung an Brynhild völlig ausgelöscht war, erklärte sich bereit, seinen Freund zu begleiten.

Als sie nun aber an das lodernde Feuer kamen, scheute Gunnars Pferd und verweigerte es, die Flammen zu durchschreiten. Da nahmen die beiden Freunde Zuflucht zu einem Runenzauber, den Sigurd von Brynhild erlernt hatte, ohne sich noch zu erinnern, woher ihm das Wissen kam, und er nahm die Gestalt seines Freundes Gunnar an. So durchritt er nun die Lohe, wie beim ersten Mal.

Als Brynhild sah, dass anscheinend ein anderer Mann als Sigurd die Flammen überwunden und den Weg zu ihr gefunden hatte, glaubte sie zu wissen, dass Odin ihr ein anderes Schicksal bestimmt hatte, und ergab sich dem »Fremden«. Noch in der gleichen Nacht hielt sie mit ihm Beilager, aber Sigurd legte in der Brautnacht sein Schwert zwischen sich und die Frau, er berührte sie nicht. Dennoch galt die Ehe als vollzogen. Und am anderen Tage gab er Brynhild den Ring, den er einst mit dem Schatz des Fafnir erbeutet hatte, als Morgengabe, und Sigurd empfing auch einen von ihr. Dann ritt er, noch immer in der Gestalt Gunnars, mit

Brynhild aus dem Feuerwall heraus und nahm seine eigene Gestalt wieder an. Brynhild erkannte wohl den einstigen Geliebten, wie er da so plötzlich vor sie trat, aber sie schwieg still, um nicht wieder aufs Neue den Zorn des Göttervaters zu erregen, und wurde nun Gunnars Weib. Von dem Rollentausch der beiden Männer hatte sie nichts bemerkt.

Wie versprochen, erhielt Sigurd Gudrun zur Frau, während Brynhild mit Gunnar lebte.

Viele Jahre lebten die Frauen, Brynhild und Gudrun, nun einträchtig miteinander am Hofe König Gjukis und gebaren ihren Männern Kinder.

Aber einstmals begab es sich, dass beide Frauen zum Fluss gingen, um ihre Haare zu waschen. Als sie nun am Strom waren, watete Brynhild ein Stück weiter stromaufwärts und sagte: »Ich will es nicht leiden, dass ich mich in dem Wasser wasche, was schon durch dein Haar verunreinigt ist, denn mein Mann ist besser als der deine und steht als Sohn eines Königs im Rang über ihm.«

Daraufhin ging Gudrun im Wasser ebenfalls stromaufwärts und erwiderte verächtlich: »Ich werde mein Haar im frischen, klaren Wasser waschen, das du noch nicht gebraucht hast, denn wenn dein Mann vielleicht auch an Rang über dem meinen steht, so hat mein Sigurd doch Fafnir und Regin erschlagen und besitzt einen gewaltigen Schatz.«

Brynhild lachte und sagte: »Ja, das mag sein. Aber wer letztlich durch den Feuerwall ritt und mich eroberte, das war nicht dein Mann, sondern Gunnar.«

Gudrun sah sie voller Verachtung an und erwiderte: »Du Verblendete! Du meinst, Gunnar sei durch die Feuerlohe geritten? Du irrst dich. Die Männer hatten ihre Gestalt getauscht. Es war der, mit dem ich verheiratet war – mit dem bist du im Bett gewesen in deiner Brautnacht. Er gab mir diesen Ring. Und der Ring, den du am Finger hast, das ist ein Stück aus dem Drachenschatz, und glaube nicht, dass Gunnar ihn von dem Untier geholt hat.«

Da erwiderte Brynhild kein einziges Wort mehr und ging nach Haus.

Sie begriff nun, wie sehr sie betrogen worden war, und grollte dem Göttervater, der ihr eine so üble Strafe auferlegt hatte.

Brynhild war außer sich vor Zorn und verschmähter Liebe. Es wurde Winter, und sie versagte sich ihrem Gatten jede Nacht. Einsam lief sie über Eis und Schnee, wenn es Abend wurde, und sie wusste, dass Sigurd jetzt Gudrun in die Arme nahm, und heulte vor Schmerz.

Sie ging zu ihrem Mann und sagte: »Ich habe keine Freude mehr an diesem Leben hier. Bei dir mag ich nicht mehr sein. Ich will zurückkehren auf meinen Berg und da meine Tage verschlafen.«

»Das will ich nicht dulden!«, sagte da Gunnar. »Was verlangst du von mir, damit du bleibst?«

Brynhild sagte ruhig: »Wenn du willst, dass ich wieder lache und bei dir bleibe, dann gibt es nur eins: Sigurd muss sterben.«

Gunnar ahnte, dass Brynhild auf irgendeine Weise hinter den Betrug der Brautwerbung gekommen war. Doch er wollte diese Frau um keinen Preis verlieren, weil er sie über alles liebte. Außerdem brachte ihn seine Goldgier auf den willkommenen Gedanken, dass er und seine Familie ja den reichen Schatz Sigurds erben würden, wenn er einmal tot wäre.

So beriet er sich mit seinem Bruder Högni, aber der sagte: »Wir haben einander Treue geschworen! Man kann nicht mit dem Schwert Eide brechen, ohne seine Ehre zu verlieren! Schlag dir das aus dem Kopf, Bruder!«

Aber Brynhild ließ nicht ab, den Tod Sigurds zu fordern. Und da kamen die Gjuki-Söhne schließlich darauf, dass es ja noch den Stiefbruder Gutthorm gab, der durch keinerlei Schwüre oder Eide an Sigurd gebunden war. Der Übermütige war schnell aufzureizen.

Da sich niemand an den Helden heranwagte, wenn er wach und im Besitz seiner Waffen war, beschlossen die Königssöhne, ihn im Schlaf erschlagen zu lassen.

Und so geschah es. Gutthorm schlich sich in die Kammer Sigurds und bohrte ihm das Schwert ins Herz.

Da erwachte Gudrun, die sorglos an der Seite ihres Mannes geschlummert hatte, und sah sich schwimmend im Blute des Ermordeten!

Laut und gellend schrie sie auf und schlug die Hände zusammen, dass die Becher auf dem Bord tanzten und die Gänse im Hof zu kreischen begannen.

Bis zu Brynhilds Bett gellten die Schreie Gudruns: Da wusste sie, dass die Stunde ihrer Rache geschlagen hatte. Von ganzem Herzen lachte sie da.

Gunnar sah sie entsetzt an. Nun, da die schlimme Tat

geschehen war, reute sie ihn. »Wie kannst du schadenfroh lachen, wenn auf dein Betreiben hin der edelste aller Helden erschlagen wurde?«

»Was willst du, Gunnar?«, sagte da Brynhild. »Du weißt, dass ich von Anfang an betrogen worden bin. Die Augen des anderen waren zuerst auf mir, und ihm war ich bestimmt. Lass mich aber jetzt in Frieden, ich habe zu tun.«

Sie rief ihre Mägde und Dienerinnen und begann, ihre Habe zu verteilen, all ihre Gewänder, die Spangen aus rotem Gold und die wertvollen Armreife. Und dann, als sie alles fortgegeben hatte, stieß sie sich selbst den Dolch in die Seite.

Sprachlos stand ihr Gemahl und sah, wie ihr Blut verströmte. »Setze dich zu mir, Gunnar«, sagte sie mit ersterbender Stimme. »Nun bin ich doch im Tod mit dem vereint, den ich immer geliebt habe. Wohl ziemte es eher Gudrun, den Holzstoß mit ihrem Gatten zu besteigen. Aber nein! Ich bin es, die mit ihm fährt in das Haus der Hel. Das ist mein Stolz. Richtet uns einen gemeinsamen Scheiterhaufen, und werft reichlich von euren Schätzen darauf. Auch lasst uns begleiten von Knechten und Mägden, und Sigurds gutes Ross soll zu ihm in der anderen Welt.« (Es war Sitte, dass bei fürstlichen Begräbnissen das Gesinde den Herren in den Tod folgte.) »Hart und lange währte Odins Rache, weil ich ihm ungehorsam war als Walküre; nun hat das ein Ende. Mit meinem Befreier zugleich scheide ich vom Tag.«

Die Stimme versagte ihr, sie war tot.

So endete Sigurds und Brynhilds Liebe.

Gudrun nimmt Rache

Nach Brynhilds und Sigurds Tod war der gewaltige Goldschatz des Drachen an die Brüder Gudruns gekommen, und auch den verhängnisvollen Ring hatte man der toten Brynhild abgenommen und ihn, um sie zu versöhnen, Gudrun gegeben. (Von dem Fluch, der an dem Ring hing, wusste sie nichts.)

Sie trauerte sehr lange um den ermordeten Mann, wollte von der Welt nichts mehr wissen, war nur noch in sich gekehrt und abweisend gegen jedermann. Aber ihre Brüder wollten sie irgendwann in die Welt zurückholen, und da baten sie ihre zauberkundige Mutter Grimhild, einen Trank zu brauen. Mit viel Kunst bereitete sie also ein Elixier zu, ein ähnliches, wie Gudrun es selbst einst Sigurd gereicht hatte: Wurzeln waren im Bier und Waldeckern, Sud aus Eingeweiden von Tieren, Herdasche und Blut, aufgefüllt mit eigens herbeigeholtem Quellwasser vom Brunnen der Nornen, der Schicksalsgöttinnen. Bevor man ihn durchseihte aus dem Braukessel, hatten Zauberrunen im Becher gelegen, und Gudrun vergaß Sigurd, und sogar, dass ihre Brüder ihren Gemahl gemeuchelt hatten, schwand aus ihrem Sinn.

Da kamen Fürsten und warben um Gudrun, aber obwohl sie ihren Schmerz nicht mehr spürte, wollte sie sich nicht wieder verheiraten.

Die Brüder aber wünschten dringend, sie vom Hof zu

entfernen, denn ihr Anblick erneuerte immer wieder ihr schlechtes Gewissen.

Aus den Steppen des Ostens von Midgard kamen zu dieser Zeit fremde Völker, die wie ein Sturm über die Länder hinwegfegten. Mit Feuer und Schwert unterwarfen sie alles, was sich ihnen in den Weg stellte, und nahmen Tribut von den besiegten Völkern. Ihr Anführer war König Atli, der weithin geachtet und gefürchtet wurde. Macht und Gold waren sein Lebensinhalt.

Er nun hatte um Gudruns Hand angehalten. Nur widerwillig sagte die junge Frau schließlich zu, als die Brüder sie sehr drängten, denn sie fürchteten die Macht Atlis.

Sieben Tage brauchte sie für die Reise ins Hunnenland, durch kalte Ebenen, über Gebirge und über riesige Seen führte sie die Reise, bis sie schließlich in das Reich des Hunnen kam.

Lange Jahre lebte sie da und gebar ihm zwei Söhne, Erp und Eitil. Aber Atlis Herz gehörte nicht nur seiner Frau. Mehr noch als sie begehrte er den Schatz Fafnirs, der ja eigentlich ihr, der Witwe Sigurds, gehörte. Doch der Schatz war bei den Brüdern geblieben. Einzig der verhängnisvolle Ring war in Gudruns Besitz gelangt.

Schließlich sandte er zu Gunnar und Högni einen gewandten Boten, der lud die Brüder ein ins Hunnenreich. Gudrun aber ahnte, dass ihr Gatte Unheil ausbrütete, und hatte mit dem Boten ebenfalls eine Nachricht gesandt: Sie hatte den fluchbeladenen Ring aus dem Schatz mit Wolfshaar umwickelt und mitgeschickt.

Der Bote wurde mit allen Ehren empfangen und erhielt

den besten Platz am Feuer. Nachdem sie zusammen gegessen und getrunken hatten, trug der Bote sein Anliegen vor und sagte lockend: »Kommt zu meinem Herrn, er erwartet euch! Ihr werdet reiche Geschenke empfangen. Schilde und Speere, goldene Helme und blutrote Panzer, edle Rosse mit bunt gestickten Schabracken! Das alles bietet euch mein Herr.«

Da wandte Gunnar den Kopf zu Högni und sagte: »Was hältst du davon? Warum bietet er uns solche Gaben? Wir besitzen doch selbst Gold in Hülle und Fülle. Sieben Säle voller Waffen mit gold glänzenden Griffen haben wir. Mein Schwert ist das schärfste, mein Hengst der schnellste, Brünnen aus edlem Metall gehören uns und Schilde, besetzt mit Edelsteinen. Was rät uns die Schwester? Was soll der Ring, eingewickelt in Wolfshaar? Eine Warnung ist das, scheint mir. Gefährlich ist die Fahrt. Wer weiß, was uns erwartet.«

Dennoch entschlossen sich die Helden, ins Hunnenland aufzubrechen, allen Warnungen und ihren eigenen dunklen Ahnungen zum Trotz. Es war eine Frage der Ehre, die Einladung des mächtigen Hunnenkönigs nicht auszuschlagen. Und wenn die Schicksalsgöttinnen es ihnen bestimmt hatten, sie für ihre Tat zu bestrafen und sie in den Untergang zu senden – nun, so wollten sie es mit Heldenmut tragen.

Sie ließen Gudny, den Jüngsten, zurück als Verwahrer und Hüter der Schätze.

Der sagte: »Fahrt froh und heil dahin, wohin euch euer Wille treibt, und grüßt mir die Schwester.«

Freudig ließen sie ihre Rosse mit fliegenden Mähnen dahinbrausen, durch grüne Täler und tiefe Wälder und über Heide und Feld. Ein reiches Gefolge ritt mit ihnen.

Sie ritten in ihr Verderben.

Als sie ins Land der Hunnen kamen, sahen sie viele Männer unter Waffen. Schließlich sahen sie Atlis Burg, die mächtig befestigt auf dem freien Feld lag. Als sie sich aber näherten, wehrten Atlis Krieger den Männern Gunnars, sich der Burg zu nähern. Gunnar und Högni allein wurden eingelassen.

Gudrun erfuhr, was da geschah. Vor Zorn zerriss sie ihre Halsketten, schleuderte das Silber zu Boden. Türenschlagend verließ sie ihre Räume und eilte an all den Hunnen in Waffen vorbei, die Verwandten zu begrüßen.

Sie umarmte und küsste die Brüder (das war die letzte Freundlichkeit, die sie empfingen). Ihre Söhne, Erp und Eitil, waren nicht bei ihr. »Warum seid ihr gekommen? Atli will an den Schatz! Hatte ich euch nicht Warnung zukommen lassen durch den Ring? Aber der Wille des Schicksals ist wohl stärker.«

Schon stürzten sich die Krieger mit blankem Schwert auf Gjukis Söhne. Gudrun aber warf den Mantel ab und ergriff selbst eine Waffe, um die Brüder zu verteidigen.

Sie stritten den ganzen Morgen bis zum Mittag gegen eine Übermacht, dann wurden sie überwältigt, und Atli ließ sein streitbares Weib gewaltsam zurückbringen in seine Gemächer.

Schließlich standen die Brüder gebunden vor dem Hunnenkönig. Atli ließ zuerst Högni fortschaffen und fragte dann Gunnar: »Bist du bereit, dich und den Bruder mit dem Goldschatz freizukaufen?«

Gunnar lachte. »Nicht einmal, wenn du Högni tötest und ich sein Herz hier in meinen Händen halte!«

Da schickte Atli seine Männer aus, damit sie dem Högni das Herz herausschnitten. Der Burgwart der Hunnen aber sagte: »Lasst uns Högni schonen! Er ist ein tapferer Mann und ohnehin dem Tod geweiht. Ein besseres Sterben hat er verdient!«

Und sie nahmen einen Knecht, der auf seinen Tod wartete, denn er war des Diebstahls überführt worden. Der Mann schrie und kroch in alle Winkel, um der Schlachtung zu entgehen, doch sie schnitten dem Winselnden das Herz heraus, um es Gunnar zu bringen.

Als Gunnar nun das Herz sah, wie es zitternd auf der Schüssel lag, sagte er verächtlich: »Nie und nimmer ist das Högnis Herz! Högnis Herz ist tapfer, es würde nicht zittern. Ihr wollt mich betrügen!«

So gingen sie hin und schnitten nun Högni bei lebendigem Leib das Herz aus der Brust. Der Tapfere lachte in seiner Todesstunde, Furcht oder Schmerz kannte er nicht.

Und als man Gunnar das Herz brachte, da lachte auch er. »Nun weiß nur noch ich um das Versteck des Schatzes, und nimmermehr wirst du, Atli, erfahren, wo er sich befindet. In die Wogen des Rheins habe ich das rote Gold versenken lassen; niemand wird es finden.« (Diese Lüge erzählte er, damit man den dritten Bruder daheim, den Hüter des Schatzes, in Frieden lassen sollte.)

Nun wurde Gunnar gebunden in eine Grube geworfen,

in der giftige Schlangen in grässlichen Knäueln herumkrochen. Er sang vom heldischen Sterben, bis der Morgen graute, dann war er tot vom Gift. Kein Wort verriet er vom Schatz.

Atli aber trat finster vor Gudrun hin und sagte: »Deine Brüder leben nicht mehr. Es ist ihre eigene Schuld. Hätten sie mir den Schatz ausgeliefert, so würde ich sie geehrt haben als meine Verwandten.«

Gudrun sagte scheinbar gefasst: »Was du tust und lässt, ist deine Sache. Entscheide über die Dinge.« (Aber sie brütete Rache.)

Der Hunnenfürst triumphierte. »Nun wirst du wohl nicht wieder ein Schwert in die Hand nehmen! Der Männer Gewalt bricht den Willen der Frauen!«

»So ist es«, sagte Gudrun zum Schein. »Lass uns nun, ich bitte, für meine toten Brüder einen Leichenschmaus richten.«

»Das will ich gern tun als Sühne für den Tod an deinen Verwandten«, sagte Atli. »Es freut mich, dass du so vernünftig bist.«

Als nun die Stunde des Gastmahls herankam, trat Gudrun vor ihren Mann und bot ihm zwei in Silber gefasste Schalen: »Heil dir, König! Nimm Gudruns Gabe heute entgegen!«

Atli trank in langen Zügen, dann setzte ihm seine Frau ein Gericht aus Kälberherzen in Honig vor, das aß er ganz und gar auf.

»Nie in meinem Leben hat mir etwas so gut geschmeckt wie dies Gericht, Gudrun!«, sagte Atli. »Aber wo sind unsere Söhne? Sonst war es Brauch, dass sie auf meinen Knien saßen beim Mahl und ich ihnen die besten Bissen zusteckte.«

Da antwortete Gudrun bleich und höhnisch: »Nie wieder wird das geschehen, König! So wisse denn, eben hast du die Herzen deiner Söhne in Honig verzehrt, nachdem du zuvor aus ihren Schädeln Wein, vermischt mit ihrem Blut, getrunken hast. So wie du meine Brüder grausam abgeschlachtet hast, so habe ich unsere Kinder geschlachtet.«

Da schrien die Männer auf den Sitzen laut auf, und die Frauen rangen die Hände und klagten. Atli, benommen von Wein und Speise, saß und stierte vor sich hin. Er schien nicht zu begreifen. Man reichte ihm weiterhin Wein, damit er seinen Schmerz vergessen sollte.

Gudrun allein saß ungerührt, keine Träne kam in ihr Auge, weder für ihre Söhne noch für die erschlagenen Brüder war sie imstande zu klagen.

In der Nacht aber, als der König betrunken im Bett lag, unfähig, sich zu rühren, erdolchte Gudrun ihren Mann.

Sie löste die Leinen der Hunde und weckte das Gesinde des Palastes, damit es sich in Sicherheit bringen konnte. Danach warf sie die Brandfackel in den großen Saal.

Atlis reiche Festung wurde ein Raub der Flammen, die Mauern sanken im Feuersturm, die Schatzkammern rauchten. Heulend und händeringend umstanden die Hunnen das riesige, alles verzehrende Feuer.

Gudrun aber bestieg ein Schiff und fuhr davon in andere Länder. Ob sie sich selbst töten wollte oder irgendwo ein anderes Leben beginnen, davon schweigt die Geschichte.

So hatte sich der Fluch des Zwergs Andwari vielfach erfüllt. Der Ring hatte nicht nur Tod und Verderben über zwei Königshäuser gebracht, deren Untergang gleichsam ein Zeichen war für die Gier nach Gold unter den Menschen, die sich ebenfalls immer tiefer in Schuld und Verbrechen verstrickten.

All diese Ereignisse bereiteten das Weltende vor, denn Bosheit und Betrug nahmen bei Menschen wie bei Göttern zu, und Midgard wie Asgard waren bedroht.

GESCHICHTEN VON LOKI

Iduns Raub

Die Götter hatten Loki viel zu verdanken. Hatte er nicht durch seine Wette mit den Zwergen so wunderbare Dinge wie Odins Speer, Freys Zauberschiff und Thors Hammer geschenkt, hatte er nicht dafür gesorgt, dass Sleipnir, Odins schnelles Ross, geboren wurde? Dank seiner List war ihm gelungen, Thors geraubten Hammer von den Riesen zurückzuholen.

Trotzdem hatte er mit seinem Mutwillen und seiner Frechheit den Asen auch viel Schaden zugefügt. Er hatte Sif die goldenen Haare abgeschnitten, und vor allem hatte er mit seinen drei Kindern Hel, Fenris und der Midgardschlange eine düstere Bedrohung über die Welt gebracht.

Nun geriet er wieder einmal in eine Situation, wo er sich nach Meinung der Asen hinterhältig und boshaft verhielt. Und wieder war er einem Riesen in die Falle gegangen, wie bei Geirröd, und konnte sich nur durch bindende Schwüre auslösen.

Das geschah so:

Einmal zogen Odin, Loki und der Gott Hönir, der als der Mittler zwischen Midgard und Asgard galt und die Opferriten der Menschen beaufsichtigte, miteinander über Land.

Sie hatten schlechte Wegstrecken zu gehen, öde Heide und Berge ohne Bewuchs, und so wurde ihnen bald der Proviant knapp.

Da entdeckten sie in einem Tal eine Herde Ochsen. Sie fingen einen davon, schlachteten ihn, machten Feuer, hingen den Sudkessel darüber und begannen, das Fleisch zu kochen. Als sie aber nach geraumer Zeit den Deckel hoben, um nachzusehen, war der Ochse noch so gut wie roh. Sie legten mehr Holz nach und warteten, aber auch beim zweiten Mal fanden sie es nicht anders, das Fleisch war hart und zäh.

Während sie sich noch wunderten, wie das wohl zugehen mochte, hörten sie auf einmal in der gewaltigen Eiche, unter der sie saßen, eine Stimme, die sagte: »Ich bin schuld daran, dass euer Sud nicht gelingt!«

Sie sahen auf und entdeckten im Geäst des Baums einen Adler, der war alles andere als klein. Und er sprach weiter: »Wenn ihr mich mithalten lasst bei eurer Mahlzeit, so will ich bewirken, dass euer Fleisch in kurzer Zeit gar ist.«

Die Asen stimmten zu.

Durch einen Zauberspruch, den der Adler vom Baum herab murmelte, war das Essen nach kurzer Zeit endlich gar. Da kam der Vogel im Sturzflug vom Baum herab, und seine mächtigen Schwingen verdunkelten den Himmel. Er setzte sich an den Rand des Sudkessels und griff sich mit Krallen und Schnabel die allerbesten Teile: zwei Keulen und zwei Bugstücke.

Mit einem so unverschämten Tischgast hatten die hungrigen Götter nicht gerechnet.

Und während die beiden anderen noch sprachlos dastanden, nahm Loki flink eine Stange und stieß damit nach dem Riesenvogel, um ihm die Beute wieder abzujagen. Der Adler flog auf, aber durch Zauberkraft haftete die Stange sowohl an seinem Federkleid als auch an Lokis Händen, und der Gott konnte sich nicht befreien.

Der Adler flog so dicht am Boden hin, dass Lokis Füße gerade die Erde berührten, er streifte mit den Fußspitzen über Steine, Baumstümpfe und Geröll, aber seine Arme fühlten sich an, als würden sie ihm aus den Achseln gerissen.

Loki schrie und jammerte und bat den Adler flehentlich, ihn freizulassen. Der sagte jedoch: »Ich werde dich so lange über den Boden schleifen, bis du mir mit heiligen Eiden versicherst, mir die Göttin Idun mit ihren Verjüngungsäpfeln zu bringen, erst dann lasse ich dich los.«

Erst wollte Loki nicht, aber der Adler ließ nicht locker, er flog weiter niedrig über dem Boden hin, und schon hatte er den Gott blutig geschleift. Schließlich gab der Verwundete nach und schwur dem Vogel, ihm die Göttin zu bringen. Darauf kam er frei, und nun nahm auch der Adler seine wahre Gestalt an und wurde zum Riesen Thjassi, und wieder hatte sich Loki einem aus dem Geschlecht der Bergriesen durch bindenden Eid verpflichtet, den Göttern einen Schaden zuzufügen.

Thjassi gehörte aber zu einer der reichsten und mächtigsten Riesenfamilien, und er machte sich mit seinem vielen Gold, das er mit vollen Händen ausgab, Freunde unter Riesen und Menschen. Das machte ihn maßlos, und so wollte er nun auch noch die ewige Jugend in seinem Besitz haben und eine Göttin in seinem Bett. Er verabredete mit Loki genauestens den Tag und den Ort, wo er die Göttin in Empfang nehmen wollte, und Loki musste wohl oder übel zustimmen.

Müde und zerschunden ging er zurück zu seinen Reisegefährten, und obwohl er sonst so gesprächig war, erzählte er nichts von dem, was ihm zugestoßen war, sondern erklärte nur, der Adler habe ihn schließlich freigelassen.

Von dieser Reise der Götter ist weiter nichts berichtet. –

Zum Zeitpunkt, den er mit dem Riesen Thjassi ausgemacht hatte, ging Loki zu Idun und sagte ihr geheimnisvoll: »Wenn du mit mir kommst in einen Wald außerhalb von Asgard, werde ich dir etwas Wunderbares zeigen!«

Neugierig fragte die Göttin: »Was denn?«

»Dort wachsen an einem Baum Äpfel, die schimmern wie Edelsteine. Ich glaube, so schön sind deine eigenen Früchte nicht!«

»Schöner als meine Lebensäpfel? Das kann ich nicht glauben!«, lachte die arglose Idun.

»Gut, wir wollen sie vergleichen«, schlug Loki listig vor. »Nimm den Korb mit deinen Äpfeln mit, dann werden wir ja sehen, welche schöner sind.«

Idun dachte sich nichts Böses und ging mit Loki in den Wald. Als sie an der verabredeten Stelle angekommen waren, gab es da keinen Apfelbaum. Stattdessen rauschte Thjassi in seiner Adlergestalt heran, packte die erschrockene Göttin und schwebte mit ihr davon.

Loki aber schlich sich zurück nach Asgard.

Odin und die anderen Götter vermissten zwar Idun und ihre tägliche Apfelgabe, aber zunächst machten sie sich, leichtsinnig, wie sie waren, noch nicht allzu große Sorgen – weder um Idun noch um ihr eigenes Wohlergehen.

Aber dann bekamen sie bald die Folgen zu spüren: Ihre Haut wurde schlaff und runzlig, ihre Haare ergrauten immer mehr, die Zähne begannen ihnen auszufallen. Die Asinnen verloren ihre Schönheit und die Asen ihre Stärke, sie konnten den Speer nicht mehr so weit werfen wie vorher. Vor allem die Göttinnen klagten über die schwindende Manneskraft ihrer Gatten, und sie drängten im Rat noch eifriger als die Götter, Idun und ihre Äpfel wieder herbeizuschaffen.

Es war den Göttern unverständlich, wohin sie für so lange Zeit gegangen sein konnte – noch dazu mit ihren Äpfeln!

Man fragte sich, mit wem sie zuletzt gesehen wurde: Da kam es heraus – Loki war es! Natürlich musste er sich wieder irgendeine Übeltat ausgedacht haben!

Die Götter schleppten Loki vor den Rat, und als er nicht bekennen wollte, bedrohten sie ihn mit Folter und Qualen. Da gestand er schließlich, dass er wusste, wo Idun sich aufhielt, und erklärte sich zu dem Wagnis bereit, sie zurückzuholen, falls Frigg ihm wieder einmal ihr Falkengewand leihen würde.

Loki flog als Falke gen Norden, bis er schließlich zum Gehöft des Thjassi gelangte. Er hatte Glück, denn der Riese war zum Fischen aufs Meer hinausgefahren, und Idun saß allein und traurig in ihrem Frauengemach und hütete ihre Äpfel.

Es war keine Zeit zu verlieren. Mit seiner magischen Kraft verwandelte Loki die Göttin samt ihrem Apfelkorb in eine Nuss, nahm sie in die Klauen und flog davon.

Doch Thjassi hatte vom Boot aus Ankunft und Abflug des Falken beobachtet, und er ahnte, dass da etwas Ungutes geschah. Schnell ruderte er an Land, und als er Iduns Gemach leer fand, fand er seine Befürchtung bestätigt. Er schrie auf vor Wut. Schnell nahm er seine Adlergestalt an und machte sich an die Verfolgung.

Loki hatte schon den Hinflug hinter sich und war müde, und außerdem ist ein Adler nun einmal viel größer und folglich auch viel schneller als ein Falke. Wie ein Pfeil schoss er durch die Lüfte.

So ging die wilde Jagd dahin über den Himmel, und der Adler kam dem Falken immer näher.

Besorgt beobachteten die Götter in Asgard, was sich in den Lüften abspielte. Eilig schleppten sie einen Haufen Hobelspäne vor die Mauern Asgards und warteten ab.

Mit letzter Kraft flog der Falke über die Burgmauer und fiel halb tot drinnen nieder.

Die Asen warfen nun Feuer in die Hobelspäne, und die flammten hoch auf. Der Adler in seiner ungeheuren Geschwindigkeit konnte seinen Verfolgungsflug nicht mehr stoppen und raste in die Flammenwand. Sofort loderten seine Federn hell auf. Schwer verwundet stürzte er zu Boden.

Als das Feuer nachließ, schleppten ihn die Asen durch das Tor und erschlugen ihn in ihrem Grimm gemeinsam – nur der Rechtsgott Tyr, dem die Schwerthand fehlte (er hatte sie ja damals dem Fenriswolf in den Rachen gesteckt), sah zu.

Dieser Totschlag innerhalb des geweihten Bodens von Asgard war eine unehrenhafte Tat und sollte den Asen noch lange anhaften. Aber das kümmerte sie jetzt nicht. Sie drängten Loki, Idun ihre wahre Gestalt zurückzugeben, und als das geschehen war, stürzten sie sich heißhungrig auf Iduns Äpfel und erlangten alsbald Kraft, Jugend, Schönheit und Stärke zurück.

Skadi wird versöhnt

Der erschlagene Thjassi hatte keine Söhne, aber eine Tochter von gewaltiger Stärke, die es im Zorn mit acht Männern aufnehmen konnte.

Als sie vom schmählichen Tod ihres Vaters hörte, wappnete sie sich, legte Helm und Harnisch an und zog gegen Asgard, um ihren Vater zu rächen.

Heimdall, der Wächter, stand an der Brücke, die regenbogengleich Midgard mit Asgard verband, und versuchte, der Kriegerin Einhalt zu gebieten, aber sie stapfte an ihm vorbei und direkt hinein in die Versammlungshalle der Götter.

»Ich bin Skadi, Tochter des Thjassi, den ihr so ruhmlos erschlagen habt!«, rief sie. »Ich fordere einen jeden von euch zum Kampf heraus, aber nicht ihr alle zugleich gegen eine, wie ihr es ja wohl liebt, sondern einer nach dem anderen mag sich mit mir messen!«

Ein paar Asen sprangen auf und wollten die Herausforderung annehmen, aber Odin sagte beschwichtigend: »Es bringt uns wenig Ehre, mit einem Riesenmädchen zu kämpfen. Lasst uns lieber nach einem Vergleich mit Skadi suchen.« (Das tat er, weil er sich wohl bewusst war, dass sie nicht ehrenhaft an Thjassi gehandelt hatten. Außerdem aber hatte er sogleich Gefallen an der schönen Kriegerin gefunden – warum sollte man sie also töten?)

Der freundliche Balder mischte sich ebenfalls ein und sagte: »Vielleicht können wir Skadi versöhnen, wenn wir sie mit einem von uns vermählen? Das würde doch helfen, dass sich Riesen und Asen nach all dem Kampf und Streit wieder näherkommen!«

Dieser Vorschlag gefiel Skadi sehr gut, denn sie hatte gleich ein Auge auf den schönen Gott der Jugend geworfen. »Damit bin ich einverstanden«, sagte sie, »aber ich muss mir den Gatten selbst aussuchen dürfen. Und außerdem muss es euch gelingen, mich zum Lachen zu bringen, denn seit dem Tod meines Vaters bin ich nur in Tränen.«

Die Götter berieten sich.

»Wir sind bereit, dir diesen Wunsch zu erfüllen, und büßen so unsere Tat gegen deinen Vater«, sagte Odin dann, »aber unter einer Bedingung. Du sollst den Gott, den du bekommst, zwar selbst aussuchen, aber wir Asen wollen unsere Köpfe verhüllen, und du musst deinen Gatten nach den Füßen wählen.«

Die junge Riesin willigte ein, dachte sie doch, niemand würde schönere Füße haben als Balder, an dem alles vollkommen war. Sorgfältig begutachtete sie die Füße der Männer, deutete dann auf eine der Gestalten und sagte mit

Bestimmtheit: »Diesen wähle ich! Der hat die vollkommensten Füße!«

Die Asen warfen ihre Verhüllung ab – da war es nicht Balder, den sie gewählt hatte, sondern der alte und sanftmütige Meeresgott Njörd. Aber es half alles nichts, nun war sie einmal im Wort mit ihm.

Doch wie sollte man Skadi zum Lachen bringen, noch dazu, wo sie den falschen Ehemann erhalten hatte? Loki kannte sich aus mit dem Sinn der Riesen und wusste: Je gröber ein Scherz, umso besser fanden sie ihn.

Da band er einem Ziegenbock das eine Ende eines Seils um den Bart, und das andere Ende befestigte er – an seinen eigenen Hoden. Mal zerrte der Bock, mal zerrte er, und abwechselnd schrien sie vor Schmerz oder vor Schadenfreude. Schließlich brach er das Spiel ab und warf sich, selber lachend, in Skadis Schoß, und wirklich, das Riesenmädchen konnte gar nicht mehr aufhören zu lachen über diesen »Witz«. (Die vornehmen Asinnen hatten sich naserümpfend abgewendet.)

Aber zwischen den Eheleuten Njörd und Skadi ging es nicht gut. Skadi wollte unbedingt im Norden wohnen, sie wollte die Behausung ihres Vaters nicht aufgeben und liebte es, in Eis und Schnee zu jagen. Njörd hingegen wollte sich nicht vom Meer trennen und von seinen Töchtern, den Wellen.

Zunächst verabredeten sie, dass sie sich abwechseln wollten: Njörd sollte neun Tage und Nächte im Norden zubringen, Skadi die nächsten neun am Meer.

Aber als Njörd von seinem ersten Nordaufenthalt zurückkam, klagte er: »Mir sind die Berge leid, ich fühle mich eingeengt von Klippen und Schluchten, und das Geheul der Wölfe will ich gern wieder eintauschen gegen den Gesang der Schwäne.«

Und Skadi sagte, als sie ihre neun Tage am Meer hinter sich gebracht hatte: »Ich habe kein Auge zugetan wegen des Gekreischs der Möwen und des Brandungslärms! Nein, das halte ich nicht aus!«

So trennte sich das ungleiche Paar bald wieder. Njörd lebte weiter am Meer. Skadi aber durchstreifte die Eisflächen des Nordens auf ihren Skiern, den Bogen in der Hand, und erlegte das Wild.

Immerhin hatte ihre kurze Ehe für sie ein Gutes gebracht: Sie war nun eine Asin, und ihr standen göttliche Ehren zu, was die Menschen von Midgard dazu brachte, sie von nun an zu verehren als die Hüterin der Jagd und Erfinderin der Schneeschuhe.

Später, so geht die Sage, soll Odin, der ja bereits ein Auge auf sie geworfen hatte, viele Söhne mit ihr gezeugt haben, die mächtige Herrscher unter den Menschen wurden.

Loki stiehlt Freyjas Halsschmuck

Freyjas Halsschmuck war ihr ganzer Stolz. Sie hatte wegen dieser Kette sogar den Beinamen »die Schmuckfrohe« erhalten. Eigentlich trennte sie sich nur im Schlaf von dem herrlichen Halsband. Deshalb musste sie es ja auch – wenngleich widerwillig – an Thor ausleihen, als er damals an ihrer Stelle die Braut des Riesen spielte, um seinen Hammer wiederzugewinnen: Niemand hätte sonst an die Täuschung geglaubt. Freyja ohne den Schmuck – das war undenkbar.

Nun gab es aber Gerüchte über die Entstehung des Kleinods, die für die Göttin nicht sehr vorteilhaft waren. Vier Zwerge hatten es einst angefertigt, das Gold gehämmert und funkelnde Edelsteine eingesetzt. Als Freyja zufällig bei den Zwergen zu Besuch war und das sah, wollte sie den Schmuck unbedingt besitzen. Sie bot den Zwergen all ihre anderen Kostbarkeiten dafür an.

Doch das beeindruckte die kleinen Goldschmiede nicht. »Von solchen Dingen besitzen wir mehr als genug«, sagten sie. »Wir verlangen einen andern Preis.«

»Fordert, was immer ihr wollt, ich will es euch geben«, entgegnete die Schöne, die völlig vernarrt war in das Halsband.

Die Zwerge hielten nicht länger hinterm Berg mit ihrer Forderung, die höchst ungewöhnlich war. »Wir wollen nicht mehr und nicht weniger, als dass du mit jedem von uns«, sie grinsten sich an, »eine Nacht verbringst.«

Die Göttin schnaubte vor Wut und brauste mit ihrem Katzengespann davon. Aber der Gedanke an den Schmuck ging ihr nicht aus dem Kopf. Und so – das wurde jedenfalls behauptet – soll sie denn heimlich wieder in die Zwergenhöhle gegangen sein und den Wunsch der vier Zwerge erfüllt haben. So also war sie in den Besitz des heiß begehrten Halsbands gekommen.

Natürlich war so eine Geschichte ein Fest für das Lästermaul Loki. Das war eine gute Gelegenheit, den langweiligen harmonischen Alltag in Asgard ein bisschen aufzumischen und die Götter gegeneinander auszuspielen.

Mit scheinheiliger Entrüstung berichtete er sofort dem Göttervater von dem Gerücht, als es bekannt wurde. Dürfe sich denn eine Göttin so gehen lassen um eines schnöden Halsbands willen? Das sei doch unwürdig!

Odin ließ sich tatsächlich auf die Sache ein. Ob er wirklich davon überzeugt war, dass Freyja sich den Zwergen hingegeben hatte, und wenn ja: ob er das wirklich so verwerflich fand, sei dahingestellt. Jedenfalls war der oberste Ase – wie bekannt – auch nicht ohne Tücke. Er meinte also, man müsse Freyja einen Denkzettel verpassen.

»Ich werde ihr für einige Zeit das Halsband abnehmen, damit alle sehen, dass ich sie bestraft habe, und sie sich schämt.« Und er fügte hinzu: »Und du, Loki, wirst es ihr stehlen.«

Loki verbarg seinen Schrecken kaum. Mit Freyja, wenn sie zornig wurde, war nicht zu spaßen. Sie besaß ja ein Falkengewand, sie konnte sich jederzeit aus der Luft auf ihn stürzen und versuchen, ihm mit ihrem scharfen Schnabel die Augen auszuhacken. Außerdem hatte die Göttin, indem sie ihm ihr Federkleid lieh, ihm schon häufig aus Verlegenheiten geholfen.

Er wand sich. »Vielleicht ist das alles ja doch nur eine böswillige Erfindung!«

»Ja, von dir!«, erwiderte der oberste Ase scharf. »Aber sei es, wie es sei: Du hast deine Aufgabe.«

Baldur, der auch zugegen war, sagte milde: »Aber Vater, selbst wenn es stimmt: Was ist daran Verwerfliches? Freyja liebt nun einmal den Putz, und sie ist eine in der Liebe erfahrene leidenschaftliche Frau. Sie hat mit ihrer Tat doch niemandem geschadet! Aber wenn ihr der Schmuck abhandenkommt, wie auch immer, gibt es Unfrieden hier in Asgard!«

Odin jedoch war nicht von seinem Entschluss abzubringen.

So schlich sich Loki nachts vor die Schlafkammertür der Göttin, doch er fand sie verschlossen. Unverrichteter Dinge kehrte er in die Halle zu Odin zurück. »Ich glaube, der Auftrag, den du mir erteilt hast, ist nicht auszuführen. Bitte, ändere deinen Sinn!«, bat er.

Aber Odin beharrte auf seinem Befehl. »Wie du das anstellst, ist deine Sache!«, sagte er hämisch. »Du bist doch sonst nie um einen Einfall verlegen!«

Also musste Loki noch einmal sein Heil versuchen. Er besann sich auf seine Zauberkünste und verwandelte sich in eine Fliege – eine Gestalt, die er zuweilen gern annahm. Sie war ihm ja auch sehr hilfreich gewesen, als er mit den Zwergen gewettet hatte und so versuchte zu verhindern, dass die kunstvollen Schmiedewerke entstanden.

Er umschwirrte also Freyjas Wohnung und suchte nach einer Ritze, durch die er eindringen könne. Schließlich fand er ein Loch unter den Schindeln des Giebels und schlüpfte hinein.

Die Göttin hatte ihren Schmuck diesmal auch im Schlaf nicht abgetan, und sie lag auf dem Verschluss der Kette.

Schnell verwandelte sich Loki nun in einen Floh und stach sie in die Wange. Freyja machte eine abwehrende

Handbewegung und drehte sich zur Seite. Nun lag der Verschluss frei.

Schnell nahm Loki seine eigentliche Gestalt an, löste das Kleinod vom Hals der Schönen, öffnete die Tür und eilte davon.

Aber bevor er dazu kam, den Schmuck Odin zu überbringen, vertrat ihm Heimdall den Weg. Der Wächter wusste nichts von dem Auftrag, den Loki ausgeführt hatte, und dachte, der Ränkeschmied hätte eine Übeltat begangen. Sofort stürzte er sich auf ihn, denn er war von Anfang an ein Feind Lokis gewesen.

Zeit für Erklärungen blieb nicht. Vor dem wütenden Wächter half nur die Flucht. Loki rannte zum Meeresstrand und verwandelte sich in einen Seehund. Dann tauchte er, den Schmuck im Maul, ins Wasser und schwamm flink auf eine Schäre, eine Klippe im Meer, zu. Dort verbarg er das Halsband in einer Felsspalte.

Aber Heimdall, der auch im Dunkeln viele Meilen weit sehen kann, verstand sich genauso auf Zauberkünste. Auch er nahm die Gestalt eines Seehunds an und schwamm dem anderen hinterher zu der Schäre.

Es gab keinen Ausweg für Loki, er musste sich zum Kampf stellen. Die beiden Seehunde gingen aufeinander los und bissen sich blutige Wunden. Heimdall jedoch war größer und stärker als Loki, wenn auch nicht so wendig. Als er ihn erst einmal an der Kehle gepackt hatte, ließ er nicht mehr locker. Und um ein Haar hätte er den Feuergott totgebissen, wenn der nicht im letzten Moment den Schmuck aus der Felsspalte gezogen und dem Gott zugeworfen hätte.

Da ließ Heimdall von ihm ab und schwamm ans Ufer zurück.

Freyja, die schon in Tränen aufgelöst in ihrer Kammer saß, war überglücklich, als Heimdall ihr den Schmuck zurückbrachte, und belohnte ihn sofort mit dem, wofür man sie rühmte: Sie schenkte ihm eine Nacht in ihrem Bett.

Odin tat so, als wisse er nichts von der ganzen Angelegenheit; wahrscheinlich war es ihm eine innere Freude, dass der freche Loki einmal den Kürzeren gezogen hatte.

Der Seehund Loki aber saß noch auf der Schäre und leckte seine Wunden. Dabei schwur er Heimdall ewige Feindschaft.

Das war das erste Mal, dass zwei Asen auf Leben und Tod gegeneinander gekämpft hatten. Die Gemeinschaft von Asgard begann zu zerfallen.

VORZEICHEN DER ENDZEIT

Balder träumt seinen Tod

Der heiterste und liebenswürdigste aller Götter, Balder mit dem glänzenden Angesicht, der nie jemandem etwas zuleide getan hatte, wurde von bösen Träumen geplagt. Manchmal träumte er, der Fenriswolf würde seine Ketten zerreißen und die Sonne zu Tode hetzen, oder die Midgardschlange würde vom Meeresgrund auftauchen. Sie peitschte die Fluten, sodass riesige Wellenberge über das Land hinstürzten und alles in den Tod rissen. Von Kälte träumte Balder, von den Frostriesen, die alles zu Eis erstarren ließen. Schnee deckte das Feld, die Meereswogen gefroren zu eisigen Hügeln. Hungersnöte plagten die Menschen, und der Atem der Midgardschlange vergiftete die Luft.

Am häufigsten aber träumte er seinen eigenen Tod. Und das Furchtbare an diesem Traum war, dass nicht etwa Riesen oder Trolle ihm nach dem Leben trachteten, sondern in diesen Traumgeschichten waren es die Asen und Asinnen selbst, die ihn ins Jenseits schickten.

Dem Gott erschien der süße Schlaf nun wie ein Kerker, er getraute sich kaum mehr, zur Ruhe zu gehen.

Schließlich erzählte er den anderen Asen von seinen nächtlichen Schrecken.

Die Götter waren sehr beunruhigt, denn sie glaubten an die prophetische Kraft solcher Träume. Sie liebten ihren Bruder Balder über alles und hielten lange Rat unter der Weltesche, was zu tun sei.

Den Sinn dieser Träume Balders zu erforschen, wurde Odin ausgesandt. Er war der Einzige unter ihnen, der um dunkle Geheimnisse wusste, der Einzige, der den Weg hinab zur Hel kannte. Dort wohnte eine Seherin, die er befragen wollte.

So versammelte er all seine Zauberkraft um sich, sattelte sein Pferd Sleipnir und machte sich auf in Richtung Osten, nach Niflheim. Meer und Land flogen an Ross und Reiter vorüber, er schien sogar die Sonne zu überholen.

Kurz vor dem Ziel fuhr ihm aus seiner Höhle Garm entgegen, der Höllenhund, mit blutbefleckter Brust und klaffendem Rachen – er nährt sich von frischen Leichen. Bellend und heulend umsprang er den Reiter auf Sleipnir, aber er konnte dem mit magischer Macht versehenen Gott nicht schaden.

Odin ritt weiter, die Erde dröhnte unter den acht Hufen des Rosses. Er kam zum Anwesen der Hel und ritt an das östliche Eingangstor. Daneben, so wusste er, war in einem großen Hügel das Grab der Seherin Wala. Er berührte mit dem Stab die Erde und sang das Wecklied, eine Beschwörung, die die Kraft hatte, Tote wiederzuerwecken.

Und wirklich öffnete sich der Hügel, und angezogen von seinen starken Zaubersprüchen, kam widerwillig die Wala hervor und sprach mit fahler Stimme: »Wer ist der Mann, der mich zu diesem beschwerlichen Gang zwingt? Schnee beschneite mich, Regen beschlug mich, Tau beträufte mich, tot war ich lange.«

Wieder einmal nannte sich Odin mit falschem Namen und erwiderte: »Wegtam heiße ich, Waltams Sohn.« (Das heißt: der Weggewohnte, Sohn des Kampfgewohnten.) »Gern sage ich dir, was in den Welten oben geschieht, wenn du es hören möchtest. Berichte du mir aber von der Unterwelt.«

Odin wandte den Blick und sah durch das offene Gittertor in das Haus der Hel und erkannte die Halle festlich vorbereitet. Er fragte: »Für wen sind die Bänke mit Gold verziert, für wen die Lagerstätten mit goldenen Decken verhüllt?«

Wala sprach: »Für Balder wurde all dies ausgerichtet. Der Met für ihn ist schon gebraut und eingegossen. Noch ist der Kelch, aus dem er trinken wird, mit einem Schild verschlossen. Doch es gibt keine Hoffnung mehr für den Asen. Du hast mich gezwungen zu sprechen, nun lass mich wieder ruhen.«

»Nein, schweige nicht, Wala! Du musst weiterreden, bis ich alles weiß!«, sagte Odin und hob den magischen Stab gegen die Seherin, sodass sie genötigt war weiterzureden. »Sage mir: Wer wird Balder ermorden? Wer wird Odins Sohn das Leben nehmen?«

»Sein blinder Bruder Höd wird das tun«, antwortete Wala. »Er wird Balder hierherschicken. Du hast mich gezwungen zu sprechen, nun lass mich wieder ruhen.«

Aber Odin nötigte sie weiter mit Zauberkraft, sodass sie nicht in der Erde versinken konnte, und sagte: »Nein, schweige nicht, Wala! Erst muss ich alles wissen! Wer wird den Tod Balders rächen? Wer wird seinen Mörder hierher zu Hel senden?«

»Weit im Osten wohnt Rindur, die Schöne. Odin wird mit ihr einen Sohn zeugen, der wird Vali heißen. Der wird sich nicht die Hände waschen, die Nägel nicht schneiden, Haare und Bart weder scheren noch säubern, bevor er Balders Mörder nicht getötet hat. Nun aber schweige ich und fahre zur Erde.«

»Warte noch, Wala! Sage mir eines: Wer wird nicht klagen um Balders Tod?«

»Nichts sage ich mehr. Du bist nicht Wegtam. Odin selbst bist du, der alte Gott und Kriegsstifter, und wirst den Rächer deines Sohnes hervorbringen.«

Immer tiefer versank das Weib in die Erde, und seine Stimme war kaum noch zu verstehen: »Reite nun heim, Odin, und behalte für dich, was ich dir sagte. Niemand wird meinen Schlaf weiter stören, niemandem werde ich Antwort geben.«

Und Odin bestieg Sleipnir und ritt in schweren Gedanken zurück nach Asgard. Das Schicksal Balders schien unabwendbar zu sein.

Loki verhöhnt die Götter

Um die Sorgen der Asen ein wenig zu zerstreuen, lud der Meeresriese Ägir sie zu einem Trinkgelage ein. Er hatte ja den riesigen Braukessel, den Thor einst herbeigeschleppt hatte, und war sich deshalb sicher, dass genug Bier für eine ausgedehnte Zecherei vorhanden war.

Odin und sein Weib Frigg waren erschienen, der Gott der Dichtkunst, Bragi, und seine Gefährtin, die Frühlingsgöttin Idun, dazu der Kriegsgott Tyr, dem der Fenriswolf die Rechte abgebissen hatte, außerdem Njörd und seine Kinder Frey und Freyja sowie Skadi, die trotz ihrer Trennung von Njörd ab und zu nach Asgard kam. Thor war unterwegs, aber sein Weib Sif mit den goldenen Haaren wohnte dem Gastmahl bei, und noch andere Asen und Elben.

Loki war nicht geladen, weil die Götter ihm jetzt misstrauten, und er war wütend darüber bis auf den Grund seiner Seele. Er beschloss, die gute Stimmung in Ägirs Halle zu stören.

Vor der Tür traf er auf Eldir, einen der Diener des Meeresriesen, dem fast das Trinkgeschirr aus der Hand fiel, als er den Feuergott sah, denn er wusste, dass ihn niemand hinzugebeten hatte. Ihm war klar, dass das Ärger geben würde.

Mit verstellter Freundlichkeit hub Loki an. »Sag mir doch, mein lieber Eldir, wovon reden denn die sieggewohnten Götter da drinnen?«

»Sie reden von Waffen und ruhmvollen Kämpfen, Loki. Aber über dich fällt kein gutes Wort«, erwiderte der Diener.

»So?«, sagte Loki streitlustig. »Das würde ich mir gern einmal selbst anhören und ein bisschen Gift in ihren Met tropfen.«

»Gib acht, dass die Götter das Gift, das du auf sie spritzt, nicht wieder an dir abwischen!«, sagte Eldir warnend.

»Willst du dich etwa mit mir zanken?«, fragte Loki verächtlich. »Da wirst du auf alle Fälle den Kürzeren ziehen. Aber ich sehe nicht ein, warum ich meine Worte an einen Knecht verschwenden soll, wenn ich es da drinnen lohnender haben kann. Ich werde den Asen und Asinnen tüchtig einheizen und ihnen den Spaß am Gelage von Grund auf verderben!« Mit diesen Worten schob er Eldir einfach beiseite und trat in die Halle.

Als Loki eintrat, wurde es still. Die Götter schwiegen betreten und sahen in ihre Trinkhörner, als könnten sie auf deren Grund einen Ausweg aus dieser peinlichen Situation sehen.

Loki lehnte sich an den Türpfosten, verschränkte die Arme und musterte die ganze Gesellschaft eingehend. Er legte sich innerlich schon zurecht, wen er womit am schärfsten beleidigen könnte.

Dann fing er herausfordernd an: »Durstig komme ich von einer weiten Wanderung daher. Die Gastfreundschaft gebietet, jedem, der unterwegs war, einen erquickenden Trunk anzubieten. Wie lange muss ich hier noch warten?«

Niemand gab ihm Antwort, und er fuhr fort: »Wollt ihr mir keinen Platz anbieten? Warum sitzt ihr da wie die Standbilder, seht mich nicht an und erwidert mir nichts? Wenn ihr mich nicht haben wollt, dann habt wenigstens den Mut, mir offen und deutlich die Tür zu weisen!«

Bragi brach das Schweigen. Er hatte schließlich nicht vergessen, dass Loki damals seine Frau Idun mitsamt ihren Äpfeln zu dem Riesen Thjassi entführt hatte, und hegte den tiefsten Groll gegen ihn. »Du weißt selbst sehr gut, dass du hier nicht willkommen bist! Warum sollten die Götter dir Platz und Trunk anbieten?«

Loki tat so, als habe er den Gott der Dichtkunst überhaupt nicht gehört, und wendete sich an Odin.

»Hast du vergessen, Göttervater, dass wir beide Blutsbrüder sind und du gelobt hast, keinen Trunk zu dir zu nehmen, der nicht auch mir kredenzt wird?«

Widerwillig musste sich Odin eingestehen, dass Loki recht hatte. Er bat einen seiner Söhne, aufzustehen und Loki den Platz zu überlassen. Der Knabe erhob sich, schenkte dem ungebetenen Gast Bier ein und reichte ihm den Trunk.

Loki schwenkte das Trinkhorn. »Heil und Glück allen Asen und Asinnen! Nur Bragi da auf seiner Bank, den nehme ich aus!« Und er leerte das Gefäß auf einen Zug.

Um des Friedens willen und weil der Göttervater selbst den Eindringling willkommen geheißen hatte, versuchte Bragi einzulenken. »Ich gebe dir einen Goldring und ein schönes Pferd aus meinem Besitz«, sagte er. »Aber verärgere die Götter nicht, und lass uns hier in der Halle ohne Zank und Streit beieinandersitzen.«

»Einen Ring und ein Pferd?« Loki tat erstaunt. »Soll das etwa aus einer Kriegsbeute sein? Das würde mich wundern, wo du doch eigentlich aus Feigheit nie in den Kampf ziehst!«

Jetzt war es um Bragis Fassung geschehen. »Dies hier ist eine Stätte des Friedens!«, sagte er zähneknirschend. »Wenn ich mit dir draußen vor der Tür wäre, hätte ich jetzt schon deinen Kopf in der Hand!«

»Ja, in deinen Worten bist du tapfer, aber nicht mit dem Schwert, Bragi, Bänkedrücker! Warum kommst du nicht mit mir hinaus, wenn du es wirklich willst?«

Idun versuchte zu vermitteln, redete auf ihren Mann ein: »Ich bitte dich, Bragi, leg dich nicht mit Loki an. Wahre die Ruhe!«, aber Loki leerte ein zweites Trinkhorn auf einen Zug und begann nun, gegen Idun zu sticheln: »Das muss er wirklich, dein lieber Mann, auch bei dir. Und das, wo du doch die mannstollste von allen Asinnen bist, würdest dich gern mit allen einlassen.«

Die Behauptung war so grob, dass sich unter den Asen und Elben ein großes Murren erhob. Man forderte, dass Odin ein Machtwort sprechen sollte.

»Du musst irrsinnig sein, Loki, wenn du diese Göttin der Unzucht beschuldigst. Also hör endlich auf.«

Aber das Bier hatte dem Feuergott nun erst den richtigen Schwung verliehen. Jetzt wetzte er seine Zunge auch an dem Göttervater: »Du solltest lieber schweigen, Odin! Ungerecht teilst du den Sterblichen ihr Schicksal zu. Oft siegt der schlechtere Mann.«

In der Halle war es totenstill geworden ob der frechen Rede. Auf Odins Stirn schwoll die Zornader an. Mühsam beherrscht sagte er: »Ich sammele in Walhall Streiter gegen die Weltfeinde, und niemand weiß, wann das Ende naht! Aber du, du hast dich mit einer Riesin eingelassen und die schlimmsten Gegner der Götter in die Welt gesetzt, den Fenriswolf und die Schlange! Du solltest verstummen, Schändlicher!«

Loki holte tief Luft zu einer Erwiderung, da mischte

Frigg sich ein: »Was ihr Asen in Urzeiten gemacht habt, darüber sollten wir nicht mehr sprechen.«

Aber auch für sie hatte Loki sofort einen beleidigenden Spruch bereit. Als Nächste war Freyja an der Reihe, der er vorwarf, bereits mit allen im Saal das Bett geteilt zu haben.

Freyjas Vater, der friedfertige Njörd, verteidigte den Lebenswandel seiner Tochter: »Was ist schon dabei, wenn eine Frau, die keinen Ehemann hat, sich mit mehreren Männern einlässt?« Das kam Loki gerade recht. Nun hatte er ein neues Opfer gefunden. Toll vor Bosheit fuhr er auf den Meeresgott los: »Ich kenne eine Geschichte über dich, die sonst keiner kennt! Als du mit den Töchtern des Riesen Hymir als Geiseln herumzogst, benutzten die deinen Mund als Nachttopf und pissten hinein!«

Im Saal erhob sich Getöse. Loki leerte ein weiteres Trinkhorn und suchte sich das nächste Opfer für seine Gemeinheiten. Als er auch noch den Gott Frey beschimpft hatte, der selbst zu verblüfft war, um zu antworten, ergriff Tyr an dessen Stelle das Wort: »Wie kannst du Frey beleidigen, einen der edelsten Asen, die es gibt? Niemals hat er ein Mädchen oder eine Frau betrübt, alle hat er beglückt!«

»Und ich beglückte deine Frau!«, schoss Loki zurück. »Mit Armen und Beinen umschlang sie mich, und ich machte ihr ein Kind.«

Tyr umklammerte mit der Linken sein Schwert und lief rot an. »Wenn du nicht deinen Mund hältst, dann werden wir dich in Fesseln legen, wir Asen, wie deinen Sohn, den Fenriswolf!«

»Nachdem er dir die rechte Hand abgebissen hatte!«,

hohnlachte Loki. »Du musst ausgerechnet damit anfangen!«

Heimdall versuchte noch einmal zu schlichten: »Loki, du bist sinnlos betrunken. Im Rausch redest du dich noch um deinen Kopf!«

»Ach, wer meldet sich denn da zu Wort? Heimdall, du hast ein übles Los gezogen. Schiebst immer nur Wache bei Bifröst, der Asenbrücke, und dein Buckel ist ganz nass von dem Tau, den du täglich auffangen musst.«

Da baute sich die riesige Skadi vor Loki auf und sagte mit ihrer tiefen Stimme energisch: »Das wird ein übles Ende nehmen mit dir! Irgendwann hängst du gefesselt am Felsen!«

»Mag ja sein«, gab Loki zurück. »Aber vorher sollst du noch wissen, dass ich als Erster und als Letzter zuschlug, als wir deinen Vater Thjassi töteten.«

Skadi wollte sich schon auf den gehässigen Lästerer stürzen, aber ein Wink Odins, der Ägirs Halle nicht durch Blut entweihen wollte, hielt sie zurück, und der freche Feuergott dankte es ihm mit einem spöttischen Grinsen.

Da trat die goldhaarige Sif vor. Sie trug einen Kristallkelch mit Met in beiden Händen und schritt so auf Loki zu. »Trinke nun auf unser aller Glück und Wohl!«, sagte sie bittend. »Und verschone eine einzige Asin mit deinem Spott.«

In aller Ruhe trank Loki aus, dann sagte er mit einem verlogenen Seufzer: »Ja, Sif, ich würde dich wirklich verschonen, denn Thors Gemahlin ist ihrem Gatten immer treu geblieben. Aber erinnerst du dich noch der Stunde, in der ich dir Schlafenden das Haar abschor? Denkst du noch daran, was vorher war?«

Sif schoss die Schamröte ins Gesicht. Sie schrie: »Während ich schlief, hast du …«, doch dann unterbrach sie sich. Draußen polterte der Donner, und die Göttin rief erleichtert: »Endlich kommt mein Mann, der wird dir schon den Mund stopfen, du Schuft.«

Und schon stapfte Thor in die Halle. In der Hand hielt er den Mjöllnir. Sein roter Bart wallte, und unter zusammengezogenen Brauen musterte er die Asen. Er sah gleich, dass irgendetwas nicht stimmte, und dann fiel sein Blick auf Loki, der als Einziger mit spöttischem Lächeln dasaß.

»Nun kommt der Sohn der Erde daher wie ein Erdbeben!«, sagte der auch gleich frech. »Wirst du auch so mutig aussehen, wenn du noch einmal mit der Midgardschlange kämpfen musst?«

»Schweig, du erbärmlicher Kerl!«, rief Thor. »Oder mein Hammer schließt dir das Maul!«

»Ob du auch noch so große Töne spuckst, wenn du gegen meinen Sohn, den Fenriswolf, antreten musst?«

»Schweig, du Wurm! Ich schleudere dich in die Luft, sodass keiner dich jemals wiedersieht!«

»Wenn du nicht gerade das nächste Mal im Handschuh eines Riesen übernachtest, kannst du es ja sehr gerne versuchen!«

Alle im Saal lauschten mit angehaltenem Atem dem Rededuell. Natürlich war Loki dem Donnergott an Witz und Gewandtheit überlegen. Aber dafür hatte der den Hammer! Jetzt schüttelte er ihn wieder in der Faust und schrie außer sich vor Wut: »Ich breche dir alle Knochen im Leib, du Wicht! Du wirst deine Zunge nicht mehr wiederfinden, wenn ich mit dir fertig bin!«

»Meine Zunge ist so frei wie nie in meinem Mund«, sagte Loki. Er erhob sich von seinem Sitz und wich vor Thor zurück. »Ich hab den Asen meine Meinung über sie gesagt – Dinge, die sie sich selbst nie eingestehen würden, hab ich offenbart.« Er blickte umher, sah die Götter an. »Für euch alle ist nur Gold und Ruhm etwas wert, das andere verschweigt ihr. Ja, ich gehe, denn Thor kann jeden Augenblick zuschlagen. Das muss ich nicht abwarten. Und du, Ägir, wirst zum letzten Mal Bier gebraut und die Götter bewirtet haben. Der Feuerbrand wird das alles hier verzehren.«

Und auf seinen schnellen Schuhen lief er davon, bevor Thor zuschlagen konnte.

Später behauptete er, das Bier habe ihn zu den Schmähreden verführt. Und der sanfte Balder riet den Göttern zu verzeihen, denn Loki steche nur mit Worten zu, und die Asen sollten Großmut zeigen.

Und so geschah es. Ein letztes Mal.

Das Mühlenlied

Gegen Ende der Zeiten herrschte in Dänemark ein König namens Frodi. Er hatte die Herrschaft von seinem Vater übernommen, und selten war ein weiserer und gerechterer Mann König gewesen als er.

Mag sein, dass er Odin nicht besonders willkommen war, weil er keine Krieger nach Walhall schickte, denn unter Frodis Herrschaft ging es nicht darum, Gegner zu bekämpfen, sondern seinem Volk Wohlstand und Glück zu bescheren.

Niemals zuvor war es im Land so sicher gewesen, denn weil alle genügend von allem hatten, neidete auch keiner dem anderen den Besitz, und es gab weder Raub noch Totschlag. Selbst wenn es darum ging, erlittenes Unrecht zu sühnen, verzichteten die Menschen auf Rache und vertrauten sich lieber weisen Richtern an, die alles zu schlichten vermochten.

Während der Herrschaft von König Frodi verschloss niemand seine Tür, und keiner legte ein Schloss an seine Truhe mit seinem Besitz. Niemand tastete das Hab und Gut des anderen an.

Als Zeichen für die Sicherheit und Gewaltlosigkeit im Land ließ Frodi an einem Kreuzweg auf der Insel Jütland eine gewaltige Kette an einer Eiche aufhängen, deren schwere Glieder aus purem Gold waren. Die Kette war nicht bewacht. Jedermann hätte sie abnehmen und mit ihr fortgehen können. Aber das geschah nicht. Viele Jahre hing diese Kette am Wege, ohne dass jemand versucht hätte, sie zu stehlen. So gefestigt waren Treue und Redlichkeit, und so gut ging es Frodis Untertanen.

»Frodis Frieden« wurde dies Zeitalter genannt. Aber das sollte nicht immer so bleiben. Denn was seine Untertanen nicht wussten, war dies: Zaubermacht war im Spiel, und ihr König ging fahrlässig damit um.

Seit alters her gab es eine Wunschmühle im Land, zwei riesige Mühlsteine, Grotti genannt. Wer in der Lage war, sie zu bewegen, konnte herbeiwünschen, was immer er wollte.

Da nun keiner der Erdensöhne die Mühle drehen konnte, hatte König Frodi zwei gefangene Riesenmädchen herbeischaffen lassen. Sie waren Schwestern aus großem Geschlecht (was er nicht wusste), die Menja und Fenja hießen. Man hatte sie in Ketten gelegt und an die Mühle gefesselt, und König Frodi befahl den jungen Frauen, die Mühlsteine zu drehen und ununterbrochen Glück, Ruhm und Gold herbeizumahlen.

Zunächst drehten sie willig die Mühle, schwangen den knarrenden und knirschenden Stein. Für ihre gigantischen Kräfte war das keine große Aufgabe.

Während sie die Mühlsteine bewegten, sangen sie: »Wir mahlen für Frodi Macht und Wohlstand, wir mahlen für Frodi goldene Schätze, goldenes Gut auf der Mühle des Glücks. Sitz er in Reichtum, schlaf er auf Daunen, erwache er froh! So mahlen wir wohl!

Keiner soll hier dem anderen schaden, nicht Hinterhalt legen, nicht Unheil ersinnen. Das Schwert zücke keiner, und fänd' er den Bruder als Mörder gebunden! So mahlen wir wohl!«

Aber auch Riesinnen brauchen einmal Ruhe – und die verweigerte ihnen König Frodi. Er sagte: »Schlaft nur so lange, wie der Kuckuck schweigt oder wie ich ein Liedchen singe, eine längere Pause braucht ihr nicht!«

Aber wenn man ein Zauberding hat und geknechtete Wesen mit Riesenkräften in dessen Dienst stellt, ist es sehr unklug, sie schlecht zu behandeln. Das hatte Frodi nicht bedacht. Und hätte er zugehört, was Menja und Fenja im Lied über ihre Herkunft sangen, wäre er wohl vorsichtiger gewesen.

So sangen sie: »Als du uns zu Mägden machtest, Frodi, warst du allzu unbedacht. Du sahst nur auf Kraft, du sahst nur auf Schönheit, doch nicht darauf, woher wir stammen. Hättest du gewusst, dass wir aus dem Geschlecht des Riesen Thjassi kommen, du hättest uns wohl nicht an Grotti, die Mühle, gestellt! Neun Winter nach unserer Geburt spielten wir unter der Erde und verübten schon dort manch gewaltiges Werk. Hoben mit unseren Rücken schwere Felsen und Steine auf, dass die Erde bebte und Geröll über die Felder krachte.

Dann wurden wir Kämpferinnen, zogen nach Schweden, kämpften dort bald für diesen und jenen, Walküren gleich, man kannte uns gut! Mit scharfen Speeren schlugen wir Wunden und färbten die Klingen mit dem Blut manchen Mannes.

Nun sind wir ins Königshaus gekommen zu unserem Missgeschick und werden als Mägde behandelt, Sand zerfrisst die Fußsohlen, Kälte die Glieder. Schlimm ist's bei Frodi – wir brauchen Schlaf! Die Hände brauchen Ruhe, der Stein soll rasten! Wir mahlen und mahlen; die Mühe muss enden!«

Aber ihre Worte verhallten ungehört, weil Frodi mit seinen Männern nicht hinhörte auf das, was die Mädchen sangen. Das war sein Verderben.

Denn nun ergriff der Riesenzorn Fenja und Menja. Sie

ließen die Mühlsteine sausen, dass sie nur so ächzten und knirschten. Aber jetzt sprachen sie ganz andere Wünsche als zuvor.

Sie sangen: »Nun wollen wir unseren Händen keine Ruhe gönnen, bis wir Unheil gemahlen für König Frodi! Erwache Frodi, hör unser Lied!

Hände sollen sich bewaffnen mit blutgierigen Schwertern, ein Feuer soll aufflammen im Osten der Burg, Kriegsbotschaft kommt, sie verkündet den Brand! Schon ist das Heer im Anzug, schon dringt es ein in die Burg und verbrennt den Saal.«

Und wirklich hatten sie das Heer eines Feindes herangemahlen, und als der ahnungslose König und die Seinen eines Nachts aus dem Schlaf auffuhren, da überrumpelte der Gegner sie bereits. Die meisten wurden im Bett erschlagen. Frodi wurde getötet, und all seine Reichtümer führten die Feinde als willkommene Beute davon.

Der Herrscher, der seine Regentschaft als Hort der Weisheit und der Gerechtigkeit angetreten hatte, war seiner Gier nach Gold erlegen und hatte seine beiden Gefangenen barbarisch behandelt. Der Frodi-Frieden war zu Ende, das Land fiel zurück ins Elend.

Und während die Königsburg in Flammen aufging, mahlten die beiden Mädchen in rasender Wut immer weiter.

»Lass uns immer mächtiger mahlen! Vieler Krieger Tod mahlen wir noch! Schon springt die Mühle in Stücke, die eisenbeschlagenen Stützen bersten – nur immer gemahlen!«

Die Mädchen mahlten mit aller Kraft, die Mahlstangen brachen, die Balken krachten, der riesige Mühlstein sprang in Stücke.

Die Bergriesinnen sprachen: »Nun finden wir Mägde wohl unseren Feierabend. Genug gemahlen haben wir.«

BALDERS TOD UND DAS ENDE DER WELT

Balder wird ermordet

Immer wieder verfolgten den strahlenden Gott seine schlimmen Träume, und die Anzeichen für sein baldiges Ende mehrten sich.

Einmal ritt er mit seinem Vater Odin über Land, da stolperte sein Pferd und verrenkte sich das Bein, schlimmer noch, es zerriss sich die Sehne. Zwar besprach Odin mit seiner Zauberkraft die Verletzung und ließ das Tier schnell genesen, aber trotzdem galt das als ein böses Omen.

Verzweifelt hielten die Götter Rat und überlegten, wie man den schönen Balder schützen könne.

Höd sagte: »Wie entsetzlich ist doch diese Weissagung der Seherin Wala, dass ich meinen geliebten Bruder töten soll, und wie unsinnig zugleich, denn ich als Blinder bin ja wohl am wenigsten in der Lage, ihn mit einer Waffe zu verletzen. Ich will euch aber einen Vorschlag machen: Nehmen wir doch allen Wesen und allen Dingen auf der Welt einen heiligen Eid ab, dass sie Balder nichts antun!«

Der Vorschlag fand die Billigung der Götter.

Frigg, die oberste der Asinnen und Mutter des vom Tod Bedrohten, machte sich auf und fuhr durch alle Welten, durch die Lüfte und Meere, um allen Dingen diesen Eid abzunehmen. Es schwuren Feuer und Wasser, Eisen und Erz, Stein und Erde, Hölzer, Bäume und Sträucher, und alle Tiere, ganz gleich, ob sie im Wasser schwammen, hoch oben durch die Luft flogen, auf vier Beinen über die Erde liefen oder als Schlangen krochen, es schworen die Insekten und die Würmer, die Gifte und die Krankheiten und die Waffen aller Arten, gleich, ob es Äxte, Speere oder Hämmer waren, und natürlich wurden auch die Waffen der Götter selbst, Thors Hammer Mjöllnir und Odins Speer Gungnir, vereidigt. Denn alle Welt liebte ja den schönen und strahlenden Gott.

Nun glaubte man ihn sicher.

Und um auszuprobieren, ob die Eide auch fest genug waren, begannen die Asen, zunächst zaghaft, Wurzeln, Steinchen und Ranken nach Baldur zu werfen. Alles prallte an ihm ab. Die Götter jubelten und gingen nun dazu über, größere Wurfgeschosse zu verwenden. Erst waren es große Stöcke und Felsbrocken, dann schließlich Waffen. Nichts vermochte ihn zu verletzen.

Nun wurden die Götter übermütig. Nachdem erst einmal Thor seinen Hammer gegen ihn geschleudert und Odin mit aller Wucht den Speer geworfen hatte und beide Waffen zu Balders Füßen niedergesunken waren, machte man sich ein tägliches Spiel daraus, auf den schönen Gott zu schießen.

Balder stellte sich in die Mitte des Versammlungsplatzes, das Trinkhorn mit Met begann zu kreisen, und die Bewohner Asgards fingen unter Lachen und Beifall mit ihren Schießübungen an. Nichts konnte ihre »Zielscheibe« verletzen, und bei jedem vergeblichen Schuss schien es, als würde Balders Gesicht noch heller erstrahlen.

Alle waren froh und übermütig – bis auf Loki.

Den umtriebigen Gott verdross die Selbstsicherheit Balders und der eitle Triumph der anderen Asen. Nachdem er das Fest bei dem Meerriesen Ägir gestört hatte, schlossen ihn die meisten von der Göttergemeinschaft aus. Er war zornig, und gleich seinem Element loderte sein Unmut auf, und wie das Feuer wollte er Dinge verändern und verwandeln.

Er fragte sich: Ob wohl der Eidschutz wirklich so zuverlässig ist? Ob Frigg an jedes Ding und jedes Lebewesen gedacht hat? Am besten, er fragte sie selbst.

Um keinen Verdacht zu erregen, verwandelte er sich in ein altes Weib, den Kopf im Tuch verhüllt, auf einen Krückstock gestützt, gebrechlich und wie um Schutz zu suchen, und ging so zu Frigg in ihre Wohnung.

»Sorge treibt mich her!«, sagte er mit verstellter Stimme. »Sage mir, Mutter des leuchtenden Gottes, sind denn auch wirklich alle Dinge und Wesen eingebunden in den Eid, der deinen Sohn schützen soll?«

Frigg, die gerade sorglos ein leuchtend rotes Gewand anprobierte und einen Schmuck anlegte, mit dem sie sogar Freyja auszustechen hoffte, erwiderte leichthin: »Danke für deine Nachfrage! Aber sogar Frostriesen und Bergtrolle haben geschworen! Die schärfste Schneide und der spitzeste Pfeil sind wirkungslos. Der Gott ist unsterblich!«

»Hast du nicht vielleicht doch jemanden übersehen?«, fragte die Alte und neigte sich verschwörerisch zu der Göttin. »Wenn ich das wüsste – vielleicht könnte ich Balder schützen! Ich liebe ihn über alles!«

»Nun ja«, sagte die Göttin lachend. Sie war viel zu sehr mit ihrer Schönheit beschäftigt und nahm die Frage der Alten nicht ernst. »Ich will es dir im Vertrauen verraten. Westlich von Walhall steht ein Mistelzweig, hingeschmiegt an eine Eiche. Der war noch zu zart und jung, um mir zuzuhören. Den habe ich nicht vereidigt.«

Mehr wollte Loki nicht wissen.

Eilig verließ er die Göttin, verwandelte sich zurück und lief zu der Eiche, um den Mistelzweig zu holen. Dann mischte er sich unter die anderen Götter, die schon wieder dabei waren, das tägliche Spiel der Schießübungen auf Balder zu spielen.

Es war, als sei das Goldene Zeitalter der Frühzeit zurückgekehrt. Der Met floss in Strömen, die Götter lachten und jubelten. Gold und Silber glänzte rundum, die Asinnen trugen ihre schönsten Gewänder und ihren reichsten Schmuck, und sie lachten und kreischten vor Lust und machten den Männern schöne Augen.

Thor soff aus seinem riesigen Humpen, wirbelte den Hammer über dem Kopf und warf dann auf Balder. Tyr schleuderte seinen Speer, und Odin, sonst immer ernst und gesetzt, bog sich vor Lachen, wenn die Waffen wirkungslos vor Balder am Boden landeten.

Heimdall als Einziger fand kein Vergnügen an dem übermütigen Treiben und warnte davor, den Bogen zu überspannen, aber niemand wollte auf ihn hören. So zog er sich auf seinen Wachposten an der Regenbogenbrücke zurück.

Loki schaute zu. Er verstand die Asen nicht. Wie konnten sie annehmen, die alten Tage kämen zurück, als noch keine Zwietracht und Missgunst auf der Welt waren, als das Gold noch keine Macht über das Sinnen und Trachten aller besaß, als Eide noch galten und Treue noch heilig war, wie konnten sie glauben, nichts würde sich verändern, alles würde so bleiben, wie es war? Wie konnte Balder wirklich nach all seinen schweren Träumen hoffen, ihm würde nichts geschehen?

Und Loki, der Feuergott mit der brennenden Lust zu bewegen und durcheinanderzubringen, was scheinbar fest gefügt war – er handelte.

Er trat an den blinden Höd heran, der außerhalb des Spielkreises stand, und fragte ihn: »Warum schießt du nicht auch auf Balder?«

Höd zuckte die Achseln. »Weil ich nichts sehe!«, sagte er etwas ungeduldig. »Außerdem habe ich ja gar keine Waffe.«

»Ich helfe dir!«, erbot sich Loki. »Ich gebe dir hier einen Zweig in die Hand, den du auf Balder werfen kannst, und werde dich in die Richtung drehen, wo dein Bruder steht. Du musst ja nicht draußen bleiben, wenn sich die anderen vergnügen.«

Und er drückte Höd die Mistel in die Hand.

Höd spürte, wie dünn und zerbrechlich der Zweig war. Nein, der konnte Balder bestimmt nicht schaden. Aber dann fiel ihm ein, wie einst Starkad König Vikar mit einer Binse getötet hatte, und er zauderte.

»Bist du auch ganz sicher, dass alles Leben auf der Welt vereidigt worden ist?«, fragte er ängstlich.

»Aber natürlich!«, beruhigte ihn Loki. »Komm, und erweise deinem Bruder die Ehre! Die Götter sehen dir zu!«

Da reckte sich der blinde Gott und warf die Mistel in die Richtung, die ihm Loki gewiesen hatte.

Balder fiel zu Boden.

Die Asen schrien vor Vergnügen, weil sie glaubten, Balder würde auf das Spiel eingehen und sich aus Scherz, von einem dünnen Zweig verwundet, zur Erde werfen.

Nur Odin begriff sofort. Die Worte der Wala waren eingetroffen. Mit einer Handbewegung gebot er dem Jubel Einhalt und ging zu seinem Sohn.

Der schöne Gott des Lichts war tot. Die Welt wurde dämmrig.

Auf einmal war es still auf dem Platz. Stumm vor Entsetzen sahen die Asen, dass Balder von der Mistel durchbohrt worden war, als wäre sie ein scharf geschliffener Pfeil gewesen. Das Blut sickerte aus seiner Todeswunde und vermischte sich mit dem Sand.

Sprachlos vor Schmerz kniete der oberste der Götter an der Leiche seines Sohnes, der noch eben Glück und Freude ausgestrahlt hatte wie keiner sonst. Und Nanna, Balders Frau, krümmte sich vor Verzweiflung. Auch sie brachte keinen Ton heraus.

Endlich löste sich die Versteinerung, die dies entsetzliche Ereignis hervorgerufen hatte, und die Asen brachen in lautes Weinen und Klagen aus.

Höd stand still und begriff nur langsam, was geschehen war, dass er wirklich seinen Bruder mit dem Mistelzweig ermordet hatte. Aber dann begann er zu schreien und mit lauter Stimme Loki anzuklagen: »Er war's! Er hat mir den Zweig in die Hand gedrückt und mich in die Richtung gedreht, wo Balder stand! Loki ist der eigentliche Mörder!«

Loki verteidigte sich: »Wie konnte ich ahnen, dass so ein dünner Zweig einen Gott töten kann?« Er bemühte sich, möglichst überzeugend zu klingen. »Ich wollte nur, dass ihr nicht ganz zu sorglos seid und alle Vorsicht außer Acht lasst. Darum sollte die Mistel Balder nur ritzen! Seinen Tod bedauere ich genauso wie ihr!« Aber in seinen Augen war keine Träne zu sehen.

Keiner der Asen glaubte ihm. Am liebsten hätten sie auf der Stelle Rache geübt. Aber der Platz, auf dem sie standen und wo sie täglich mit Balder gespielt hatten, war der Thingplatz von Asgard, jener geweihte Ort, wo auch Recht gesprochen wurde. Ihn mit einer weiteren Bluttat zu besudeln hätte bedeutet, ihn doppelt zu entweihen.

Aber wer war der eigentliche Mörder? Der, der den Zweig geworfen hatte, oder der, der ihm die Hand geführt hatte? Die Götter waren ratlos.

Und Loki nutzte die Verwirrung der Götter. Er fasste den blinden Höd an der Hand und entzog ihn dem Zorn der anderen Asen. Beide versteckten sich und wohnten der Trauerfeier um den schönen Gott nicht bei.

Und Odin wusste genauso wie all die anderen: Balders Tod war ein unersetzlicher Verlust für Midgard und Asgard. Wie ein dunkler Schatten lag fortan auf den Asen, dass dieses Verbrechen von jemandem aus ihren eigenen Reihen verübt worden war.

Ein Gott hatte einen Gott erschlagen.

Balder wird bestattet

Die Asen trugen Balder zum Meeresstrand, um ihm, wie es Brauch war, die letzte Ehre zu erweisen. Ein herrliches Schiff, versehen mit dem Sonnenzeichen, dem Symbol des leuchtenden Gottes, war bereit. Auf ihm wurde ein Scheiterhaufen errichtet, der die sterblichen Überreste des Gottes zu Asche verbrennen sollte. Man bettete den Toten auf dem Holzstoß und legte ihm seine Waffen zur Seite, die er, der Friedfertige, nie gegen jemanden erhoben hatte.

Und als Nanna, seine Frau, ihn so aufgebahrt sah, da stürzte sie jammernd zu Boden, und sie hauchte ihr Leben aus, sodass man sie zu ihrem Mann legte, damit sie gemeinsam die Reise ins Totenreich antreten konnten.

Das Schiff lag auf Walzen am Strand. Aber sosehr sich die Götter auch mühten – es gelang ihnen nicht, das Fahrzeug nur einen Fußbreit zu bewegen und hin zum Wasser zu schieben. Selbst Thor mit seinen Riesenkräften konnte nichts bewirken. Er war außer sich vor Zorn, aber nicht nur darüber. Während die Göttinnen weinten und klagten und die Götter, ernst und gefasst, die Tränen unterdrückten, war bei dem rotbärtigen Donnerer die Trauer in Wut umgeschlagen, und er hätte am liebsten alles und jeden mit Mjöllnir zermalmt. Nur mit Mühe hielt er sich zurück.

Während die Asen nun ratlos am Strand standen und überlegten, wie das Schiff zu Wasser zu bringen sei, bebte plötzlich die Erde. Eine gewaltige Riesin, Hyrrokin mit

Namen, kam auf einem Wolf dahergeritten, den sie mit Zäumen aus giftigen Schlangen bändigte. Auch sie wollte, wie viele andere Wesen, Balder die letzte Ehre erweisen. Als sie erfuhr, dass niemand das Schiff bewegen konnte, war sie zur Hilfe bereit. Aber zunächst musste ihr Wolf gezügelt werden. Vier starke Männer mussten das Untier zu Boden werfen und fesseln. Dann stemmte sich Hyrrokin mit der Schulter gegen das Schiffsheck und stieß es mit einem einzigen Ruck ins Uferwasser. Funken stoben aus den Walzen, und der Strand bebte und dröhnte.

Thor, der sich durch diese Tat gekränkt fühlte (eine Riesin war stärker als er!), fuhr mit dem Hammer auf sie los, und nur mit Mühe konnten die anderen Götter ihn davon abhalten, der Helferin den Schädel einzuschlagen.

Ein Opfer forderte seine Raserei aber doch noch: Als man das Feuer entzündet hatte und Thor es mit erhobenem Hammer weihte, lief ihm ein Zwerg vor die Füße. Thor, gestört in seiner Verrichtung, packte ihn und warf ihn lebendig auf den Scheiterhaufen – ein Brandopfer für den geliebten Bruder. Niemand hinderte ihn daran.

Hoch auf loderte nun die Flamme. Ihr Schein beleuchtete all die Trauernden, die sich am Strand eingefunden hatten. Odin erschien, seine beiden Raben auf der Schulter, umgeben von den Walküren. Frigg stand weinend und schluchzend neben ihm. Frey war mit seinem Eber erschienen, dem mit den goldenen Borsten, und Heimdall auf seinem Ross, das Goldzopf hieß. Freyja kam mit ihrem Katzengespann. Alle Asen außer Loki und Höd waren gekommen.

Aber auch die Bewohner anderer Welten trauerten um

den hellen Gott. Elben und wohlmeinende Zwerge waren da und sogar Berg- und Frostriesen, die nie versucht hatten, dem liebenswürdigen Balder zu schaden. Alle versammelten sich einträchtig am Strand bei dem Totenschiff. Sie alle vermissten das helle Licht, das von dem Gott ausgegangen war.

Wie es Brauch war, opferte man Balders edles Pferd samt seinem schönen Geschirr und der Satteldecke aus goldverziertem Leder, führte es aufs Schiff und stieß dem Tier das Schwert in die Kehle und brachte es auf den Scheiterhaufen.

Dann betrat Odin auf schwankendem Steg das Schiff, trat an seinen toten Sohn heran und legte ihm den Draupnir auf die Brust, jenen goldenen Ring, der neue Ringe hervorbringen konnte. Alsdann beugte Odin sich herab und flüsterte Balder etwas ins Ohr.

Welche Worte der Gott aber gesprochen hatte, das weiß niemand. Vielleicht hatte der Alleswissende die Wiederkehr des Goldenen Zeitalters und Balders Auferstehung prophezeit? Vielleicht Rache versprochen? Man kann es nur ahnen.

Schließlich wurde das Schiff vollends ins offene Meer gestoßen. Wind blähte die Segel, bevor sie Feuer fingen.

Eine einzige riesige Fackel, so zog Balders Totenschiff hinaus in die Unendlichkeit des Weltmeers. Lange noch sahen die Trauernden ihm nach, wie es kleiner und kleiner wurde und schließlich als ein leuchtender Punkt am Horizont verschwand, im Osten, wo Niflheim lag, das Land des ewigen Eises.

Hermod besucht das Totenreich

Balders Mutter aber, Odins Gattin Frigg, konnte sich nicht mit dem Tod ihres Sohns abfinden. Da der Gott ja nicht im Kampf gestorben war, saß er nun bei der Hel, Walhall war ihm verwehrt.

Frigg bat und drängte: Jemand solle ins Totenreich hinabfahren und der Hel eine Auslösung für Balder anbieten. Was auch immer es sein mochte, sie sei bereit, es zu geben.

Schließlich fand sich der junge Hermod bereit, das Wagnis zu unternehmen. Hermod war ebenfalls ein Sohn Odins und bekannt für seine Tapferkeit und seine Stärke.

Der Göttervater gab Hermod sein Ross Sleipnir. Hermod schwang sich auf den Rücken des achtbeinigen Pferdes und galoppierte davon wie der Sturmwind.

Neun Tage und neun Nächte war er unterwegs durch dunkle, schaurige Klüfte und schattige Täler, dann kam er an den lärmenden Fluss Gjöll und ritt an seinem Ufer entlang, bis er zur Gjöllbrücke gelangte, die mit reinem Gold belegt ist.

Ein Mädchen namens Modgud (die Kampfmüde) hielt dort seit Urzeiten am anderen Ufer Wache. Sie erhob sich, als Hermod die Brücke überquerte, und sagte: »Gestern sind fünf Scharen toter Krieger über diese Brücke geritten, aber unter dir, der du nur ein Einzelner bist, dröhnt sie weit mehr. Wer bist du, der du als Lebender ins Reich der Toten eindringen willst?«

»Ich bin Hermod, Odins Sohn«, sagte der Ankömmling, »und ich suche meinen Bruder Balder. Ist er schon vorbeigekommen?«

»Balder ritt schon über diese Brücke und den Helweg hinunter«, entgegnete Modgud. »Wenn du ihm folgen willst, so tu es. Der Helweg führt abwärts und nach Norden. Aber ich glaube nicht, dass du Einlass finden wirst.«

Hermod aber kümmerte sich nicht um Modguds Worte, sondern gab Sleipnir die Sporen und ritt unverdrossen weiter. Lang und mühevoll war der Weg. Schließlich jedoch gelangte er an das Gittertor, den Eingang zum dunklen Reich der Hel, das unüberwindlich die Lebenden von den Toten trennt.

Er stieg von Sleipnir ab, zog den Sattelgurt fester, schwang sich wieder hinauf und trieb Odins Ross mit Sporen, Schenkeln und Zügeln zu einer gewaltigen Anstrengung voran. Und wirklich setzte das achtbeinige Pferd über das Gitter, ohne es auch nur zu streifen.

Vor der Halle saß Hermod ab und trat ein. Da saß Balder auf einem goldgeschmückten erhöhten Sitz, das Trinkhorn in der Hand, neben ihm seine Frau Nanna. Die Brüder begrüßten sich, und Hermod nahm ihm gegenüber Platz. Er hütete sich aber, von den Speisen und Getränken im Reich der Totengöttin zu kosten, denn dann wäre ihm die Rückkehr schwer geworden.

Lange redeten sie miteinander, und Hermod erklärte, dass er gekommen sei, die Hel zu bitten, Balder wieder freizulassen.

»Versuche es, Bruder, denn so sehr vermisse ich das Licht

der Sonne!«, sagte Balder. »Aber ich glaube nicht, dass du Erfolg haben wirst.«

Bald darauf trat Hermod hin vor die schaurige, zweifarbene Göttin, blau und hautfarben, und neigte sich vor ihr bis zur Erde.

»Erhabene Herrscherin der Unterwelt«, begann er, »mich schicken die Asen. Wir alle bitten, gib Balder frei, und lass ihn mit mir reiten.«

Die finstere Hel schüttelte den Kopf. »Niemand, der von meinem Met gekostet hat, verlässt das Totenreich«, antwortete sie.

Aber Hermod ließ nicht locker. »Seine Mutter Frigg schickt mich zu dir!«, sagte er. »Sie weint sich die Augen aus, und alle Asen klagen mit ihr wegen des Todes von Balder. Frohsinn und Heiterkeit sind entschwunden aus Asgard, seit er uns verlassen hat. Wenn es Balder nicht mehr gibt, wenn der Tod nun auch die Götter nicht mehr verschont, dann fürchten wir um den Bestand der Welt.«

Die Unterweltgöttin wurde nachdenklich. »Sprichst du die Wahrheit?«, fragte sie.

»Ich schwöre dir heilige Eide, dass alle Wesen in Asgard und Midgard und sogar die Frostriesen um Balder weinen.«

»Wenn du die Wahrheit sprichst«, sagte da die Hel, »und wenn du mir beweisen kannst, dass wirklich so viele Wesen um Balder weinen, dann werde ich ihn freilassen.

Bring mir die Tränen von den Lebewesen der Welt. Wenn aber nur ein einziges Wesen trockene Augen behält, so bleibt er in meinem Reich.«

Mit diesem Bescheid machte sich Hermod auf den Rückweg. Balder und Nanna begleiteten ihn bis zum Tor und gaben für die Asen Geschenke mit: Odin erhielt seinen Ring Draupnir wieder, Frigg das kostbare Leinentuch, in das man Nanna bei der Bestattung gehüllt hatte. Hoffnungsvoll blieb das Götterpaar zurück.

Hermod ritt, so schnell er konnte, nach Asgard und berichtete den Göttern, welche Bedingung Hel für die Rückkehr Balders gestellt hatte. Und alsbald wurden Walküren in alle Welt ausgesandt, um Balder ins Leben zurückzuweinen.

Und alle vergossen Tränen: Götter und Menschen, Tiere und Pflanzen – selbst Steine, Holz und Metall weinten, so wie die Dinge schwitzen, wenn sie von der Kälte in die Wärme kommen. Und Elben, Zwerge und Riesen, alle weinten ausnahmslos ebenfalls um Balder. Hel, vom Totenreich aus, beobachtete, was sich ereignete. Sie selbst aber rührte sich nicht.

Voller Ungeduld erwartete Frigg die Heimkehr ihres Sohns. Als aber nichts geschah, schickte Odin noch einmal seine Walküren aus, damit sie nachsehen sollten, ob man vielleicht vergessen hätte, jemanden um seine Tränen zu bitten.

Da fanden sie in einer Berghöhle eine Riesin, die sich Thökk (Dunkelheit) nannte, und deren Augen waren trocken.

Die Walküren zerrten das alte Weib ans Tageslicht. »Willst du nicht um Balder weinen?«, fragten sie.

Die Riesin aber sagte: »Trocken werden meine Augen bleiben. Was kümmert mich Balder? Weder lebend noch tot war er mir jemals von Nutzen. Die Hel behalte, was sie hat!«

Als die Walküren sich aber zum Gehen wandten, sahen sie, dass Thökk ihnen einen tückischen Blick zuwarf. Und an diesem Blick erkannten sie, dass sich in Wahrheit Loki in dieser Gestalt verborgen hatte, um Balders Rückkehr zu vereiteln. Und das war damit auch geglückt.

Loki, der sich in Asgard nun erst recht nicht mehr blicken lassen konnte, erzählte freilich überall in Midgard und in Riesenheim, er sei es nicht gewesen, sondern die Hel selbst habe sich in die Riesin verwandelt, um zu verhindern, dass Balder zurückkehrte, denn sie wollte nicht, dass die Ordnung der Welt umgestoßen würde. Wenn einmal ein Toter ins Leben zurückkehrte, so könnten andere seinem Beispiel folgen.

Aber wer auch immer diese Riesin gewesen war: Sie hatte mit ihren trockenen Augen verhindert, dass der Gott des Lichts wieder die Welt erfreuen konnte. Und wenn das Licht an Kraft verliert, steuert die Welt unaufhaltsam auf ihren Untergang zu.

Die Dinge nahmen ihren Lauf.

Loki wird von den Asen bestraft

Nach all dem, was Loki den Asen angetan hatte, fürchtete er zu Recht deren Rache. Fernab von Asgard suchte er sich ein Versteck im Gebirge und baute sich ein Haus mit vier Türen, um in jede Himmelsrichtung entkommen zu können. In der Nähe eines Wasserfalls saß er dort beim Feuer, seinem ureigenen Element, und sann darüber nach, wie er der Strafe entgehen konnte.

Oft verwandelte er sich in einen Lachs und tauchte ab in die brausende Strömung, weil er glaubte, dass die Götter ihn, den Feuergeist, nicht im entgegengesetzten Element vermuten würden. Auch knüpfte er Flachsfäden zu einem magischen Netz mit einem besonderen Muster, um sich darin zu verbergen.

Odin auf seinem Hochsitz spähte aus nach ihm. Es dauerte nicht lange, da hatte er erkannt, wo sich Loki aufhielt. Da er wusste, zu welchen Listen der durchtriebene Gott fähig war, entschloss er sich, nicht allein zu ihm zu gehen, sondern nahm Heimdall und Thor mit.

Loki saß im Haus beim Feuer und arbeitete an seinem kunstvollen Netz, als er durch die offene Tür sah, wie in der Entfernung die drei Asen den Hang zu ihm hinaufstiegen. Das Netz war noch nicht fertig – aber seine Feinde sollten es nicht erhalten. So warf er es rasch ins Feuer, entfloh durch eine seiner Türen und wurde im Fluss zum Lachs.

Die drei Götter fanden das Haus leer. Da jedoch das Feuerholz noch glomm, vermuteten sie, dass der Bewohner nicht so sehr weit fort sein konnte. Heimdall trat an die Glut heran und erkannte in der Asche die weißen Formen des Netzes, so wie es verbrannt war. Da hatten die Götter nun eine Vorlage zur Hand, nach der sie selbst ein neues Netz knüpfen konnten, eines, das den zauberkundigen Loki einfangen und festhalten konnte. Dass Loki im Fluss sei, vermutete Odin.

Flachsfäden waren noch genügend vorhanden. So knüpften die Asen schnell ein neues Netz und zogen dann aus zum Fischfang.

Dann gingen sie zu einem Wasserfall und spannten ihr Netz über den ganzen Fluss aus; Thor hielt es auf der einen Seite, Odin und Heimdall auf der anderen. So liefen sie den ganzen Fluss stromabwärts entlang und fischten. Loki aber schwamm unbemerkt vor ihnen her, und als das Netz gefährlich in seine Nähe kam, verbarg er sich unter zwei Steinen, sodass es über ihn hinwegglitt. Denn er wusste, dass im Meer seine Zauberkraft versagen würde und er seine wahre Gestalt annehmen würde.

Die Asen merkten, dass er sich versteckt hatte, kehrten zum Wasserfall zurück und beschwerten das Netz mit Ballast, sodass es nun auf dem Grund entlangschleppte.

Diesmal sprang Loki in seiner Lachsgestalt über die Randleine hinweg und schwamm zum Wasserfall zurück.

Da versuchten die Asen einen dritten Fischzug. Diesmal hielt Heimdall das eine und Odin das andere Ende, Thor aber stapfte in der Mitte im Wasser voran und trieb alles vor sich her, was da schwamm, dem Meer entgegen. Als sie dort angekommen waren, versuchte Loki noch einmal, über die Randkante zu schnellen, um zum Wasserfall zurückzugelangen. Aber da war ja Thor in der Mitte des Flusses, und mit beiden Händen packte er den großen schlüpfrigen Fisch und hielt ihn fest, sosehr er sich auch wand.

Da war Loki gezwungen, in seine wahre Gestalt zurückzukehren.

Die Asen schleppten ihren Gefangenen in eine Höhle,

und dann begann seine furchtbare, ewig dauernde Bestrafung.

Sie suchten drei große flache Steinplatten und stellten sie hochkant, wie Äxte, die man mit der Schneide nach oben aufstellt. Dann bohrten sie in jeden Stein ein Loch.

Da Loki durch seine Zauberkraft nicht mit gewöhnlichen Fesseln zu halten war, ließ Odin Lokis beide Söhne, die er von seiner Frau Sigyn hatte, herbeibringen. Er machte einen von ihnen zum Wolf, und der verschlang, vom Wahnsinn getrieben, seinen eigenen Bruder – bis auf das Gedärm. Aus den Därmen dieses seines Sohns wurden die Fesseln für Loki gemacht.

Dann legte man den Gott, zur Fesselung bewegungslos gemacht durch einen starken Zauber, auf die Steinplatten: auf eine die Schultern, auf die zweite das Kreuz, die Kniekehlen auf die dritte. Und sowie die Bande um ihn geschnürt wurden, verwandelten sie sich in hartes Eisen.

Skadi, die Göttin der Jagd, brachte eine Giftschlange herbei; denn sie hatte besonders viel Grund, ihm zu grollen: Sie war von Loki besonders hart beleidigt worden, und außerdem war er beteiligt gewesen, als man ihren Vater Thjassi erschlug. Sie befestigte die Schlange über Lokis Kopf, so, dass ihm das Gift ins Gesicht tropfen musste.

Dann gingen die Götter voller Genugtuung über ihr Rachewerk davon.

Einzig Sigyn, Lokis Frau, blieb mitleidsvoll bei dem Gefesselten und hielt eine Schale unter den Kopf der Schlange, um das Gift aufzufangen.

Aber wenn die Schale voll ist, muss sie aufstehen, um sie

auszuleeren. Dann tropft das Gift Loki ins Gesicht, und er windet sich vor Qual in seinen Fesseln. Und dann bebt jedes Mal die Erde.

So liegt Loki in der Höhle, gefesselt bis zum Ragnarök, dem Tag des Weltuntergangs.

Höd ereilt seine Strafe

Der blinde Gott, der unschuldig schuldig geworden war am Tod seines leuchtenden Bruders, hatte sich vor Reue und Gram in einem hohlen Baum verkrochen. Dort hockte er Tage und Tage, fern von Asgard, und wartete drauf, dass ihn irgendwann die Rache der Asen ereilen würde. Denn dass er büßen müsse für das, was er getan hatte, das war ihm klar. Schließlich, so warf er sich selbst vor, hätte er wissen müssen, dass Loki Übles im Schilde führte nach all der Falschheit und den kränkenden Reden.

Die Meinung der Asen war jedoch geteilt. Frigg, Freyja, Frey und Njörd wollten von einer Bestrafung absehen, denn der Blinde hätte ja Lokis finstere Absicht wirklich nicht erkennen können, so meinten sie. Selbst Thor verzichtete auf Rache.

Tyr jedoch, der Gott des Rechts, und der unbestechliche Heimdall vertraten genau wie Odin die Ansicht, dass eine Bluttat nicht ungesühnt bleiben durfte, wenn das Gleichgewicht der Welt erhalten bleiben sollte. Aber natürlich wollte keiner der Asen sich an einem der Ihren vergehen.

Da entsann sich Odin der Weissagung der Wala, die er

einst aufgesucht hatte: »Weit im Osten wohnt Rindur, die Schöne«, hatte sie gesagt. »Odin wird mit ihr einen Sohn zeugen, der wird Vali heißen. Der wird sich nicht die Hände waschen, die Nägel nicht schneiden, Haare und Bart weder scheren noch reinigen, bevor er Balders Mörder nicht getötet hat.« Es würde also seine Aufgabe sein, den Rächer Balders hervorzubringen. Nun, das war eine Arbeit, der er sich nicht ungern unterzog.

Er ging auf seinen Hochsitz und spähte nach dem Mädchen aus und fand sie als Tochter eines Königs in Ruthenien, ein im Süden liegendes Land. Mit Vergnügen sah er, dass sie wirklich sehr schön war.

Odin warf sich den blauen Mantel um die Schultern, setzte sich den breitkrempigen Hut auf, stieg eilig auf Sleipnir und begab sich an den Hof des Vaters von Rindur. Er erklärte, er sei ein weit gereister Krieger und wünsche in die Dienste des Königs zu treten. Obwohl er mit seinen grauen Haaren und seinem fehlenden Auge eher wie ein Mann aussah, dessen beste Tage bereits vorüber waren, gab ihm der König eine Anstellung in seinem Heer, denn ihm stand gerade eine entscheidende Schlacht gegen seine Feinde bevor, und es mangelte ihm an Kämpfern.

Als der Tag der Schlacht gekommen war, sahen alle mit Erstaunen, wie der alte Mann gleich einem Feuersturm über das Kampffeld fegte und die Gegner im Handumdrehen vernichtete. Es wurde ein überwältigender Sieg, und der König machte den fremden Krieger bald zu seinem obersten Heerführer.

Mit Odin an der Spitze eines Heeres fällt kein Sieg

schwer. Der König gewann jede Schlacht und hatte bald seine Feinde in ihre Schranken gewiesen. Am Tag des Friedens ließ er seinen Feldherrn in die Halle zu sich holen und sagte: »Ohne dich wäre ich verloren gewesen! Du hast mir den Sieg meines Lebens erstritten. Sage mir, womit ich dir danken kann. Was immer du dir wünschst, sollst du erhalten.«

Odin erwiderte: »Von Anfang an habe ich ein Auge auf deine Tochter geworfen. Gewähre mir, dein Schwiegersohn zu werden, und ich erwarte vom Leben nichts mehr.«

Sogleich ließ der König seine Tochter rufen und erklärte ihr, dass der große Heerführer sie zur Frau begehrte.

Aber das war gar nicht nach Rindurs Geschmack. Sie sah sich den alten einäugigen Kämpfer von oben bis unten an und verzog das Gesicht.

»Bitte sie um einen Kuss!«, raunte der König seinem Feldherrn zu.

Doch als der sich zu dem Mädchen beugte, um sie zu küssen, bekam er von ihr eine derbe Ohrfeige.

»Was unterstehst du dich?«, schalt der König seine Tochter.

»Willst du im Ernst, dass ich mit solch einem alten Mann meine Jahre als Mädchen beschließe?«, entgegnete Rindur und verließ die Halle.

Die erste Werbung war also fehlgeschlagen.

Dergleichen war der große Frauenheld Odin nicht gewohnt. Abgesehen von der Bestrafung Höds reizte es ihn nun doppelt, bei Rindur ans Ziel zu kommen. Er ließ zunächst Zeit verstreichen.

Im folgenden Jahr kehrte er als Goldschmied zurück. Er brachte ungewöhnliche, üppige Schmuckstücke mit, Juwelen ganz in Silber gebettet und hauchfein versponnenes Gold. Das Staunen am Hof war groß. So etwas hatte man noch nie gesehen! Die Frauen und Mädchen, die sich begierig um die Ware des Goldschmieds scharten, konnten ja nicht wissen, dass diese Kunstwerke nicht von Menschenhand stammten, sondern aus den Werkstätten der Zwerge, die allen Erdenkindern überlegen waren in der Bearbeitung des Metalls. Für ein Spottgeld gab dieser fremde Goldschmied die wunderschönen Stücke her!

Die Kammerfrauen Rindurs behängten sich gleich mit Ketten und Ringen und stolzierten so zu ihrer Herrin.

»Wo habt ihr denn diese wunderschönen Kleinode her?«, fragte die Königstochter.

Da berichteten die Mädchen von dem Goldschmied, der noch ganze Truhen voller Schätze hatte.

»Dem werde ich auch etwas abhandeln!«, sagte Rindur. Sie machte sich auf und ging zu dem Raum, wo der Goldschmied seine Ware zum Verkauf anbot. Ein paar Armspangen und eine Gürtelschnalle aus getriebenem Silber gefielen ihr. Als sie nach dem Preis fragte, sagte der Goldschmied: »Nimm sie als Geschenk von mir! Und dazu gebe ich dir noch dieses Halsgeschmeide und fordere nichts weiter als einen einzigen Kuss!«

Er beugte sich vor, um das Mädchen zu küssen, aber stattdessen bekam er die nächste Ohrfeige. Außerdem warf ihm Rindur die Schmuckstücke vor die Füße und ging fort. Sie hatte nun gesehen, dass dies der Feldherr war, der im vergangenen Jahr um sie geworben hatte – und sie wollte ihn auch als Goldschmied nicht haben. Seine Reichtümer waren ihr gleichgültig.

Die Asen und Asinnen (vor allem Odins Frau Frigg!) fanden nun, dass es genug sei und der Göttervater aufhören sollte, sich um die Widerspenstige zu bemühen. Aber Odin war nicht der Mann, der sich so schnell abweisen ließ. Er startete noch einen dritten Versuch.

Diesmal verwandelte er sich in einen jungen feurigen Krieger, der bei Rindurs Vater in Dienst trat. Da alle Feinde vor zwei Jahren von ihm als Heerführer aus dem Feld geschlagen worden waren, vergnügten sich jetzt die Männer des Königshofs hauptsächlich mit Kampfspielen, und keiner tat sich da so hervor wie der fremde Krieger. Diesen jungen Mann sah die Königstochter nicht ungern. Und als er aus einem großen Turnier wieder einmal als Sieger hervorgegangen war, schien sie auch nicht abgeneigt, ihn zur Belohnung zu küssen.

Aber Rindur hatte eine feine Nase. Vielleicht war es der Geruch des Göttlichen, der Odin anhaftete. Bei all seinen Abenteuern hatte dieser Duft ihm geholfen, die Frauen zu betören. Aber ausgerechnet auf Rindur hatte er eine andere Wirkung. Sie konnte ihn nicht ausstehen. Und sie erkannte: Dieser junge Krieger roch genauso wie die beiden alten Männer, die vorher von ihr geküsst werden wollten. Als er sich ihr daher näherte, stieß sie ihn so grob zurück, dass er zu Boden ging.

Nun war Odin schon darauf gefasst gewesen, dass es wieder fehlschlagen würde mit dem Küssen. Deshalb hatte er ein Stück Birkenrinde mit Schadzauberrunen vorbereitet. Im Fallen streifte er damit am Arm der stolzen Königstochter entlang.

Und es dauerte keinen Tag, da verfiel aufgrund dieses Zaubers Rindur in Wahnsinn.

Sie zerraufte sich die Haare und zerfetzte ihre Kleider, schließlich rannte sie heulend aus ihren Gemächern, suhlte sich mit den Schweinen zusammen im Dreck des Kobens und aß aus ihrem Trog. Der König war verzweifelt. Er rief viele Ärzte herbei, aber keiner vermochte zu helfen.

Da erschien eine alte heilkundige Frau, die sich erbot, die Wahnsinnige zu kurieren, wenn man sie nur machen ließe. Der König war sogleich einverstanden. Aber natürlich ahnte er nicht, dass sich Odin nun in diese Gestalt verwandelt hatte.

Mit seinen übermenschlichen Kräften hob er die Tobende auf, hielt sie fest und trug sie ins Badehaus. Dort wusch er ihr sehr bedächtig und genussvoll den Schmutz vom ganzen Körper. Schon wurde Rindur etwas ruhiger.

Dann ordnete die »Heilkundige« an, man solle einen Trank aus bestimmten Kräutern brauen, mit dem sie dann das Mädchen ganz und gar gesund machen würde. Damit sie sich aber der Behandlung nicht widersetzen könne, hielt sie es für besser, die Kranke aufs Bett zu fesseln.

Das geschah, und endlich war der Gott mit ihr allein und am Ziel seiner Wünsche. Sie konnte sich nicht mehr widersetzen. Er machte sich an ihr zu schaffen, und sehr schnell hatte er Rindur die Krankheit selbst aus den feinsten Adern ausgetrieben, und sie war vollständig genesen.

Neun Monate später aber gebar die Königstochter einen Sohn, der Vali genannt wurde.

Der Junge war gesund und kräftig und wuchs bald zu einem jungen Mann heran, der im Reiten und Schwimmen, im Jagen und Kämpfen von keinem übertroffen wurde. Eines Tages suchte ihn Odin auf und offenbarte, dass er sein Vater sei.

»Statt unschuldigen Hirschen nachzustellen, solltest du lernen, deine großen Kräfte für ein großes Ziel einzusetzen«, sagte er.

»Was für ein Ziel sollte das sein?«, fragte Vali. »Ich bin begierig nach Heldentaten.«

Da erwiderte Odin: »Sohn, das Schicksal hat dich ausersehen, der Rächer eines Gottes zu werden. Du musst wissen, dass der blinde Höd, angestachelt von Loki, deinen Bruder Balder ermordet hat. Und seit der lichte und freundliche Gott im Reich der Hel haust, ist die Freude aus Asgard verschwunden, und die Tage sind wie zunehmende Dämmerung. Loki hat seine Strafe bereits erhalten, aber noch immer kauert Höd irgendwo im Versteck. Geh hin, finde ihn, und sühne mit Höds Blut den Tod Balders!«

Diese Worte fuhren Vali wie ein Feuer in die Adern. »Ich schwöre!«, sprach er. »Weder will ich mich waschen noch Haar und Bart schneiden, bis ich den Tod Balders an Höd gerächt habe!«

Sodann machte er sich auf, bewaffnet mit Speer und Schwert, und durchstreifte alle Verstecke Midgards, alle Höhlen und Klüfte auf der Suche nach dem Blinden. Und schließlich, nach jahrelangem Umherirren, während dessen er selbst fast zu einem Unhold geworden war, dem die Menschen scheu auswichen – ungewaschen, das zottige Haar bis zu den Hüften fallend, der Bart verfilzt und struppig –, da endlich fand er in einer hohlen Eiche den blinden Gott.

Höd hörte die Schritte, die auf sein Versteck zukamen. Er trat hervor, reckte sein Gesicht dem Geräusch entgegen und fragte: »Kommt endlich der Vollstrecker meiner Strafe? Ich bitte dich, erlöse mich schnell. Denn ich bin des Lebens überdrüssig.«

Und Vali durchbohrte ihn ohne ein weiteres Wort mit dem Schwert.

So war der Gerechtigkeit Genüge getan.

Die Asen errichteten den Holzstoß für Höd; schließlich war er einer der Ihren gewesen und sollte nicht ohne Ehrungen von dannen gehen.

Was aus Vali geworden ist, der, halb Mensch, halb Göttersohn, einen Asen erschlagen hatte, davon weiß die Geschichte nichts zu berichten. Frieden wird er kaum gefunden haben.

Das Ende der Welt naht

Zwar waren Loki und der Fenriswolf gefesselt, und noch hauste die Midgardschlange auf dem Meeresgrund, aber die Asen ahnten, dass diese dunklen Mächte, zwar jetzt noch gefesselt, immer mehr an Stärke gewannen.

Die Nornen hatten es vorausgesagt: Als die Götter begannen, die Regeln zu brechen, endete das Goldene Zeitalter. Als Odin als Erster seinen Speer warf und damit den Krieg in die Welt brachte, als die Asen den Baumeister des Walls um Asgard um seinen Lohn prellten und dabei einen geschworenen Eid brachen, als sie einen Gegner auf dem heiligen Boden Asgards erschlugen, als schließlich Gott gegen Gott kämpfte, wie Heimdall und Loki, und als dann Balder, der Lichtgott, von einem anderen Gott ermordet wurde – da war abzusehen, dass die Asen nicht mehr die Hüter des Rechts und Gesetzes sein konnten. Ein Riss war entstanden im Gefüge der Welt, und durch ihn strömte immer mehr Unheil herein. Und nach Balders Tod mehrten sich die Anzeichen für ein baldiges Weltende.

Die zwei Wölfe waren geboren worden im Eisenwald, die unaufhörlich die Sonne und den Mond hetzten und zu verschlingen drohten. Und wenn sich die Sonne dann zeitweise verdunkelte, bis der gierige Wolf, von dem sie gerade verschluckt worden war, sie wieder ausspie, dann zitterten und zagten die Menschen, weil sie fürchteten, die Finsternis würde ewig währen.

Aber die Hauptschuld am nahenden Untergang trugen die Menschen selbst.

Drei entsetzliche Jahre gingen dem Weltende voraus. Neid und Missgunst trieben die großen Könige der Welt an, einander zu befehden, und so kam es zu einem Kampf aller gegen alle. Bald rangen mächtig gewordene Heerführer den alten Herrschern, die noch Ehrgefühl hatten, die Macht aus der Hand. Nun war dem räuberischen Treiben keine Grenze mehr gesetzt. Angstvoll verkrochen sich die

Bauern und Fischer in ihren Hütten, denn auch vor den friedlichen Landleuten machten diese Gesetzlosen nicht halt, sondern plünderten sie erbarmungslos aus, ermordeten ihre Frauen und Kinder und zerstörten das Arbeitsgerät, Boote und Karren, Dreschflegel und Fischernetze. Und aus Pflugscharen ließen sie Schwerter schmieden, um sich weiter umbringen zu können.

Odin sammelte Krieger für Walhall und schürte den Kampf noch, statt den Bedrängten beizustehen.

Der Fluss, der Oberwelt und Unterwelt trennt, schwoll an von den Waffen und Rüstungen der Toten, sodass man ihn zu Fuß überqueren konnte, und führte mehr Blut als Wasser.

Auch die Frostriesen rüsteten auf: Schneestürme jagten über die Erde, eisige Winde zerstörten die letzten Behausungen der Erdensöhne. Drei Winter ohne Sommer trieben die Menschen an den Rand der Hungersnot. Midgard war am Ende.

Die ganze Welt war erfüllt von Unruhe und Angst.

Schwertzeit, Beilzeit waren angebrochen. Windzeit, Wolfszeit folgten.

Und so, wie die Menschen gegeneinander wüteten, so rüsteten auch die Götter auf gegen ihre Widersacher. Alles Vertrauen war dahin. Der große Kampf stand bevor.

Noch gab es die Wächter, die die Grenzen der Reiche bewachten: Die Götter genauso wie ihre Widersacher hatten Posten aufgestellt, die misstrauisch auf die Feinde sahen.

Im Norden stand ein gewaltiger Frostriese, der unruhig

Midgard und Asgard beobachtete, im Süden, in Muspelheim, bewachte der Feuerriese Surt das Land, in der Hand ein Flammenschwert. Unten am Fluss, den man auf dem Weg zur Hel überqueren muss, hockte mit drohend aufgerissenem Rachen Garm, der Höllenhund, und fletschte die Zähne.

Und an der Regenbogenbrücke Bifröst steht wie immer Heimdall und bewacht scharfäugig den Zugang zum Heim der Götter. Seine Augen durchdringen jede Dunkelheit, und er braucht weniger Schlaf, als der Ruf eines Vogels dauert.

Doch das Unheil nimmt seinen Lauf. Der Fenriswolf bäumt sich auf in seinen Banden. Er wird genährt von den Freveltaten in der Welt. Schwefeldämpfe dringen aus den Spalten der Berge, und Loki rüttelt an den Felsplatten, auf denen er martervoll gebunden liegt.

Das Zwergenvolk, halb erstickt von den Giften der Unterwelt, flieht aus seinen Höhlen, in denen es sich sonst so geborgen fühlte, und findet den Rückweg nicht mehr; klagend irrt das kleine Volk umher. Die Elben zittern vor Frost.

Die Zeichen für den Untergang mehren sich. Die Hähne in allen drei Weltreichen krähen gellend.

Und dann beginnt Yggdrasil, die Weltesche, zu wanken. Ihre ersten Zweige brechen, und die Nornen sind nicht mehr in der Lage, ihre Wurzeln zu wässern.

Schließlich ist es so weit: Loki zerbricht seine Bande und befreit auch seinen Sohn, den Fenriswolf, und die Midgardschlange hebt ihr giftsprühendes Haupt aus dem Wasser.

Naglfar, das Totenschiff, das aus den nicht abgeschnittenen Nägeln der Toten gefertigt wurde, sticht in See, beladen mit schauerlichen Gestalten aus dem Reich der Hel; hechelnd sitzt der Höllenhund Garm an seinem Bug.

Ein anderes Schiff trägt Loki heran; hoch aufgerichtet steht er am Steuer und freut sich der Stunde der Vergeltung. Mit ihm kommt der Fenriswolf. Er hat das Schwert, das ihm einst Odin in den Rachen gerammt hat, ausgespien; Blut und Geifer strömen aus seinem Rachen.

Die Weltfeinde sind unterwegs.

Gellend stößt nun Heimdall in sein Horn; der Ton ist bis hinunter ins Reich der Hel zu hören. Das letzte Gefecht beginnt.

Die Asen und Asinnen wappnen sich, und Odins riesiges Heer gefallener Helden strömt aus allen Toren Walhalls hervor, Kämpfer und Walküren hoch zu Ross scharen sich um den Göttervater, der sich auf seinem Sleipnir an die Spitze setzt. Sein Goldhelm leuchtet in der Sonne eines Morgens, der vielleicht der letzte ist. Ihm zur Seite braust Thors Bocksgespann heran; mit Eisenhandschuhen und seinem Kraftgürtel angetan, schwingt er Mjöllnir. Heimdall, Tyr und Frey folgen den beiden.

Auf dem Feld vor Walhall erwarten die Asen ihre Feinde, und wie es Brauch ist, wählen sich die größten Kämpfer ihre Gegner selbst aus.

Odin reitet auf den Fenriswolf zu und wirft Gungnir, den Speer, aber er hat dessen Wirkung überschätzt. Das Ungeheuer heult voller Erbitterung auf und verschluckt das Wurfgeschoss. Nun dringt der Göttervater mit dem Schwert auf den Wolf ein und schlägt ihm blutige Wunden, aber er vermag ihn nicht zu töten. Dringend hätte er Hilfe nötig, aber die kann ihm keiner gewähren, denn alle ringen mit mächtigen Gegnern.

Gegen Thor speit die Midgardschlange ihr Gift, und sie trifft ihn mitten ins Gesicht. Es ist nun die dritte Begegnung des Gottes mit dem Ungeheuer! Dreimal schleudert der Donnerer den Hammer gegen das Untier, mit letzter Kraft, und streckt es endlich nieder. Seine Eisenhandschuhe rauchen, und er taumelt zurück. Gerade noch neun Schritte kann der Freund der Bauern und Fischer gehen, dann stürzt er zu Boden, gefällt von dem Gift, das die Schlange auf ihn spie.

Der Feuerriese Surt greift Frey an, wendet sein Flammenschwert gegen den friedfertigen, sinnenfrohen Gott der Fruchtbarkeit. Nun rächt es sich, dass Frey damals sein Schwert seinem Freund Skirnir als Lohn für die Brautwerbung um die schöne Gerd geschenkt hat. So kann er nur ein Hirschgeweih schwingen. Er fällt als erster der Asen.

Tyr trifft auf den Unterwelthund Garm. Aber ihm fehlt die rechte Hand, die er einst im Rachen des Fenriswolfes ließ. Und so verkeilen sich Gott und Tier im Kampf ineinander und versetzen sich tödliche Wunden, bis beide auf der Strecke bleiben.

Mit wilder Lust hat sich Loki auf Heimdall gestürzt. Schon immer war ihm der besorgte Wächter ein Dorn im Auge. Schließlich war Heimdall von Anfang an derjenige unter den Asen gewesen, der ihn voller Misstrauen betrachtet hatte, und der Streit um das Halsgeschmeide Freyjas war nicht vergessen. Und Heimdall sah in dem ehemaligen Riesenzögling den Schöpfer der Weltfeinde und letztlich damit den Anstifter dieser letzten Schlacht. Voller Wut ziehen sie ihre Schwerter und schlagen aufeinander ein, dass die Funken stieben, und so töten sie sich gegenseitig.

Am längsten hält Odin gegen den Wolf stand. Aber dann öffnet Fenris sein Maul so weit, dass der Unterkiefer die Erde und der Oberkiefer den Himmel berührt, und verschlingt den obersten der Asen.

Götter und Göttinnen schreien auf, als sie Odin im Rachen des Ungeheuers verschwinden sehen. Sie wissen, das Ende ist nah.

Aber noch gibt es kampfesmutige Männer. Thors und Odins zahlreiche Söhne, die sie teils von ihren Asengattinnen, teils von Menschenfrauen hatten, stürzen auf den Wolf und reißen ihm schließlich gemeinsam das riesige Maul auseinander. So ist auch dieser Feind dahin.

Aber was nützt es jetzt noch, wo fast alle in ihrem Blut liegen? Was haben die Helden aus Walhall, was haben die Walküren vollbringen können? Von ihren Taten ist nichts gesagt.

Trostlos war die Erde geworden, und ohne Hoffnung irrten die Menschen umher. Noch schienen Sonne und Mond, aber es verging nicht mehr viel Zeit, und es gelang den beiden Wölfen, die großen Gestirne für immer zu verschlingen, wie prophezeit. Und auch die Sterne verlassen dann ihre Bahn und irren im Raum umher. Dunkelheit bricht über die Welt herein.

Und als wäre das nicht genug, schleudert der Feuerriese

Surt mit seinem Schwert Flammen über das Land. Die Glut rast über Midgard hin. Die Welten brennen. Alles Leben wird vertilgt, selbst die Metalle schmelzen.

Krachend stürzt die Weltesche, und Asgard brennt nieder. Die Sonne ist schwarz. Die Erde versinkt in den Fluten des Meers.

Ragnarök, der Weltenbrand, hat die Schöpfung vertilgt.

Eine neue Welt entsteht

Es sollte sich aber zeigen, dass nicht alles Leben erstorben war. Denn die Sonne, bevor sie ganz und gar verschlungen wurde, hatte noch eine Tochter geboren. Die junge Sonne, zunächst kaum größer als ein Stern, erstarkte bald so sehr, dass sie den Platz ihrer Mutter am Himmel einnehmen konnte, und wie diese zog sie ihre alte Bahn. Da fanden auch der Mond und die Sterne Gelegenheit, dem Wanst des Wolfes, der sie verschlungen hatte, zu entkommen, und sie kehrten an ihre angestammten Stellen zurück.

Unter dem belebenden Blick des Tagesgestirns verzogen sich irgendwann die Fluten. Neues Land stieg aus dem Meer, frisch ergrünend. Wasserfälle schäumten, und Fische tummelten sich in den Strömen, majestätisch kreisten Adler über dem Land.

Und auch nicht alle Asen waren umgekommen. In den innersten Teilen Asgards hatten sich Söhne von Thor und Odin verschanzt, jene, die Fenris den Garaus gemacht hatten, und trotzten dem Weltenbrand.

Nun wagten sie sich hervor und sahen staunend, wie sich die neue Welt schöner denn je aus den Wassern erhob.

Immer wieder gedachten sie in ernster Rede der großen Kämpfe, sprachen von ihren dahingegangenen Vätern, bewunderten ihre Kühnheit im Streit – aber sie selbst waren nicht gewillt, wieder Schwerter schmieden zu lassen. Und siehe da, im Gras und unterm Schutt fanden sie die goldenen Spielsteine des Brettspiels, das die Asen so geliebt hatten, und begannen sogleich damit, dies Götterspiel zu spielen.

Und dann geschah noch ein Wunder!

Aus den zerbrochenen Toren Hels, vorbei an den von den Wächtern verlassenen Brücken zur Unterwelt, erschien Hand in Hand ein seltsames Paar. Ein wunderschöner, lächelnder Mann führte und leitete liebevoll einen anderen, und dieser andere folgte ihm zögernd und mit tastenden Schritten. Und staunend sahen die Asensöhne, dass das Totenreich die Brüder Balder und Höd wieder freigegeben hatte. Vergessen war das schlimme Geschehen, der unbeabsichtigte Mord, und die beiden waren wieder friedlich vereint.

Nun saßen sie in einer Halle zusammen, die nicht mehr von Schwertern und Schilden funkelte, sondern die mit Blumen und grünem Laub bekränzt war, und redeten von einst. Die Runenkunst war ihnen lieb, und sie übten sie aus, ohne zu zaubern, und forschten nach der Zukunft, auch ohne Dichtermet sangen sie von den Taten der Asen und vom Goldenen Zeitalter.

In einem Tal zwischen aufgebrochenen Felsenklüften

hatte der Wurzelstock der Weltesche den Brand überdauert. Als die Strahlen der jungen Sonne diesen Ort erreichten, begann Yggdrasil wieder zu grünen. Hingeschmiegt an ihre Reste, hatte auch ein junges Menschenpaar überlebt, die hießen Lif und Lifthrasir. Sie hatten sich vom Morgentau ernährt und sahen nun, wie die Erde schöner als je erstand. Die Äcker trugen Frucht, ohne dass man sie bebauen musste.

Lif und Lifthrasir bekamen viele Kinder und bevölkerten so die Erde neu.

Aber dann sahen sie eines Tages den Drachen Nidhögg, der unter der Weltesche gehaust und an ihren Wurzeln geknabbert hatte. Auch er hatte überlebt. Nun erhob sich der schwarzschuppige Wurm und flog über das offene Feld, trug auf seinem Rücken Leichen von der letzten Schlacht. Besorgt standen Lif und Lifthrasir und ihre Kinder, und sie sahen das Untier mit seiner schaurigen Fracht aus der Welt von einst am Horizont verschwinden.

Wird er abstürzen? Wird er wiederkommen?

Auch dies Weltalter wird einmal zu Ende gehen. Aber wann, das weiß keiner.

NACHBEMERKUNG

Im Gegensatz etwa zu den überlieferten Sagas der isländischen Literatur oder den Erzählungen und Epen der deutschen Heldensagen bilden die reichen nordischen Göttersagen keine große Einheit in sich. Das macht zugleich Reiz und Schwierigkeit für den Erzähler aus.

Die sogenannten »Gesätze«, also die einzelnen Gesänge, die uns in der älteren und jüngeren Edda, der isländischen Sammlung der Göttersagen, überliefert wurden und deren Wert eine Nachwelt erst sehr spät entdeckte, wurden notiert zu Zeiten, als die Christianisierung bereits wissent- und willentlich die Erinnerung an die alten Götter in den Herzen und Hirnen der Menschen auszulöschen bestrebt war. Es ist fast ein Wunder, wie sehr man – vor allem im weltabgelegenen Island – die Mythen zu bewahren bemüht war.

Da die alten Kulte überall mit Feuer und Schwert ausgerottet wurden, gibt es auch keine geschlossene Darstellung des altgermanischen »Pantheons«, des Götterhimmels der nordischen Völker. Es gilt also für den Erzähler von heute, aus fragmentarischen Hinweisen in einer Art Puzzlespiel ein mehr oder weniger Ganzes zu rekonstruieren.

In diesen Göttergeschichten ging es daher nicht um das Was, sondern um das Wie. Die kunstvolle poetische Diktion der »Gesätze« war das eine. Die dramatische Aufbereitung einer Episode das andere. Beides ist in einer heutigen Version nur in Andeutungen zu bewahren. In der Edda (zumindest in der älteren Edda) wird mit dem Stabreim gearbeitet, das heißt, anstelle des uns bekannten Endreims benutzt der Poet Anklänge innerhalb der Strophe. (Zum Beispiel: Nicht war Sand noch See noch Salzwogen.) Außerdem werden dichterische Umschreibungen anstelle von konkreten Subjekten gesetzt (zum Beispiel: Schwertspiel = Kampf; Schlachtlohe = Schwert, Gischtrenner = Schiff) – poetische Formulierungen, die für uns nicht mehr entschlüsselbar sind.

Die Zuhörer erwarteten von dem Sänger-Dichter, dass er den ausgewählten Teil aus der (allen bekannten) Göttergeschichte möglichst dramatisch darstellte. In den meisten der »Gesätze« handelt es sich um Dialoge, Wechselreden voller theatralischer Dynamik. Das epische Moment wird einfach ausgeklammert. Man wusste ja, um was es ging …

Was man in dem Bild, das sich aus all den einzelnen Bausteinen ergibt, auf gar keinen Fall suchen darf, ist: Logik.

Die Erzähler stellen eine Episode einmal so, dann wieder anders dar, ordnen ihren Protagonisten mal diese und mal jene Taten zu, beurteilen sie so oder so.

Zum Beispiel: Thor, der Donnergott, kann als Einziger nicht zaubern von den Asen. Kurz nachdem man dies erfahren hat, kocht er sein Bocksgespann als Abendmahlzeit und setzt es am nächsten Morgen wieder lebendig zusammen …

Für die Handlungen menschlicher »Mitspieler« gibt es, wenn die Handlung einen anderen Verlauf nehmen soll, ein probates Mittel: Irgendjemand hat immer einen Zaubertrank parat, der demjenigen Vergessen über alles bisher Geschehene beschert, und schon können die Karten neu gemischt werden.

Die hier erzählten Geschichten sind also kein geschlossenes Ensemble, sondern Bruchstücke, die jedes für sich genossen werden können, ohne dass es dem Verständnis Abbruch täte.

Was vielleicht eine Überraschung ist: Die landläufige Vorstellung (natürlich auch genährt durch Richard Wagners Opern), dass alle Vorkommnisse bei den Asengöttern hehr-erhaben und düster-tragisch sind, ist ein absoluter Irrtum. Sicher gibt es diese Komponente auch. Aber die meisten der Göttergeschichten sind sinnlich, wirklichkeitsnah, komisch bis zur Drastik und voll von natürlicher Erotik. Sie stehen der griechischen Götterwelt an Intrigen und Verwicklungen, an heiteren Episoden und überraschenden Wendungen nicht nach, und zumindest drei »Typen« – Odin, Thor und Loki – sind unverwechselbare und in sich herrlich widersprüchliche Charaktere.

Noch ein Wort zur Auswahl: Weggelassen habe ich Spruchdichtung, Lehrgedichte und die endlosen Rätselspiele zwischen zwei Figuren, bei denen es immer aufs Neue darum geht, einmal wieder die Schöpfung zu erklären.

»Helden«, das heißt also menschliche Spieler auf dieser Bühne, treten nur auf, wenn sie in direkter Beziehung zu den Göttern stehen, von ihnen manipuliert oder besonders verehrt werden – oder wenn die Götter eine Kausalkette angestoßen haben, wie es in den Geschichten um den Schatz des Fafnir geschieht, die den Kennern des Nibelungenlieds eine ganz andere und ursprünglichere Form des großen Stoffs bieten.

Waldtraut Lewin

Waldtraut Lewin, Jahrgang 1937, studierte in Berlin Germanistik, Theaterwissenschaft und Latein, bevor sie für einige Jahre als Dramaturgin und Regisseurin am Landestheater in Halle arbeitete. 1973 wurde sie Chefdramaturgin des Musiktheaters und Opernregisseurin am Volkstheater in Rostock. Seit 1978 ist sie freischaffende Autorin und hat bereits zahlreiche Bücher für Jugendliche und Erwachsene geschrieben, für die sie mehrfach ausgezeichnet wurde. Waldtraut Lewin lebt und arbeitet in Berlin.

LESEPROBE

Die folgenden Seiten enthalten
einen Auszug
aus »Deutsche Heldensagen«:

Der Kampf mit dem Drachen

Wie aller Welt bekannt war, hatte Siegfried noch vor seiner Schwertleite, dem Ritterschlag, einige große Abenteuer bestanden. Er war ein so ungebärdiger junger Mann, dass alle einsichtigen Leute am Hof von Xanten König Siegmund, seinem Vater, geraten hatten, ihn ziehen zu lassen, damit er Erfahrungen sammeln konnte.

Voller Lebenslust und ungebändigter Kraft war der Junge ausgezogen. Er suchte sich die wildeste und verwunschenste Gegend aus, um etwas zu erleben und um große Taten zu vollbringen. Diese Gegend war der Sachsenwald. Der Stamm der Niedersachsen hatte sich dort vor Zeiten niedergelassen, aber der Forst war riesig und undurchdringlich. Es gab Stellen, wohin noch nie ein Mensch seinen Fuß gesetzt hatte. Zwerge und andere Wesen aus grauer Vorzeit sollten dort hausen, hieß es.

Siegfried war schon eine Reihe von Tagen unterwegs. Er hatte aus Quellen getrunken, Beeren und Kräuter gegessen und hin und wieder einen Hasen mit dem Bogen erlegt, als er aus der Waldestiefe ein helles Klingen hörte. Eine Schmiede lag mitten im tiefen Forst! Das entsprach seinen Wünschen.

Schon immer hatte er ein Schwert begehrt, das ganz allein für ihn geschmiedet werden sollte – besonders scharf sollte es sein und gut in der Hand liegen. Bestimmt konnte er es hier erlangen und vielleicht sogar selbst schmieden.

Nur mit seinem Bogen und einem derben Bergstock bewaffnet, bahnte er sich seinen Weg durch das unwegsame Gelände. Der Schmied hatte gut Vorsorge getroffen, um ungebetene Gäste abzuschrecken, und seine Werkstatt deshalb so tief im Wald versteckt.

Endlich fand Siegfried die Schmiedewerkstatt. Sie war nur eine kleine Hütte im Schatten einer schroffen Felswand, beschattet von Eichen – ein düsterer Ort. Aber das schreckte Siegfried nicht. Und genauso wenig verwunderte es ihn, als er sah, dass der Schmiedemeister ein Zwerg war, ein Zwerg mit breiter Brust, kraftvollen Armen und einem dichten Bart. Er stand am Amboss und hielt das rot glühende Eisen, das seine zwei Gehilfen mit den mächtigen Hämmern bearbeiteten.

Siegfried trat heran, grüßte freundlich und fragte den Schmied, ob er wohl bei ihm in die Lehre gehen dürfte.

Dass ein Königssohn eine Schmiedelehre antreten wollte, war nicht verwunderlich. In jener Zeit standen Schmiede in hohem Ansehen. Ihre Kunst, das Erz zu schmelzen und scharfen Stahl herzustellen, war für viele fast wie Zauber, und man nannte sie die Herren über das Feuer und die Elemente.

Der Zwerg, den Siegfried da im Wald aufgestöbert hatte, war niemand anders als Mime, der Meister der Schmiedekunst.

Siegfried jubelte. »So hat mich mein Glück wirklich zum größten aller Schmiedekünstler geführt! Eure Schwerter sind weitberühmt! Solch eine Waffe möchte ich mir eines Tages schmieden!«

Mime hatte nichts dagegen, einen kräftigen jungen Mann in die Lehre zu nehmen – als er allerdings sah, dass Siegfried mit einem einzigen Hammerschlag den Amboss tief in den Felsengrund versenkte, wurde ihm ein wenig bänglich zumute. Jemand mit so gewaltigen Kräften konnte leicht zu einer Gefahr werden!

Aber vorerst durfte Siegfried bleiben und das Handwerk erlernen. Er erfuhr, dass die Schwerter, die Mime anfertigte, ihre besondere Schärfe und Härte einem Geheimnis verdankten. Während andere Schmiede ihr Feuer mit der leichten Holzkohle nährten, schürfte der kundige Zwerg eine schwere, tiefschwarze Kohle aus dem Labyrinth des felsigen Berges. Deswegen wurde sie Steinkohle genannt. Mit ihr machte Mime das Metall weiß glühend und geschmeidig wie nur irgendjemand.

Bald beherrschte Siegfried die Schmiedekunst so vortrefflich, dass er sich selbst das Schwert schmieden konnte, das er so sehr begehrte – ein Schwert, wie es seinesgleichen bisher nicht gab. Damals war es Brauch, dass man seinen

Schwertern einen Namen gab, denn sie waren die besten Freunde, die ein Ritter haben konnte, seine Kampfgefährten, auf die er sich verlassen musste. Siegfried nun gab seinem Schwert den Namen Balmung. Das war ein Wort aus der Sprache der Vorzeit, und es bedeutete: Das Kühne.

Nachdem Siegfried dies Schwert geschmiedet hatte, sagte Mime zu ihm: »Mein Freund, ich kann dich nichts mehr lehren. Nimm dein Schwert, und zieh in die Welt, denn meine Schmiedehütte ist zu klein für dich.«

In Wahrheit hatte er Furcht vor dem ungestümen Königssohn und seinen Riesenkräften. Aber Siegfried ging gern, denn er war begierig auf Abenteuer.

Er hatte davon gehört, dass noch tiefer im Waldesdickicht ein furchtbarer Drache oder, wie man damals sagte, ein Lindwurm hausen sollte. Der Drache hütete den Schatz eines Zwergenkönigs namens Nibelung.

Nibelung selbst war schon lange Zeit tot. Nun versuchten seine beiden Söhne, an den unermesslichen Hort zu gelangen, den sie geerbt hatten und der ihnen von Rechts wegen zustand. Der Drache jedoch hielt weiter Wacht für den toten König und ließ niemanden in seine Nähe, auch nicht die Erben. Es kümmerte ihn keinen Deut, dass der Schatz nicht ihm gehörte.

Nun baten die Söhne des Nibelung Siegfried, ob er ihnen nicht zu ihrem Erbteil verhelfen konnte, denn man wusste inzwischen überall von seinem Tatendrang und seiner Kraft.

Das nun war eine Sache ganz nach Siegfrieds Herzen.

Kühn näherte er sich dem zerklüfteten Gebirge, wo sich

Hort und Drache befinden sollten. Schon aus der Ferne hörte er ein furchtbares Gebrüll. Doch unbeirrt ging er weiter, überwand Schluchten und Bergeshöhen und stand endlich vor der Höhle des Untiers.

Ringsum war der Boden bedeckt mit menschlichen Knochen und mit Totenschädeln – ein Zeichen dafür, wie es denen zu ergehen pflegte, die es vor ihm gewagt hatten, sich dem Lindwurm zu nähern. Ein schauerlicher Gestank ging von der Höhle aus, denn der Atem des Ungeheuers bestand aus giftigen Schwefeldämpfen. Aber all das schreckte den jungen Helden nicht.

Als der Drache den jungen Siegfried vor seiner Behausung sah, brüllte er und wälzte sich wild auf seinem Lager – das war ganz aus Gold, jenem Gold, das er so eifersüchtig hütete und von dem er sich nicht trennen wollte.

Siegfried packte den Balmung fester und schrie herausfordernd: »Holla! Ho! Was brüllst du, scheußlicher Wurm?«

Auf diese Weise war der Drache wohl noch nie angesprochen worden. Wutentbrannt wälzte er sich von seinem Lager und wand sich aus der Höhle. Sein Feueratem erfüllte die Luft, versengte das Gras und ließ Bäume und Büsche auflodern wie Fackeln.

Schnell und geschickt sprang Siegfried zur Seite. Er rollte über die verbrannte Erde, und es gelang ihm, eine Bodensenke zu erreichen. Plötzlich entdeckte er, dass er den Bauch des Monsters über sich hatte, und frohlockte. Wie er wohl wusste, sind Drachen zwar von einem Schuppenpanzer bedeckt, aber ihr Bauch ist ihre einzige verwundbare Stelle, denn dort ist die Haut weich und schutzlos.

Unter dem Drachen war er obendrein sicher vor dessen furchtbaren Pranken.

Nun galt es zu handeln! Er rammte mit aller Kraft sein Schwert Balmung in die Flanke des Ungeheuers. Wieder und wieder stieß er zu, bis der Lindwurm unter furchtbarem Gebrüll sein Leben aushauchte und seinen Bezwinger mit einem Schwall von Blut überschüttete.

Angewidert wollte Siegfried das Drachenblut abwischen. Da bemerkte er etwas Erstaunliches: Da, wo seine Haut mit diesem Blut in Berührung gekommen war, bildete sich wie von Zauberhand ein horniger Panzer, den er nicht einmal mit der Spitze seines Schwertes durchdringen konnte.

Er begriff, dass ihm hier ein wundersamer Schutz zuteilwurde. Das Drachenblut würde ihn unverwundbar machen. So überwand er seinen Widerwillen, zog sich aus und badete den ganzen Körper in dem magischen Blut.

Aber da segelte ein Lindenblatt vom Baum und fiel auf seinen Rücken, auf die linke Seite. Siegfried hatte es nicht bemerkt. Ein einziges Blatt! Eine einzige kleine Unachtsamkeit, die schlimme Folgen haben sollte …